# 하늘에서 온 메세지

## 제2권 지구의 종말은 없다

# 하늘에서 온 메시지
### 제2권 지구의 종말은 없다

초판 1쇄 인쇄일 _ 2007년 2월 10일
초판 1쇄 발행일 _ 2007년 2월 15일

지은이 _ 황선자
펴낸이 _ 최길주

펴낸곳 _ 도서출판 BG북갤러리
등록일자 _ 2003년 11월 5일(제318-2003-00130호)
주소 _ 서울시 영등포구 여의도동 14-5 아크로폴리스 406호
전화 _ 02)761-7005(代) | 팩스 _ 02)761-7995
홈페이지 _ http://www.bookgallery.co.kr | 인터넷 한글주소 _ 북갤러리
E-mail _ cgjpower@yahoo.co.kr

값 9,000원

* 잘못된 책은 바꾸어 드립니다.

ISBN 978-89-91177-31-4 04810
ISBN 978-89-91177-29-1 04810(세트)

# 하늘에서 온 메시지

**제2권 지구의 종말은 없다**

기록자 황선자 지음

BG 북갤러리

# 이 책은 썩어가고 있는 이 세상의 잘못된 것을 바로잡고자 하는 하늘의 뜻이 담겨있습니다

이 세상을 살다보면 예기치 못한 일들을 경험(체험)하고, 이해할 수 없는 일들을 주변 사람들로부터 전해듣기도 합니다. 그리고 이 세상에는 현대 과학으로는 도저히 입증할 수 없는 일들도 적지 않게 일어나곤 합니다. 어떤 사람들은 일생을 살면서 그 어떤 암시나 예고도 없이 '우연'이라는 상황을 한두 번 이상 맞기도 합니다.

필자는 우연한 기회에 영적(靈的)인 체험을 하게 되었습니다. 지난 10년 전부터 필자는 역학 공부를 하여 철학관을 운영하고 있었는데, 2006년 봄 예기치 않은 상황을 맞게 되었습니다. 그것은 바로 하늘에서 보내는 메시지를 받게 된 것입니다. 당시 우주 창조주신이라는 분이 필자에게 직접 접신하였습니다. 그 분은 "오늘부터 너는 하늘의 글을 쓰는 작업을 나와 함께 하자. 나는 우주 창조주신이다" 라며 필자의 조상 시할머님과 함께 필자의 몸에 직접 자동 접신이 되었던 것입니다.

그 창조주신께서는 필자에게 몇 달간 불러주는 것을 적고, 지금은 약 3권 분량의 책을 출간할 수 있도록 한다고 했습니다. 그리고 그 분께서는 몇 년 후가 지나면 하늘의 기운을 받아 또 다른 글을 쓸 것이라며, 앞으로 필자가 죽을 때까지 수많은 책을 쓰게 할 것이라고 했습니다.

　그 말을 듣고 필자는 놀라지 않을 수 없었습니다. 그런데 더 놀라운 것은 대체 어떻게 필자를 통해서 글을 쓴다는 것인지 도무지 이해할 수가 없었습니다. 필자는 그때까지만 해도 평소 글 쓰는 재주가 전혀 없었습니다. 그리고 종교와 관련하여 서적을 읽는다거나 기도를 할 줄도 몰랐습니다. 더구나 종교적인 얇은 지식조차도 없었던 것입니다.

　다만 필자는 결혼을 하여 가정을 이미 꾸렸으며, 남편과 아이들 뒷바라지만 잘하는 그저 평범한 주부이자, 엄마, 며느리였습니다. 그러면서 그 누구에게 피해를 주거나 필자로 인해 타인이 고통받는 일은 더더욱 없었습니다. 그저 주변 분들로부터 '여리고 착한 사람'이라는 말을 간혹 듣는 정도였습니다.

　사실 집안 내력을 보아도 이런 일을 체험할만한 환경이 아무것도 없었습니다. 남편과 필자의 친정을 둘러보아도 여타 종교와 관련된 적이 한번도 없는 무종교(無宗敎) 집안이었으며, 30대 후반까지도 필자는 그저 그렇게 살아왔습니다. 그 당시 필자의 남편은 모 은행의 4급 직위를 갖고 직장을 다니고 있었으며, 아들과 딸, 양친 부모님과 형제들이 모두 그저 평범하게 사는 가정의 한 일원이었습니다.

그런데 이러한 현실에서 주어진 삶을 살아가던 필자가 하늘의 메시지를 받는다고 생각하니, 한편으로는 많은 기대도 하게 되었습니다.

2006년 봄, 그런 예시가 있은 후 필자는 저녁시간이 되면 필자 자신도 모르게 입에서 술술 이야기가 쏟아져 나왔습니다. 하늘의 그 기운을 체험한 것입니다. 필자와 전혀 관계가 없다고 생각했던 그 하늘의 기운을 필자가 알기 시작한 것입니다.

우주 창조주신께서 다녀가신 후 연일 필자의 입에서는 그 하늘의 메시지를 토해내기 시작했습니다. 그 때 그 누구의 도움도 받은 적이 없었습니다. 그런데 이상하게도 하늘의 그 메시지를 필자의 시댁 쪽 조상 시할머님을 통해 필자에게 전달하고 있었던 것입니다. 필자는 컴퓨터 앞에 앉아 자판을 두드리기 시작했습니다. 하늘의 기운으로 자동 서기(書記)를 시작한 것입니다. 필자는 결혼 전 직장을 다니면서 그나마 타이핑을 했던 경험이 있어서 글을 적는 데에는 그리 큰 무리가 없었습니다.

그런데 글을 적다보니 이것은 이 지구에 대한 예언과 함께 필자에게 영험한 능력을 주겠다는 내용이 필자의 의지와 상관없이 나오기 시작했습니다. 그래서 그 순수한 뜻을 받아들이고자 하늘의 메시지를 적어나갔습니다. 그런데 그 내용을 살펴보니 우리 삶에 있어서 도움이 되는 내용들이 많이 포함되어 있었습니다. 필자는 사명감이 생기기 시작했습니다. 이 글이 지구의 많은 사람들에게 앞으로 큰 도움이 되겠다 싶어 열정적으로 적어, 이렇게 하늘의 뜻을 이행하기 위해 책으로까지 출판하기에 이르렀습니다.

이 책에는 인간들이 어떻게 살아야 하는지의 깨달음의 메시지와 지구에 대한 대 예언이 담겨있습니다. 그 지구의 예언들 가운데, '지구의 종말이 없다'는 것과 함께 지구에는 끊임없는 정화작업으로 인해 '지구가 변화한다'는 내용을 담고 있습니다. 이것은 더 나아가 앞으로 몇 년 후가 되면 이 지구상의 어느 지역에 아주 큰 변화가 닥쳐, 그 지역 대부분의 사람들이 큰 재앙을 입게 되어있으니, 그 지역을 모두 떠나라는 메시지도 들어있습니다. 심지어 영원히 특정 지역의 한 나라가 없어져버린다는 내용도 담겨있습니다. 지난해 말에는 필자가 살고 있는 이 나라의 정치상황이 복잡해지면서 우리나라 정치에 관한 내용도 담게 되었습니다.

그래서 필자는 우선 순서대로 기록한 이 글들을 세 권 분량으로 분류해 보았습니다. 그것은 제1권 인간들의 깨달음이란 무엇인가, 제2권 지구의 종말은 없다, 제3권 정치인들이여, 정신을 차려다오 등입니다. 대부분의 내용들이 하늘의 이치와 깨달음에 관한 내용들로 담겨있습니다. 다만 하늘의 글을 적다보니, 앞에서 했던 메시지가 뒤에서도 구체적으로 반복되었습니다. 필자는 그것을 하늘에서 더 강조하기 위해서 그런 것이라 받아들이기로 했습니다.

그런데 필자는 하늘의 메시지를 적으면서 우주 창조주신으로부터 사람들의 인체를 투시하여 질병을 찾아내게 하는 투시하는 능력을 받기도 했습니다. 사람의 몸에 무슨 병이 있는지, 빈혈, 콜레스테롤, 각종 장기의 염증, 관절문제 등이 필자의 육안으로 투시되기 시작했습니다. 그리고 나무와 돌 등 자연적인 물질들과의 대화하는 능력도 갖게 되었습니다. 그래서 지금은 빙의환자(정신병자 등)를 치유하고 있으며, 하늘의 기(氣)를 받아서 사람들에게 우주의 기(氣)를 불어 넣는 기 치료를 하고 있습니다. 이 모든 것들은 영적(靈的)인 차원에서 하늘에서 자동으로 필자의 몸에 흐르게 하는 하늘의 기운이라 생각합니다. 또한 이 책에는 필자가 살고 있는 이 나라의 현재의 정치 상황이 심각한 것을 우려하여 하늘에서 정치인들에게 경종을 울리고자 차기 정권에 대한 문제와 예언도 수록했습니다.

끝으로 이 책을 통해 필자가 하늘의 기운을 받은 것처럼 독자 분들께서도 세상을 살면서 많은 지침과 깨달음을 얻었으면 합니다. 아직도 왜 필자에게 이런 상황이 전개되는지는 모르겠지만, 분명 그것은 곪고 썩어가고 있는 이 세상의 잘못된 것을 바로잡고자 하는 하늘의 뜻이 담겨있는 것이 아닌가 생각합니다.

2007년 1월

기록자 황선자

# CONTENTS | 차례

# 제1장

# 이 존재는 인체의 질병을 투시할 수 있는 능력을 가졌다

　오늘은 새로운 것을 적을까 싶다. 지금까지 지구에 대하여 적었노라. 하지만 지금은 시작에 불과하다는 것이다. 이제는 더 구체적으로 글을 적을까 싶다. 그 구체적으로 글을 적는데 있어 우리는 아주 새로운 사실을 알았단다. 하지만 인간들도 익히 알고 있을 것이다. 그것은 나무가 인간과 대화를 한다는 사실을 말이다. 그 나무가 인간과 대화를 하고 싶어한다는 것을 말이다. 나무는 자기를 좋아하면 사랑의 표시로 열심히 크지만, 사랑을 주지 않으면 크지 않는다는 사실을 말이다. 나무는 인간들과 똑같은 능력이 있다는 사실을 알라.

　인간들이 나무를 하찮게 보면 안 된다는 사실을 알라. 우리는 나무와도 수많은 대화를 하고 있다는 사실을 알라. 나무의 능력이 대단하다는 사실을 우리는 이미 알고 있었다. 하지만 나무의 능력을 모르는 인간들이 너무도 많다는 사실을 알라. 인간들 못지않게 나무도 능력이 무한대로 많다는 사실을 알라는 것이다.

나무는 다만 말을 하지 못할 뿐이지 인간과 똑같은 느낌을 갖고 있다는 사실을 알라. 인간들이 슬퍼하면 나무도 슬프다는 사실을 그리고 인간들이 기뻐하면 나무도 기쁘다는 사실을 알라. 나무는 매우 영리하다는 사실을 알라. 나무가 인간들보다 더 영리하다는 것을 인간들은 아직 모른다. 다만 움직이지 못하는 생명체라는 것 때문에 인간들이 나무를 무시하는 경우가 종종 있다는 것이다.

나무는 인간들보다 더 영리하다는 것을 알라. 그 이유에 대해 이제 더 구체적으로 적을 것이다. 나무는 인간들에게 산소를 공급하며 돕고, 인간들을 보호하고 있다는 것을 알라. 인간들이 나무를 사랑하는 만큼 나무는 인간들에게 사랑을 더 많이 준다는 사실을 알라. 인간들이 나무를 어떻게 사랑하느냐에 따라 지구가 정말 아름답고, 풍요롭고, 살기 좋은 세상으로 만들 수 있다는 것을 알라. 그 이유를 이제 적을 것이다.

그 이유를 적은 동안 이 존재는 이미 나무와도 대화를 할 수 있는 능력을 갖고 있다는 것을 알라. 이 존재는 나무는 물론 돌과도 이야기를 한다는 것을 알라. 돌들도 사랑을 안다는 것이다. 하지만 돌들은 인간들을 돕지는 못한다는 것을 알라. 그러나 돌들도 사랑을 안다는 것이다. 하지만 돌은 인간들에게 해로움을 주기도 한다는 사실을 알라.

　인간들은 이 자연을 그저 즐기는 것을 넘어 사랑하라는 것이다. 이 자연은 정말 아름답고, 보기 좋게 하는 것이란다. 이 보기 좋은 자연을 인간들이 많이 사랑하였으면 하는 것이다. 자연을 사랑하는 사람은 정말 아름답고, 착하고, 바르게 살 수가 있다는 것이다. 이 자연을 보며 인간들이 과연 어떤 모습을 하고 있는지 보라는 것이다. 이 자연은 바로 인간들을 위한 자연인 것이다. 이 자연을 파괴하지 말라는 것이다. 이 자연을 있는 그대로 사용하라는 것이다. 개발을 너무 많이 하니 나쁜 인간들이 많이 생긴다는 것이다. 그래서 우리는 나무를 사랑하라는 것이다. 나무는 인간을 무척이나 사랑하고, 정을 주고, 풍요로움을 준다는 것을 알라.

　인간들이 나무의 소중함을 아직 모른다는 것이다. 나무는 정말 아름답고 보기도 좋은 것이란다. 나무는 버릴 것이 하나도 없는, 인간들에게 이로움만을 주는 것이라는 사실을 알라. 나무가 어떻게 인간들에게 이로움을 준다는 것일까? 하고 반문하는 사람들이 있을 것이다. 나무는 정말 인간들에게 이로움을 많이 주고 있다는 것이다. 하지만 인간들은 이를 아직 모르고 살고 있다는 것이다. 첫째 나무는 인간들에게 공기를 주고, 오염된 공기를 정화하기도 한다는 것이다. 이 정화작용은 공기에 해당되는 것이지만, 한편으로는 마음도 정화시킨다는 것이다. 나무가 사람들의 마음을 정화시킨다는 사실을 아직 인간들이 모르고 있는 것이다.

인간들은 그저 하늘을 보고 있으면 마음이 편안하고 정화가 되는 것으로 알고 있다. 하지만 나무는 하늘 보다 더 많은 마음의 정화를 준다는 사실을 알라. 그 마음을 정화하는 것은 바로 나무이지만, 인간 자신의 마음이기도 한 것이다. 그 마음을 알고 싶으면 나무를 사랑해 보라는 것이다. 그 나무는 당신을 무척이나 사랑할 것이다. 그리고 그 나무는 정말 마음을 평화롭게 해준다는 사실을 알라.

나무를 사랑하며 집집마다 화분을 많이 키우면 그 집엔 평화가 깃든다는 사실을 알라. 그 평화가 바로 나의 가정인 것이다. 그 평화를 보라는 것이다. 그 평화를 보는 것은 사람의 마음이지만, 나무가 그 마음을 정화시킨다는 사실을 알라. 그것은 아직 과학적인 확실한 근거로 나와 있지는 않다. 하지만 우리는 이미 하늘에서 과학보다 더 정밀한 각도로 지구를 보고, 태양을 보고, 인간을 보며 인간들의 병을 치유할 수 있는 능력을 갖고 있다는 사실을 알라.

인간들은 이것이 과학으로 밝혀지지 않았기 때문에 믿지 않으려 한다는 사실에, 우리는 정말 안타까울 뿐이란다. 이 지구는 인간들이 모르는 사실들이 너무도 많이 있다는 것을 알라. 인간들이 모르는 사실을 우리는 이 존재를 통하여 하나하나 밝혀나갈 것이다. 인간들이 모르는 사실을 말이다. 하지만 언젠가는 우리와 같은 능력이 있는 기계를 만들어내고자 인간들이 무척 노력하고 있다는 것이다.

우리는 이 존재에게 인체 내 질병을 뚫어볼 수 있는 투시력도 주었노라. 기계보다 더 정밀한 투시력을 말이다. 하지만 인간들이 설마하며 믿지 못할 것이다. 그러나 이 존재는 기계보다 더 정밀한 인체 내(內) 질병의 투시력을 갖고 있다는 것을 알라. 다만 이 존재가 의학적인 지식이 부족하기 때문에 내장의 장기 위치를 모르고 있을 뿐이란다. 그 내장 기관의 위치를 제대로 알 수 있도록 우리는 이 존재에게 가르쳐줄 것이다. 이 존재는 앞으로 사람의 인체 내 질병을 투시하는 능력을 갖고 있다는 사실을 알라.

인간들은 설마 이 존재가 의학적인 지식이 없는데, 어떻게 그 투시력을 갖고 있다는 것인가? 하고 의문을 가질 것이다. 물론 이 존재는 의학적인 지식이 부족하여 우리가 시키는 대로 따라 할 뿐이란다. 우리가 하늘에서 내려와 이 존재의 몸을 통해 투시를 대신한다는 사실을 알라.

하지만 이 존재는 우리가 있어야 인체 내 질병을 투시할 수가 있다는 것을 알라. 이 말은 우리가 없으면 투시를 할 수가 없다는 것이다. 그렇지만 우리는 이 존재를 끝까지 도울 것이다. 이 존재는 우리가 필요하고, 인간들은 이 존재를 원하기 때문인 것이다. 우리는 이 존재에게 모든 것을 다 가르쳐 주고 갈 것이다. 이 존재는 앞으로 수많은 책을 쓰고 죽을 것이다. 그 수많은 책은 바로 하늘에서 내려온 인간들을 위한 메시지란 것을 알라.

이 존재가 죽더라도 이 책은 영원히 인간들을 위한 하나의 메시지로 남을 것이다. 그리고 이 책은 인간들에게 이 존재를 연구할 수 있도록 남긴 선물인 것이다. 앞으로 이 존재는 자신의 시신까지도 인간들에게 주고 갈 것이다. 자신의 시신을 인간들에게 모두 주고 가겠노라고 이미 장기기부 등록이 되어 있노라. 그래서 우리는 이 존재를 하늘에서 선택하였노라. 우리는 이 존재를 매우 사랑하고 보살펴 주고 싶구나. 그 이유에 대해서 앞으로도 계속해서 적을 것이다. 그 이유를 이제는 알게 될 것이다.

이 존재는 앞으로 인간들을 위해서 한평생을 살고 갈 것이다. 하지만 이 존재에게 자신의 삶은 없도다. 다만 우리가 이 존재를 사랑하고, 그 사랑하는 마음에서 이 존재를 선택했다는 사실을 알라. 하지만 이 존재는 자신의 삶이 없더라도 그런 것에 개의치 않더구나. 오히려 자신을 선택한 것에 대해 황송하고 미안해하더구나. 그래서 우리는 이 존재를 선택할 수밖에 없도다. 그러한 이유가 있다는 것이다.

앞 장에서 이야기했지만, 이 존재는 너무도 깨끗한 영체를 갖고 있다는 것이다. 그 깨끗한 영체 때문에 인간의 모든 병을 치유할 수 있는 능력을 갖고 있다는 것이다. 그 깨끗한 영체는 인간들의 눈에는 보이지 않는다는 것이다. 다만 하늘에서만 볼 수 있으며, 죽은 영혼들만이 볼 수 있다는 것이다.

그 깨끗한 영체가 왜 인간들에게는 보이지 아니한가? 하고 반문할 수 있을 것이다. 인간들은 그 깨끗한 영체를 보지 못하게 이미 우리가 만들어놓았다는 것이다. 그 영체를 보면 인간들이 시기와 질투로 인해 이 존재를 가만히 두지 못하고, 오히려 방해를 할 것이다. 그래서 이 존재가 자연스럽게 세상에서 살게 하기 위하여 우리는 이 존재를 보호하고 보살펴야 한다는 것이다. 때문에 우리는 그 빛을 인간들의 눈에 보이지 않게 만들어놓았다는 것이다.

이 지구를 100바퀴나 돌 수 있는 그 빛을 이 존재는 갖고 있다는 사실을 알라. 이 존재의 몸은 오색찬란한 빛으로 온 지구를 100바퀴 이상을 돌고도 남을 만한 빛이라는 것이다.

하지만 인간들은 이를 믿지 못할 것이다. 그것이 이 존재의 마음에서 인위적으로 만들어진다는 것인가? 하고 의심을 하는 사람들이 있을 것이다. 하지만 이 존재는 그러한 거짓말을 하지 못한다는 사실을 알라. 이 존재를 알고 있는 사람들은 그것을 익히 잘 알고 있을 것이다. 이 존재가 거짓말을 하지 못한다는 사실을 말이다. 이 존재는 현재 자신이 이런 글을 쓰게 된 것이 오히려 더 신기하다고 생각하고 있다는 것을 말이다.

이 존재는 이 글을 적는 동안은 이 존재가 아니라는 것을 알라. 다만 하늘에서 이 존재의 몸을 빌렸다는 것을 말이다. 이 존재의 몸을 통해 내가 이렇게 하늘에서 내려와 인간들을 위하여 이러한 글을 적고 있다는 것이다. 이 존재는 이러한 글을 적을 줄 모른다. 그것을 본인이 더 잘 알고 있다는 것이다. 이러한 글을 어떻게 머리에서 짜낼 수가 있다는 말인가? 하고 생각해 봐라.

이 존재는 이러한 글을 머리에서 짜내지도 못할 뿐더러 이러한 글을 적을 줄도 모른다. 평소 글을 잘 적는 습관도 아니라는 사실을 알라. 짧은 글만 적었을 뿐 이러한 장문의 글은 적을 생각조차도 하지 못했다는 것을 알라. 이 존재 스스로도 자신을 잘 알고 있다는 것이다. 그래서 이 존재의 몸을 통해 내가 직접 내려와 글을 적는 것이다. 이 존재는 몸을 빌려주는 것밖에 하지 않는다는 것을 알라. 이 존재는 우리가 떠나면 이러한 글을 적을 수가 없다는 것이다. 다만 우리가 이 존재를 선택해서 이런 글이 탄생할 수 있었다는 것이다.

이제는 우리가 이 존재를 선택한 이유를 알겠는가. 우리는 이 존재를 선택한 것이 매우 잘한 일이라고 알고 있다. 이 존재는 이 책으로 종교를 만들지 않을 것이며, 이 책으로 사람들을 가르치려고도 하지 않는다는 사실을 알라. 다만 인간들이 이 책을 읽고, 깨달음을 얻으라는 것이다. 이 책이 바로 설법이요, 이 책이 바로 종교인 것이다. 내가 종교를 믿지 말라는 것은 아니다. 다만 종교를 믿되 오직 착하고, 바르고, 깨끗하게 살라는 것이다. 그래야 종교로 인한 싸움이 일어나지 않는다는 것을 알라.

종교 때문에 인간들이 싸우고 있다는 것을 알라. 종교가 왜 인간들의 싸움이 되는지 참으로 안타깝도다. 인간들이 왜 종교 때문에 이렇게 싸우고, 살인까지도 해야 하는지 하늘에서 보고 있노라면 우리는 한탄을 한다. 우리가 인간들을 평화롭게 살라고 했지, 언제 인간들한테 종교 때문에 싸우라고 했는가.

종교가 인간들에게는 소중한 것이겠지만, 절대 싸움은 하지 말아야 한다. 이러한 안타까운 마음에 우리는 인간들이 종교를 믿기는 믿되, 정말 풍요롭게 하고, 살기 좋게 하는 종교를 믿으라는 것이다. 이 지구가 정말 병들지 않게 말이다. 인간들의 한계 때문에 이 지구가 병이 들면 이 지구는 반 이상 물에 잠긴다는 것이다.

이미 늦었노라. 지금 지구가 반 이상 물에 잠기는 순간에 접어들었다는 사실을 알라. 이 지구가 지금 반 이상 물에 잠기는 순간에 들어 온 것이다. 그런데도 인간들은 그것을 알지 못하고 자꾸만 싸우고 있다는 것이다.

종교를 믿으면 착해져야지 왜 종교로 인해 파가 생기고, 서로 적이 되고, 서로 결혼도 하지 못하는 그러한 관계가 생기는지 정말 한심한 인간들이다. 종교를 믿기는 믿되, 다만 그 믿음으로 바르고, 착하고, 깨끗하게 살라는 것이다. 서로의 적을 두지는 말라는 말이다. 그 종교를 믿음으로써 가정이 화목하게 되라는 것이 우리 하늘의 선택인 것이다.

우리는 정말 안타까운 마음에 이 글을 적고 있노라. 종교로 인하여 싸움을 하고, 소중한 가정이 깨지는 것을 보고 있노라면 인간들이 정말 어리석다는 것이다.

종교는 자유이기 때문에 스스로가 섬기는 것이지, 남의 간섭으로 섬기는 것이 아니다. 그런데 왜 종교 때문에 서로 집안싸움이 나고, 가정이 까지는가? 정말 안타깝도다. 인간들이여, 종교는 정신의 지지요, 정신의 안락인 것이다. 정신이 혼란할 때 종교를 가지라는 것이다. 그런데 왜 종교로 인하여 싸운다는 것인가. 정말 인간들이 바보스럽도다. 그것은 어리석은 인간들이 깨달음이 무엇인지를 아직도 모르고 있다는 것이다.

2006년 7월 5일 밤 1시 45분

# 제2장
# 지구의 변화로 남아프리카와 인도가 사라질 것이다

　오늘도 계속해서 나무에 관하여 글을 적겠노라. 나무는 사람을 보호하고, 사랑하고, 풍요로움을 준다는 사실을 앞 장에서 이야기했도다. 그런데 인간들은 왜 나무를 무관심하게 생각하는지 답답할 때가 많다는 것이다. 그래서 이제는 나무를 많이 사랑하자는 의미에서 이 글을 적는 것이다. 그럼 왜 나무에 대한 말을 자주 하는가? 하고 의문을 갖는 사람이 있을 것이다. 이 존재는 조금 전 나무와 대화를 하고, 지금은 컴퓨터 앞에 앉아 이렇게 글을 적고 있구나. 지구의 모든 나무들이 이 존재를 돕고 싶다고 맹세를 하고 있구나. 이 존재의 모든 것을 보고 힘이 있는 영적인 나무들이 모두 돕겠다고 다짐을 하고 있구나.

아! 나무들이여, 감사하구나. 너희들까지 이 존재를 돕고 있으니 말이다.

너희들이 돕는다고 하니 이 존재가 오히려 미안해하는구나. 이런 고마움을 어떻게 전해야 좋을지 미안해하고 있구나. 나의 나무들아, 고맙다. 이 존재를 돕고 싶어하니 말이다. 세상의 나무들아, 고맙다. 너희들의 도움에 이 존재가 더욱 힘을 받는구나. 그래 고맙다, 나의 나무들아….

지구의 모든 존재들에게 우리는 덕을 주고 싶구나. 그런데 덕을 주어도 이 덕을 받지 못하는 사람들이 너무도 많이 있다는 것이다. 이 지구에는 앞으로 더 좋은 존재들이 많이 태어날 것이다. 그러나 아직 그러한 때가 오지는 않았단다. 그것은 지구의 변화가 와야 가능한 일이니라. 그렇다면 지구의 변화는 도대체 언제 온다는 것인가. 지구의 변화는 또 어떻게 온다는 것인가. 우리는 이 존재를 통하여 그 모든 것을 밝힐 것이다.

이 지구의 변화가 오는 것은 지금 당장이 아닌 오는 2009년에 온다는 사실을 알라. 2009년에는 무수히 많은 사람들이 죽어간다는 것을 알라. 지금 이 사실은 아무도 모르고 있다는 것이다. 그렇다면 왜 그렇게 많은 사람들이 죽는다는 것인가. 그 이유를 적을 것이다. 그 이유를 적으면서 인간들의 모습도 함께 적을 것이다. 인간들의 모습이란 무엇인가. 바로 인간들이 사는 모습인 것이다. 인간들이 사는 모습이란 무엇인가. 바로 당신들이 사는 모습인 것이다.

그 당신들이 사는 모습을 보고 바로 지구가 변한다는 것을 알

라. 지구가 변하면 당신은 지구의 모든 것이 변하는 것으로 짐작하지만, 일부분만 변한다는 사실을 알라. 일부분이란 무엇인가. 그것은 바로 남아프리카의 잘살지 못하는 나라인 것이다. 그 빈민 국가가 제일 먼저 이 지구에서 없어질 것이다. 이 지구에서 없어진다는 것은 무엇인가. 바로 그 나라가 이 지구의 끝인 것이다. 그렇다면 이 지구의 끝이 왜 제일 먼저 물에 잠긴다는 것인가. 당연히 의문을 가질 것이다. 그 이유는 바로 그 나라가 못사는 나라이면서 너무도 황폐한 생활을 하고 있다는 것이다.

그 황폐한 생활이란 바로 인간을 짐승처럼 여기며 생활하고 있기 때문인 것이다. 그것은 인간이 사는 모습이 아니란다. 겉모습만 인간이었지 짐승과 별반 다를 것이 없다는 것이다. 그것을 막기 위하여 우리는 최초로 그 남아프리카를 물에 잠기게 하는 것이다. 그 남아프리카를 왜 물에 잠기게 하는지 이유를 알겠는가. 우리는 인간들을 위하고, 인간들의 편안한 삶을 위하여 이렇게 인간 정화작업을 하고 있는 것이다. 우리는 다만 인간들이 인간다운 삶을 살기를 바라는 것이다. 그 인간다운 삶이란 것이 무엇인가. 바로 풍요롭고 안락한 삶인 것이다. 그 풍요롭고 안락한, 서로를 위한 살기 좋은 세상을 만드는 것이 우리의 목적인 것이다. 우리는 하늘 세상에서 인간들이 정말 안락한 생활을 하기를 바라고 있다는 사실을 알라. 그래서 우리는 남아프리카에 대해 최초로 그러한 작업을 하는 것이다.

그런데 그 이웃의 나라에도 같은 피해가 날 수도 있다는 사실을 알라. 그곳은 너무도 못사는 나라들이 많이 있다는 것이다.

그 못사는 나라는 하늘에서 빨리 청산을 하고 싶은 곳이기도 하단다. 그것은 인간들이 풍요롭게 살기를 바라는 마음 때문인 것이다. 그 못사는 나라를 없애는 방법은 이러한 방법밖에 없노라. 이러한 방법이 무엇인가. 그것은 인간들이 이미 한 번 경험했을 것이다. 그것은 바로 인간들이 말하는 해일이라는 것이다.

그 해일이 이곳의 모든 나라들을 삼키는 작업을 할 것이다. 그곳은 아마도 모두 물에 잠기고 말 것이다. 그 나라는 전부 물에 잠기어 아무도 살지 못할 것이다. 그곳의 나라들은 지구에는 아예 없는 나라로 되고 말 것이다. 인간들이 말하는 그러한 나라가 물에 잠기고 없어진다는 것이다. 또한 옆에 있는 나라들도 그렇다는 것이다. 그러한 나라가 주위에 수없이 많이 있다는 것이다. 그 작고 못사는 나라를 우리는 어쩔 수 없이 청산하기로 하였단다. 인간들은 이 존재의 글을 읽고도 '설마' 하고 생각할 것이다. 하지만 이것은 진실이니라.

우리가 왜 이 존재의 몸을 빌려 이렇게 자세한 내용을 적을까 생각을 해봤는가. 그것은 우리가 꼭 인간들에게 이 내용을 알려야 하기 때문인 것이다. 그 이유는 이 책을 읽고 그 지역에 살고 있는 존재들이 2009년 그해 그 나라에서 빨리 빠져나와야 하기 때문인 것이다. 그 지역에 있으면 아마도 영원히 죽고 말 것이다. 그 시체는 그 누구도 찾지 못한다는 것이다. 인간의 힘으로는 도저히 찾지 못한다는 것이다. 그렇기 때문에 우리는 서둘러 이 글을 적는 것이다. 인간들이 이 글을 읽고 빨리 깨우쳐주었으면 하는 것이다. 인간들이 이 글을 읽고 이 글을 읽지 못한 사람들에게 하루라도 빨리 홍보를 하였으면 좋겠구나.

어리석은 인간들 가운데는 이 글을 읽고도 '설마' 하는 존재들도 있을 것이다. 하지만 우리는 이 존재의 글이 틀림없는 사실이라는 것을 알라. 이 존재의 글은 하늘의 세상에서 이미 계획된 일인 것이다. 다만 인간들이 모르고 있기에 우리가 이 존재를 통하여 이렇게 글로 적노라. 인간들 중에서 이 글을 읽는 존재는 정말 행운인 것이다. 그 행운이 얼마나 축복인지를 알라. 이것에 대해 의심을 하지 말라. 우리는 인간들을 돕고 싶구나. 인간들을 돕는 방법이 이것밖에 없다는 사실에 우리는 안타까울 뿐이다.

인간들을 돕는 힘이 이것밖에 되지 않으니 당신들은 하늘의 세계를 원망하지 말라. 우리는 인간들을 돕고 싶은 마음에 이렇게 이 존재를 선택하여 이 글을 적노라. 하지만 인간들이 믿지 못한다면 우리도 더이상 어떻게 할 수가 없다는 것이다. 그래서 우리는 하루라도 빨리 이 글을 세상 밖으로 내보내고 싶구나. 하지만 이 존재의 현실이 그 일을 빨리할 수가 없다는 것이 안타까울 뿐이란다. 인간들이 우리를 믿고 따르면 좋겠구나. 인간들이 더 많이 믿으면 죽어야 하는 인간들이 조금은 줄어들 것이다. 그래서 우리는 이 작업을 하루라도 빨리 하고 싶은 것이다.

그럼 다음의 글을 적을 것이다. 그 다음의 글이란 무엇인가. 그것은 바로 우리가 사는 동안에 무엇이 변하는지를 보라는 것이다. 우리가 사는 동안에 변하는 모습을 보고 당신은 정말 인간들을 위한 삶을 살고 있는지를 보라는 것이다. 남을 위하는 삶을 살고 있는 인간들은 정말 행복한 삶을 살 것이다.

자, 그럼 그러한 인간의 마음을 보고 당신은 무엇을 알게 되었는가. 그것은 또 인간의 마음을 어떻게 보라는 것인가. 그것은 바로 당신 자신인 것이다. 당신 자신을 보고 당신은 정말 어떠한 삶을 살고 있는지 보라는 것이다. 그 삶 속으로 들어가 보라는 것이다. 그 삶 속에서 당신이 행복한 삶을 살기를 우리는 원한다는 것이다. 그 삶을 보는 당신은 정말 행복한 삶을 살 것이다.

그래, 우리는 인간들에게 무한한 행복을 주고 싶구나. 그런데 인간들은 이 무한한 행복(안락한 생활)이 쾌락과 환락, 사랑으로 사는 것이 안락한 생활인 줄로 잘못 알고 있다는 것이다. 우리는 인간들에게 보다 좋은 삶을 주고 싶도다. 하지만 인간들이 좋은 삶이 무엇인지 아직도 모르고 있다는 것이다. 그 삶 속에서 당신들이 정말 좋은 삶이 어떤 것인지를 보라는 것이다. 그 삶을 보면 당신들이 정말 똑바로 살고 있는지를 알게 될 것이다.

사람은 살면서 누구나 자신밖에 모르고 산다는 것이다. 그래서 사람은 자신이 누구인지도 모르고 살고 있는 것이다. 그 삶이 정말 아름다운 삶인지도 모르고 말이다. 그럼 앞 장에서 말한 대로 지구가 과연 어떻게 변화하는지 알아보자. 그 지구가 변하는 모습을 말이다. 그 지구의 모습을 보면 당신은 정말 놀랄 것이다. 그 지구는 지금부터인 것이다. 그 지구에 대해 지금부터 더 구체적으로 적을 것이다. 그 구체적으로 적는다는 것이 무엇인가? 그것은 바로 지구의 변동인 것이다. 지구의 변동을 보고 당신은 무엇을 생각하는가를 보라는 것이다.

그 지구의 변동을 보고 당신은 인간들이 똑바로 살고 있는지를 보라는 것이다. 지구의 변동에 대해 지금부터 적을 것이다. 지구가 지금은 아름답지만, 아마도 천년 후의 지구는 더 아름답게 될 것이다. 천년 후의 지구는 인간들이 아주 살기 좋은 나라로 될 것이다. 그 천년 후의 인간들은 어떠한 삶을 살까? 그 천년 후의 인간들의 삶은 상상도 할 수 없을 정도로 정말 행복하다는 것이다. 보다 더 살기 좋고 아름다운 세상이 온다는 것이다. 지금의 지구는 그 천년 후에 올 지구에 비하면 아무것도 아닌 것이다.

그 천년 후의 지구는 정말 인간다운 삶을 살게 하는 세상이라는 것이다. 그 인간다운 삶을 사는 세상이란 무엇인가? 그것은 바로 질병이 없고, 전쟁이 없고, 남을 헐뜯는 사람들도 없다는 것이다. 모두가 서로를 위해 산다는 것이다. 인간들이 너무도 착하고 착하여 하늘에서 보면 웃음꽃이 절로 나오는 그런 세상이 온다는 것이다. 그 웃음꽃이 절로 나오는 세상은 앞으로 천년 후의 세상인 것이다. 그 천년 후의 세상은 과연 올 것인가? 그 천년 후의 세상은 정말 온다는 것이다. 다만 그 천년 후의 인간들이 지금의 인간들과 조금은 다르다는 것을 알라.

지금의 인간들은 너무 이기적이어서 자기밖에 모른다는 것이다. 그러나 천년 후의 사람들은 모두 남을 위하는 삶을 살고, 나의 행복보다는 남의 행복을 더 중요시한다는 것이다. 그 남의 행복을 자신의 행복으로도 본다는 것이다. 남의 행복이 곧 나의 행복인 것이다. 남의 행복을 보면 나는 인간들이 정말 아름답게 살고 있다는 사실을 느낄 수 있게 되는 것이다. 그 남의 행복을 보면서 너무도 행복해 한다는 것이다. 그 남의 행복이 바로 나의 행복인 것이다. 그런데 지금의 인간들은 그저 나의 행복만을 찾고 있다는 것이다. 나의 행복이 중요하지, 남의 행복은 아예 무시해버린다는 것이다.

지금은 인간들이 너무도 황폐한 삶을 살고 있다는 것이다. 그래서 지금 지구에 변화가 온다는 것이다. 그 지구의 변화가 무엇인지 이제는 알겠는가. 그 지구의 변화를 보라는 것이다. 그 지구의 변화는 바로 당신들의 마음에 있다는 것이다. 그 지구의 변화를 보는 당신은 지금 어떠한가. 지구의 변하는 모습은 바로 당신들의 마음에 있다는 것이다.

그럼 지금부터 지구가 변하는 구체적인 내용을 현실적으로 적을 것이다. 그 현실적으로 적다는 것이 무엇인가. 지금 지구의 변화는 땅의 위치를 말하는 것이다. 그 땅의 위치는 어디인가. 그 땅의 위치 중 지구의 남쪽 남아프리카와 그 옆의 다른 나라들도 없어진다는 것이다. 그 옆의 다른 나라는 어디인가. 바로 인도를 말하는 것이다. 이 존재는 지구의 위치를 잘 모르고 있도다. 그러나 지도를 보면 알 것이다. 그 옆의 바로 옆, 또 그 옆의 나라가 바로 인도란 것을 말이다.

그 인도가 왜 물에 잠기는가? 그 이유를 지금 적을 것이다. 그 이유를 적기 전 이 존재는 인도라는 나라에 대한 상식이 전혀 없었다는 것이다. 그저 인도를 불교의 발상지이자 힌두교를 믿

는 나라라는 것밖에 모른다는 것이다. 하지만 불교나 힌두교와
는 아무런 상관이 없다는 것을 알라. 불교나 힌두교는 하나의
종교인 것이다. 이 존재는 종교에 대한 상식이 전혀 없도다. 그
인도는 인구가 많고 잘살지 못하는 나라인 것이다. 그래서 우리
는 이 인도를 청산한다는 것을 알라. 인도는 아무리 발전을 해
도 인간의 한계가 있다는 것이다. 그 인도는 빈곤에서 벗어나지
못하는 나라라는 것이다. 그래서 우리가 하늘에서 회의를 한 결
론인 것이다. 인도가 없어지는 것은 어쩔 수가 없다는 것을 말
이다.

그런데 인간들은 왜 하필이면 그 인도가 없어진단 말인가? 하
고 의문을 가질 것이다. 그래도 그곳은 불교의 발상지인데 하고
말이다. 하지만 인간들이 모르는 사실이 있다는 것을 알라. 지금
은 그것을 밝힐 수가 없도다. 그저 하늘에서만 알고 있는 것이
다. 다만 인간들이 모르는 사실을 하늘의 세계에서는 알고 있다
는 것을 알라. 아직 인간들은 그것을 궁금하게 여길 필요가 없다
는 것이다. 하늘은 그 모든 것을 알고 있느니라.

그러한 것은 바로 인간들이 살아가는 모습인 것이다. 인간들이
풍요롭게 살기를 우리는 원한다는 것이다. 그 풍요롭게 살기를
우리가 원하지만, 이 지구는 풍요로운 삶만 있는 것은 아니라는
것이다. 그 풍요로운 삶을 인간들에게 주기 위하여 우리는 이제
인간들이 사는 동안 불필요한 곳은 청산을 할 것이다. 그 불필요
한 청산을 하는 동안 우리는 이 존재를 통해 이렇게 미리 예언을
하는 것이다. 그것은 인간의 죽음을 조금이라도 줄이기 위하는

마음에서 그런 것이다. 이 글을 읽는 존재들은 행운인 것이다. 만약 그 지역에 살고 있는 사람들이 있다면 2009년 이전에 모두 빠져나오기를 우리는 알리는 것이다.

하지만 인간들은 이 글을 읽고도 '설마' 하며 믿지 않을 것이다. 이 글을 읽고서도 말이다. 이 글이 정말 맞을까? 하고 아예 의심을 한다는 것이다. 하지만 의심을 하지 말라. 왜 의심을 하지 말라고 하는가. 우리는 지금으로부터 약 8년 전 이미 이 존재에게 이야기를 한 번 해본 적이 있노라. 하지만 이 존재가 그때는 '설마' 하며 무시해버렸던 것이다. 하지만 그때는 우리가 이 존재에게 아주 구체적으로 말을 하지 못하였노라. 왜 못했을까? 그 이유는 이 존재의 환경 때문이었느니라. 이 존재의 환경이 그러한 예언을 전하지 못했던 것이다.

하지만 이제는 모든 세상 사람들에게 전하고 싶도다. 우리는 이 존재를 통해 인간들이 풍요롭게 살기를 원하기 때문인 것이다. 그런 삶을 주기 위해서 우리는 이 존재를 통해 이 글을 적노라. 우리가 주는 메시지를 인간들이 무시해서는 안 된다는 것을 알라. 우리가 왜 이 존재에게 이러한 글을 쓰게 하는지 이제는 알 것이다. 앞으로 더 구체적으로 글을 적을 것이다. 이 글을 적으면서 이 존재도 점점 흥미를 느끼고 있구나.

아! 그때 8년 전 이야기를 했을 때 조상 시할머니가 처음 나오고 난 후, 이제 8년 만에 그 시할머니가 다시 이 존재에게 왔노라. 8년 동안 이 존재는 다른 공부를 하며, 아이들 키우는 일로 인해 가정에만 매달렸다는 사실을 알라. 하지만 이제는 모든 것을 세상 밖으로 나오게 할 것이다.

이 존재는 이제부터 세상 밖으로 나올 것이다. 세상 밖으로 나오기 이전 이 존재는 무척 힘든 고생을 했다는 사실을 알라. 이 존재는 현재 주부이자 아내이고, 아이들의 엄마인 것이다. 그리고 시집의 며느리인 것이다. 하지만 이 존재는 가정을 소홀하게 생각하지 않는다는 것이다. 그 가정이 중요하기 때문인 것이다.

그래서 우리는 8년 전 처음으로 이 존재를 접했노라. 이 존재는 그때 우리 하늘의 세계를 알게 되었노라. 이제 이 존재가 당당하게 세상 밖으로 나올 때가 되었노라. 이제는 아이들도 둘 다 대학생이 되어 성장했기 때문인 것이다.

아이들은 대학생이기 때문에 엄마를 이해하고 있다는 것이다. 그래서 우리가 아이들이 모두 성장하기를 기다리고 있었다는 것을 이 존재는 이미 알고 있었던 것이다. 이 존재는 우리가 말을 하지 않더라도 이미 이런 사실을 알고 있다는 것이다. 이제 우리는 이 존재를 계속해서 돕고 병든 존재들의 치유도 할 것이다. 이 존재도 이미 그렇게 하겠노라고 마음을 먹고 있다는 것이다. 이 존재는 자신의 갈 길을 이미 8년 전부터 알고 있었지만, 그 누구에게도 이 이야기를 하지는 못하더구나. 그때는 그러한 사정 (환경)이 주어지지 못했기 때문인 것이다.

그래 나의 존재야, 그 긴 8년의 세월 동안 아무에게도 말을 하지 않고 너 혼자만이 알고 묵묵히 지켜온 노력이 너무도 가련하고 고맙더구나.

오늘도 긴 이야기를 적을 것이다. 그 긴 이야기는 바로 우리가 살아온 이야기인 것이다. 그 살아온 이야기는 무엇인가. 이 이야기를 적는데 있어 당신 자신의 이야기를 당당하게 남에게 말할 수 있는가를 생각해 보라는 것이다.

그 당당하게 이야기를 한다는 것이 무엇인가. 그것은 남에게 피해를 주었는가를 보라는 것이다. 그 피해를 주었다면 당신은 하늘에 당당하지 못하다는 것이다. 당신은 하늘에 당당함을 보여 줘라. 그 당당한 삶이었노라고 자신 있게 말하는 당신이라면 우리는 칭찬하고 싶노라. 인간들이 하늘을 보고 당당하다면 우리는 정말 기쁘도다. 인간들이여, 우리는 당신들이 정말 당당한 삶을 살기를 바라는 것이다.

지금 이곳은 무척 비가 많이 오고 있구나. 인간들이 말하는 장마의 계절이구나. 하지만 하늘의 세계에는 비란 게 없도다. 비는 인간의 세계에서만 있다는 것을 알라. 인간의 세계에는 정말 아름다운 것들이 많이 있다는 것을 알라. 하늘의 세계는 이러한 자연 환경이 많지도 않도다. 다만 공기와 바람과 푸른 하늘과 구름과 햇빛이 있다는 것을 알라. 인간들도 이미 알고 있을 것이다. 하지만 인간들이 모르는 하늘의 세계가 있다는 것을 알라. 그것은 바로 영계(靈界)의 세계인 것이다. 그 영계의 세계를 나는 이 존재를 통하여 이제는 글로 적을 것이다. 이 존재는 영계의 세계를 이제 조금 알고 있다.

그런데 영계의 세계가 없다고 무시해 버리는 사람들이 너무 많이 있다는 것이다. 그 영계의 세계가 많이 있다는 것을 알라. 영계의 세계가 없다고 단정 짓는 인간들을 우리는 정말 안타깝게 생각한다. 그 영계의 세계를 알게 된다면 당신들은 정말 착하게 살 것이다. 그 영계의 세계를 이제부터 이야기할 것이다.

　다음 장에서 계속해서 글로 적을 것이다.

2006년 7월 9일 밤 1시 16분

# 제3장
# 형체가 없는 영계(靈界), 하지만 영혼은 있다

자, 오늘도 앞 장에서 말한 대로 계속해서 영계(靈界)에 대하여 글을 적을 것이다. 그러나 그 영계라는 세계를 모르고 있는 인간들이 너무도 많이 있다는 것이다. 그 영계의 세계에 대해 지금부터 글을 적을 것이다. 그 영계는 바로 인간들이 살아가는 모습과 똑같은 모습이란 걸 알기 바란다. 그 영적인 세계는 다만 형체만 없을 뿐이지 인간의 모습과 같다. 그런데 인간들은 영계를 다른 세계의 모습으로 생각하고 있다는 것이다. 그 영계에 대해 더 자세하게 적을 것이다. 그 영계는 바로 당신들이 사는 모습과도 같은 것이다. 당신들의 사는 모습을 보라. 당신들의 사는 모습에서 영적인 세계를 알게 될 것이다. 그 영계를 알고 싶다면 당신의 모습을 보면 알게 될 것이다. 영적인 세계는 형체가 없지만, 영혼은 있다는 것이다.

그런데 인간들은 인간이 죽으면 그걸로 끝인 줄로 알고 있다는 것이다. 죽는다고 그것으로 끝이 아니다. 다만 인간은 형체가 있고 영계는 형체가 없는, 그 차이인 것이다. 그런데 인간은 눈에 보이지 않으니, 영계는 없다고 단정을 짓곤 하는 것이다. 그 단정을 짓는 것은 인간들의 위험한 발상인 것이다. 영계가 있다는 걸 알면 당신은 정말 함부로 행동을 하지 못할 것이다. 그것은 그 영계에서 당신을 지켜보고 있다는 것을 알고 있기 때문인 것이다.

그런데 어떤 사람은 영계가 있어도 나쁜 짓을 계속하는 사람들이 있다는 것이다. 그들은 차후의 죽을 때의 문제이지, 지금은 큰 문제가 아니라는 생각으로 살고 있다는 것이다. 그래서 우리는 정말 안타까울 때가 너무도 많이 있다는 것이다. 그 영계를 알면서도 왜 나쁜 짓을 하고 있는지 말이다. 인간들은 정말 이기적이고 당장 눈앞만을 생각하고 있다는 것이다. 그 앞만 생각하는 사람들은 정말 후손을 생각하지 못한다는 것이다. 그 후손을 생각한다면 지금이라도 하늘을 보며 정말 깨끗한 마음으로 살기를 바란다. 그 깨끗한 마음으로 하늘에 당당해 보라는 것이다. 그 마음을 보라는 것이다. 그 마음을 보고 당신은 정말 후손에게 당당하게 이야기할 수가 있는지 말이다.

그럼 지금부터 더 자세한 영계에 대한 글을 적을 것이다. 그 영계를 적는 동안 이 존재에게 양해를 구할 것이다. 이 존재는 이미 많은 영적인 세계를 알고 있지만, 인간들에게 어떻게 설명을 해야 할지 모르고 있다는 것이다. 그것은 우리가 이 존재에게 설법을 주지 않아서니라. 이 존재에게 이 설법까지 주었다면 본의 아니게 종교 아닌 종교를 만들 수도 있었기에 아예 설법을 주지 않았느니라. 그 설법을 주지 않으니, 이 존재는 자신이 알고 있는 지식을 인간들에게 전하지 못한다는 것이다. 그것은 그 설법을 주지 못했기 때문이다. 만약 그 설법을 주었다면 인간들이 이 사람의 말솜씨에 반하여 종교를 만들어 달라고 아우성을 쳤을 것이다. 그래서 우리는 이 존재에게 설법을 주지 않았니라.

우리는 인간들에게 종교를 만들라고 이야기한 적이 없도다. 그런데 인간들은 왜 종교를 만들어 서로 싸우고, 전쟁을 하여 우리를 분노케 했는가. 우리는 하늘에서 그것을 도저히 그냥 볼 수가 없었노라. 그래서 이 존재에게는 설법을 주지 않았노라. 이 존재는 앞으로, 아니 죽을 때까지 설법을 하지 못할 것이다. 대신 우리는 이 존재를 통해 책을 쓴다는 것을 알라. 그리고 이 존재는 남 앞에 나서는 것을 싫어한다는 것을 알라. 잠시 잠깐이면 몰라도 장시간 대중 앞에 나서는 걸 무척 싫어한다는 것을 알라. 그래서 우리는 이 존재를 선택하였노라. 우리는 이 존재에게 종교를 원하지도, 설법을 원하지도 않는다는 것을 알라. 다만 우리는 이 책을 후손들에게 전하고 싶은 마음뿐이란 것을 알라. 이 책을 써야 후손들이 앞으로 어떻게 살 것인가를 알고, 후손을 생각하는 마음으로 착한 일도 많이 할 수 있다는 것을 알라. 그래서 우리는 이 존재를 통해 이렇게 글을 쓰는 것이다.

자, 계속해서 영계에 대하여 글을 쓰겠노라. 영계는 정말 인간들에게는 해로운 존재란 걸 알라. 그 영계는 인간들을 못살게 만든다는 것을 알라. 그런데 인간들은 왜 영계를 무시하는지 알 수가 없도다. 다만 눈에 보이지 않는다고 해서 그렇게 단정 짓는 것이 안타까울 뿐이란다. 그래서 우리는 계속해서 영계에 대하여 글을 적을 것이다. 그 영계를 알라는 것이다. 그 영계에는 정말 나쁜 영혼들이 무수히 많이 있다는 것이다. 그리고 그 나쁜 영계들은 사람을 해치기도 한다는 것을 알라. 그렇지만 우리는 인간들이 이 영계에 대한 이야기를 믿지 않는다는 것이 안타까울 뿐이다. 그것은 그동안 그 영계에 대하여 자세히 설명한 책과 하늘의 메시지가 없었기 때문일 것이다. 그래서 우리는 이 존재를 통해 영계에 대해 하늘의 메시지를 적는 것이다.

인간들을 위한 영적인 세계를 적을 것이다. 인간들은 이 책을 잘 읽고, 스스로의 마음을 보며, 앞으로 어떠한 모습으로 살 것이고, 어떠한 마음으로 살 것인가를 잘 생각하라는 것이다. 그래서 우리는 이 책을 쓰는 것이다. 이 책을 쓰는 목적을 이제는 알겠는가. 영계를 알라는 것은 바로 자신의 앞날을 알라는 뜻과 같은 것이다. 그 자신의 앞날과 훗날의 후손을 생각하라는 것이다. 그런데 인간들은 그것이 미신이라고 단정 짓고 있다는 것이다. 그것은 인간들이 잘 모르고 하는 소리라는 것이다. 인간들이 모르고 있는, 그것은 인간의 힘으로는 도저히 치유하지 못하는 것이기에 미신으로 단정 짓는다는 것이다.

그 미신으로 단정 짓는 것은 그것을 지금까지 완벽하게 치유하지 못했기 때문이다. 하지만 우리는 이것이 미신이 아니라는 것을 직접 보여줄 것이다. 그것은 미신이 아니며 다만 인간의 힘으로 해결하지 못하는 것이다. 인간이 하는 작업에는 한계가 있다는 것이다. 그 한계를 우리는 이제 뛰어넘을 것이다. 그래서 우리는 이 존재를 통해 인간의 한계를 뛰어넘어 환자를 치유할 것이다. 다만 지금까지 그런 환자가 완쾌된 사례가 없었기 때문에 인간들이 아직 믿지를 못한다는 것이다. 그것이 한편으로는 안타까울 뿐이란다.

우리는 그 환자가 완쾌된 모습을 보여줄 것이다. 그 환자가 완쾌된 것을 직접 눈으로 보여줄 것이다. 하지만 인간들은 이것을 하늘에서 하는 일임을 모르고, 그냥 인간들이 꾸민 그러한 작업인 줄 알고 있다는 것이다. 바로 인간들이 이 존재를 믿지 못한다는 것이다. 이 존재는 거짓말을 하지 못한다는 것을 알라. 이 존재는 평소에도 거짓 행동이나 거짓말을 전혀 모르고 있다는 것을 알라. 이 존재를 알고 있는 주변 사람들은 모두 알 것이다. 이 존재를 믿고 환자가 치유되기를 바라는 인간들은 행운인 것이다. 그렇더라도 세월이 지나면 언젠가는 이에 대해 알게 될 것이다. 그냥 이 존재가 환자를 치유하는 것이 아니라, 하늘의 힘을 빌려 하고 있다는 것을 인간들은 알게 될 것이다.

그럼 계속해서 지구의 변화에 대해 적을 것이다. 지구는 과연 어떠한 모습인가. 지구는 앞으로 계속해서 변할 것이다. 지구는 변하지만, 종말은 없다고 앞 장에서 이야기했노라. 인간들은 왜 지구의 종말에 대하여 궁금해하는지 모르겠구나. 지구의 종말이

없는데도 말이다. 절대로 지구의 종말은 없다는 것을 알라. 다만 지구는 변한다는 것을 알라. 지구의 변화는 앞으로도 계속해서 이어질 것이다. 지금은 남아프리카 쪽을 이야기했지만, 앞으로 다른 나라 지역에서도 변화가 온다는 사실을 알라.

그 지역은 언젠가는 밝힐 것이다. 하지만 지금은 때가 이르다는 것을 알라. 그 이유는 지금 그곳을 밝히면 인간들이 아우성을 칠 수 있기 때문인 것이다. 인간들의 아우성을 막기 위하여 지금은 그 이야기를 하지 못하노라. 언젠가 이 존재는 죽기 전에 꼭 밝히고 죽을 것이다. 이 존재는 앞으로도 계속해서 글을 적을 것이다. 이 존재는 아마 죽을 때까지도 인간의 병을 치유하고, 인간의 답답함을 풀어주고, 인간의 삶에 대해 이야기해 줄 것이다. 이 존재는 바로 인간들을 위한 인간인 것이다.

어쩌면 인간들은 이 존재를 귀하게 여길 것이다. 이 존재가 정말 오래오래 살기를 인간들이 바랄 것이다. 이 존재는 앞으로 그렇게 살 것이며, 인간들도 그렇게 이 존재에게 원할 것이다. 이 존재는 인간들을 위하여 영원히 살고 갈 것이다. 이 존재도 그렇게 하겠노라고 다짐을 하고 있구나. 나의 존재야, 고맙다.

계속해서 인간들을 위한 글을 적을 것이다. 이 글은 인간들을 위한 글이지만 또한 우리들을 위한 글이라는 것을 알라. 그리고 우리가 하늘에서 모든 것을 보고 있다는 것을 알라. 우리는 인간들에 대해 하나도 빠짐없이 보고 있다는 것을 알라. 인간들도 하늘이 무섭다는 것을 알고 있을 것이다. 하지만 그동안은 말뿐이었다는 것이다. 그러나 앞으로 하늘의 세계를 알고 있는 모든 인간들은 행동에 있어서 조심해야 할 것이다. 그 행동이 무엇인가. 바로 당신 자신의 행동인 것이다. 그 행동을 보고 당신은 내가 정말 잘했는지 아니면 무엇이 잘못되었는지를 알라는 것이다.

그 자신의 잘못을 보고 스스로 깨우치는 인간들은 정말 착하고, 바르고, 깨끗하게 살 것이다. 하지만 그 자신의 잘못을 모르고 있다면 바로 자신의 삶을 잘못 살고 있다는 것이다. 그 잘못을 모른다는 것은 바로 죄를 짓는 것이라고 할 수가 있는 것이다. 그 죄란 게 무엇인가. 바로 당신의 사는 모습 속에서 보일 것이다. 그 사는 모습을 보고 당신을 생각해 보라는 것이다. 그 당신의 사는 모습을 생각하고, 당신의 미래와 당신의 후손을 생각해 보라는 것이다. 그 사는 모습을 보며 당신은 정말 아름답다고 생각할 때, 당신은 정말 아름다운 인생을 살고 있는 것이다.

그래 나의 존재야, 오늘도 무척이나 고생이 많구나. 인간들이 아직도 너의 일에 대해 생소한 일이라서 그런지 궁금해하고, 의심을 하고 있다는 것을 알라. 하지만 세월이 지나고 인간들도 언젠가는 너 존재를 알게 되면 그때는 너를 보며 하늘처럼 생각하고, 너를 만나는 것을 행운으로 생각하는 인간들이 무척 많아질 것이다.

그 행운은 빨리 온다는 것을 알라. 아마 수일 또는 수해 안에 온다는 것이다. 그것은 순간이라는 것을 알라. 너 존재를 경험한 사람들은 너를 만나는 것을 무척이나 좋아하고, 매일매일 보고 싶고, 만나고 싶고, 접속하고 싶을 것이다. 하지만 이 존재는 바쁜 일과 속에서도 모든 사람들에게 무척 친절하게 대할 것이다.

그 바쁜 와중에서도 이 존재는 모든 사람들을 위하여 최선을 다할 것이라는 말이다. 나의 존재야, 고맙구나. 나의 존재야….

하늘은 모든 것을 보는 능력이 있다는 것을 인간들도 알고 있을 것이다. 하지만 그 능력이란 무엇인가? 하고 궁금해하는 사람들이 많이 있다는 것이다. 그 능력을 우리는 이 존재에게 모두 주었노라. 이 존재에게 앞으로 더 많은 능력을 줄 것이다. 그것은 우리가 하늘에서 연구를 거듭하여 인간들에게 도움을 주는 역할을 할 것이다. 그렇게 하기 위해서 우리는 이 존재를 통해 모든 것을 다 줄 것이다. 이 존재도 인간을 위하여 살겠노라고 이미 다짐을 했노라. 우리는 이 존재를 무척이나 사랑하고, 아끼는 존재란 것을 알라.

그 이유는 앞 장에서도 이야기했노라. 그 이유를 왜 또 새삼스럽게 또 여기서 이야기하는가? 하고 반문하는 인간들이 있을 것이다. 하지만 우리는 더 구체적으로 이야기할 것이다. 그 이유에 대해서는 이 존재도 모르고 있다는 것이다. 그 이유를 지금부터 적을 것이다. 이 존재는 현재 여성이지만, 수많은 환생과 윤회를 거듭하며 거의 남성으로 살아왔다는 것이다. 그 수많은 윤회 속에서 왜 하필이면 남성으로 살아왔는가? 하고 궁금해하는 사람들이 많이 있을 것이다. 그 이유에 대해 이제 적을 것이다.

이 존재는 현재 보이는 모습이 여성이니라. 하지만 오랜 세월을 지나오면서 이뤄진 그 수많은 윤회 속에서도 이 존재가 여성으로 살았던 시기는 조금 밖에 없었도다. 그렇지만 이 존재는 지금 아주 여성스러운 면을 많이 가지고 있다는 것이다. 그것은 원래 고향인 하늘에서 여성으로 살았기 때문인 것이다. 원래 고향인 하늘에서는 이 존재가 바로 여성이었던 것이다. 그 여성 특유의 성격을 지구에 오면서 그대로 갖고 온 것이다.

그 여성스러운 면을 이 존재는 지구에서 영원히 갖고 있다는 것이다. 그 여성스러운 면은 본래 고향인 하늘에서 나의 부인이었던 것이다. 나는 이 존재와 하늘에서 영원한 부부였던 것이다. 그래서 나는 이번 생에 이 존재를 돕기 위해서 이렇게 하늘에서 내려왔노라.

인간들은 이 사실을 믿지 못할 것이다. 하지만 하늘의 세계에는 있는 일이니라. 하늘의 세계를 말하기 위해 내가 직접 이 존재의 몸으로 들어온 것이니라. 내가 이 존재의 몸으로 들어가면 나는 아주 인간이 된 기분이 든단다. 다만 이 존재의 육체를 통했을 뿐이란다. 이 존재는 이 글을 쓰는 동안 나에게 육체를 빌려 준 것이다. 하지만 평소 이 존재는 자신의 마음으로 산다는 것을 알라. 다만 글을 쓸 때와 환자를 치유할 때만 내가 이 존재에게 머문다는 것을 알라. 그런데 인간들은 이러한 사실을 모르고 있다는 것이다. 그저 이 존재가 귀신들린 존재 또는 신들린 존재로 오해하고 있다는 것이다. 우리는 그러한 인간들과는 다르다는 것을 알라. 이 존재는 평소 지극히 자신의 정신으로 산다는 것을 알라.

이 존재는 평소 자신의 마음으로 산다는 것을 알라. 다만 인간들이 이 존재를 원하고, 우리를 원할 때 우리가 이 존재의 몸으로 들어간다는 것을 알라. 이 존재에게 우리가 가지 않으면 이 존재는 평소 모습 그대로 산다는 것을 알라. 다만 우리는 환자를 치유하는 목적으로 이 존재에게 간다는 것을 알라. 환자 가족들이 원할 때 가는 것이다. 이 존재의 건강을 생각해서 우리는 이 존재의 몸에 하루 종일 머물 수는 없다는 것을 알라.

다만 인간들이 원할 때만 이 존재의 몸을 빌린다는 것을 알라. 그런데 인간들이 착각을 하고 있다는 것이다. 우리가 이 존재에게 매일 머물고 있는 것으로 알고 있다는 것이다. 이 존재는 평소 지극히 스스로의 마음과 생각대로, 행동대로 살고 있다는 것을 알라. 그래서 우리는 이 존재가 최대한 인간의 세계에서 인간으로서의 삶을 살게 만든다는 것이다. 이 존재는 지극히 인간이기 때문인 것이다.

다만 우리가 이 존재의 몸을 빌렸다는 것을 알라. 이 존재도 그런 것을 이미 알고 있지만, 다른 인간들은 그렇게 생각하지 않고 있다는 것이다. 그래도 우리는 이 존재를 끝까지 도울 것이다. 이 존재가 죽을 때까지 도울 것이다. 이 존재가 숨이 멈출 때까지 도울 것이다. 이 존재는 다른 무속인들과는 다르다는 것을 알라. 다른 무속인들은 오랜 세월이 지나면 신이 간다고 말하기도 하니라. 하지만 우리는 이 존재가 숨이 멈출 때까지 끝까지 같이할 것이다.

그런데 인간들은 착각을 하고 있노라. 이 존재를 다른 무속인들과 같이 생각하고 있다는 것이다. 이 존재는 다른 무속인들과는 다르다는 것을 알라. 다른 무속인들은 신을 불러들이지만, 우리가 이 존재에게 접할 때, 그냥 자연스럽게 인간들과 말할 때와 똑같은 기분이란 걸 알라. 우리는 다만 이 존재의 몸을 빌려 세상 사람들에게 하늘의 세계를 말하는 것이다. 하늘의 세계를 말할 때 우리는 이 존재를 통해서 전달한다는 것이다. 이 존재는 그저 자연스럽게 다른 사람들과 대화하는 것처럼 한다는 것이다.

2006년 7월 12일 밤 2시 28분

# 제4장
# '하늘의 눈'은 절대 속일 수 없다

오늘도 계속해서 앞 장에서 이야기한 것에 대해 적을 것이다. 앞 장에서 무슨 이야기를 한 것인지 알 것이다. 다만 인간들이 영혼이 있다는 것을 알고 있지만, 구체적으로는 모르고 있는 것이다. 그래서 우리는 이 존재를 통해 계속해서 영계(靈界)에 대한 글을 적을 것이다. 그 영계가 바로 하늘의 세계이고, 인간들이 사는 세상이기도 하다는 것이다. 영혼의 영계는 정말 좋은 영혼들이 하늘에 머물면서 인간들에게 이로움을 준다는 것이다. 다만 인간은 육체가 있지만, 영혼은 육체가 없다는 것이다. 그 영혼의 세계에 대해 인간들이 대강은 알고 있을 것이다. 여기서는 인간들이 알기 쉽게 해석해 볼 것이다.

그 알기 쉬운 방법은 바로 당신들이 사는 모습과 같다는 것이다. 영혼이 육체가 없다고 하여 영혼이 없는 것이 아니다. 다만 인간의 눈으로 보지를 못한다는 것이다. 그 영혼의 육체는 우리 하늘의 세계에서만 보이고 인간들의 모습에서는 보이지 않는다는 것이다. 그 영혼의 육체를 보는 방법은 바로 당신의 가족과 당신의 마음과 당신의 주위에 있다는 것이다.

그 영혼을 보는 것은 당신들의 바로 옆과 바로 앞에 있다는 것이다. 하지만 인간들 가운데 인간의 눈에 보이지 않는다고 하여 그냥 무시하고 영혼은 없는 것인데 왜, 미신 같은 소리를 하고 있느냐? 하며 오히려 큰 소리를 치는 사람들도 있다는 것이다. 인간들은 왜, 꼭 눈에 보여야만 영혼이 있다고 단정을 짓는가.

그래서 우리는 그런 인간들의 한심한 생각을 지우기 위하여 앞으로 이 존재를 통해 계속해서 글을 쓰고, 영혼이 어떠한 것인가에 대해 이야기할 것이다. 또한 인간들은 전생이 아예 없다고도 이야기하는 경우가 많이 있다는 것이다. 그 전생에 대해 이미 알고 있는 사람들도 있지만, 모르는 사람들도 적지 않다는 것이다. 그 전생 이야기를 하기 위하여 우리는 그동안 수많은 예를 들어 이야기했노라. 그 수많은 이야기 중에서 우리는 이 존재의 이야기를 할 것이다. 이 존재는 수많은 전생에 대해 경험했다고 앞에서 이미 이야기했노라.

인간들은 그러나 이를 무시하고 말도 안 되는 소리를 한다고 열을 내는 경우도 있을 것이다. 하지만 세상에는 인간들이 모르고 있는 사실들이 너무도 많다는 것이다. 그럼 이 존재는 어찌해서 이러한 글을 계속해서 적고 있는가. 이 존재는 내가 떠나면 하늘의 세계의 글을 단 한 줄도 적을 수가 없노라. 이 존재는 영적인 지식은 물론 영적인 종교도 전혀 없다는 것을 앞에서 이야기했노라.

다만 이 존재는 '영혼은 있다' 라는 그 정도만 알고 있다는 것이다. 이 존재는 그저 평범한 주부요, 평범한 엄마요, 평범한 며느리인 것이다. 그런데 어떻게 해서 이러한 글을 적을 수가 있단 말인가. 이 글을 읽고 있는 당신은 어떻게 생각을 하고 있는가. 이 존재는 이러한 글을 거짓으로 적을 줄도 모른다는 것이다. 그래서 인간들은 '설마' 하며 이 존재가 과연 그러한 삶을 살았을까? 하고 의심을 하는 경우도 있을 것이다.

하지만 인간들이 모르는 세계가 너무도 많이 있다는 것을 지금부터 이야기할 것이다. 그 의문이 풀릴 때까지 우리는 계속해서 이 존재의 이야기를 할 것이다. 이 존재는 현재 자신의 이야기를 모르고 있다는 것을 알라. 다만 전생이 있었다는 정도 밖에 모른다는 것이다. 그저 평범한 인간이란 말이다.

그래서 우리는 이 존재의 가정 이야기를 했던 것이다. 이 가정의 이야기는 있는 그대로의 이야기를 적은 것이다. 그런데 일부인간들은 이 가정을 왜 적는가? 하고 의문을 가질 것이다. 이 가정은 그저 평범한 가정이기 때문에 우리가 예로 든 것이다. 그 평범한 가정을 예로 든 것은 이 존재도 당신들과 같은 평범한 가정을 가진 인간이었다는 것을 말하기 위함이니라. 이 존재의 가정은 그저 평범한 직장인 남편과 자식들, 시부모, 친정부모, 형제들이 모두 살아 있다는 것을 알라.

이 존재의 집안에는 아무런 사고나 죽음도 없는 그저 평범한 가정인 것이다. 그런데 우리는 왜 이 존재를 선택하였는가. 그것이 궁금할 것이다. 그러한 이유를 이제 적을 것이다.

이 존재는 이미 앞에서 이야기한 것과 같이 원래 고향인 하늘 세계의 인간이니라. 그렇지만 인간들은 이러한 말을 믿으려 하지 않는다는 것이다. 그러한 이야기가 말이 되는가? 하고 의문을 갖는다는 것이다. 하지만 인간들이 모르는 사실이 하늘의 세계에는 있다는 것을 알라.

이 존재는 이 지구, 한국에서 그동안 살아왔지만, 한국에 오기 전 이미 미국과 캐나다의 호수 등지에서도 많이 살았다는 것이다. 그곳에서 오랜 세월을 살았던 것이다.

그래서 이 존재가 때로는 서양인의 얼굴 모습으로 보이기도 할 것이다. 그 모습을 보게 되면 알 것이다. 성장기에는 이 존재가 혼혈아인 것으로 알고 있는 사람들도 더러 있었다는 것이다. 하지만 그것은 이 존재가 전생에 서양에서도 많은 생활을 했기 때문인 것이다. 그 곳에서 여러 사람들과 여러 정치인들과 치열한 싸움도 많이 했다는 것이다. 그러나 이 존재는 전생의 서양 이야기에 대해 지금은 전혀 모른다는 것이다. 그 서양 이야기를 지금부터 이야기할 것이다. 그 서양 이야기는 지금의 이야기가 아니라, 전생의 이야기란 것을 알라.

그 전생의 이야기 중에서 이 존재는 모두 남자였다는 것이다. 그렇기 때문에 이 존재는 남자의 세계를 너무도 많이 알고 있다는 것이다. 그 남자의 세계를 이미 경험해본 것이다. 그런데 이 존재가 지금은 여자로 태어나 온전한 가정을 꾸미고, 자식을 낳아 잘 살고 있다는 것이다. 그것은 우리가 이 존재를 이제 하늘의 세계로 데리고 가기 위한 작업인 것이다. 그 작업이 무엇인가. 그것은 바로 이 존재가 인간의 고통을 덜어주고, 인간의 어려운 환경을 상담해 주고, 인간의 마음을 만져주며 가야 하는 이번 생의 정해진 운명인 것이다.

이번 생은 이 존재에게 있어 정말 훌륭한 작업을 해야 하는 과정에 와있다는 것이다. 이 존재는 지금 아주 편안한 위치에 와있다는 것이다.

우리가 이 존재의 이야기를 하는 이유는 인간이 사는 의미를 이야기하는 것이다. 그것은 왜, 이 존재는 이러한 삶을 살고 있는가? 하고 궁금해하는 사람들이 있는 이유이기도 한 것이다. 이 존재는 그저 하늘에서 시키는 대로 하고 있다는 것을 알라. 그냥 물 흐르듯이 세상을 살리려고 하는 것이다. 다만 자신의 운명을 거역하지 않을 뿐이다.

만일 이 존재가 그 작업이 싫어서 거역한다면 아마도 이 존재는 큰 병마에 시달릴 것이다. 그리고 그 병마에서 헤어나지 못할 것이다. 그 병마는 그 어느 누구도 인간의 힘으로는 고칠 수 없는 병이기 때문인 것이다. 하지만 이 존재는 이미 10여 년 전부터 우리의 하늘 세계를 알고 자기의 길을 가겠노라고 이미 마음을 먹었노라. 그래서 우리는 이 존재에게 감사하고, 한편으로는 미안하구나.

우리가 이 존재의 이야기를 하는 이유를 이제 알겠는가. 이 존재의 사는 모습을 보고 당신들도 하늘 세계를 알라는 것이다. 하늘은 그냥 보이는 하늘이 아니라는 것이다. 하늘의 세계는 분명 있다는 것이다. 하늘의 세계를 알면 후손들을 생각해서 당신의 나쁜 버릇을 없앤다는 것이다. 그 나쁜 버릇이 무엇인가. 바로 당신의 가깝고도 사소한 이야기인 것이다.

그 사소한 이야기를 당신들이 무시하면 안 된다는 것을 알라. 그 사소한 것은 바로 당신의 앞과 옆에 있다는 것을 말이다. 그 사소한 것이 바로 당신을 행복으로 넣어주기도 하고 또는 불행으로 넣어주기도 한다는 것을 알라. 그 사소한 일을 소홀하게 여기지 말라는 것이다. 그 사소한 일을 자신의 일처럼 생각하라는 것이다.

그 사소한 일은 바로 인간들이 말하는 도(道)요, 깨달음인 것을 알라. 그리고 이미 깨달음을 멀리서 찾지 말라고 앞에서 이야기했노라. 그런데 인간들은 깨달음을 왜 멀리서 찾고 있는가. 깨달음은 바로 당신의 그 사소한 곳에 있는데 말이다. 그 깨달음을 보라는 것이다. 그 깨달음을 보고 나서 정말 '깨달음이란 이런 것이구나' 하고 생각할 때 당신을 도와 깨달음을 얻는 것이다. 그것이 바로 삶의 이치와 깨달음인 것이다. 이제 깨달음에 대해 알겠는가. 그 깨달음을 보는 관점을 알겠는가.

그럼 계속해서 이 존재의 전생 이야기를 할 것이다. 왜, 이 존재의 전생 이야기를 하는 것인가? 하고 의문을 가질 것이다. 이 존재는 무수한 전생 동안 깨달음을 얻기 위하여 수도생활을 했다는 것이다. 그 수도생활을 하는 동안 이 존재는 사랑에도 빠져 봤다는 것이다. 그 수도생활을 하는 동안 이 존재는 사랑하는 사람이 있었지만, 그 사랑의 열매를 맺지는 못했다는 것이다.

이 존재는 전생에 깨달음을 얻기 위하여 수도생활을 했다는 것이다. 하지만 왜 그때는 깨달음을 얻지 못했을까? 그 당시는 하늘에서 인정을 해주지 않았기 때문인 것이다. 하늘에서 인정을 해야 깨달음이 온다는 것이다. 본인만 깨달음을 얻었다고 해서 하늘에서 곧바로 인정을 하는 것이 아니라는 것이다. 그 깨달음은 아무에게나 주는 것이 아니다.

다만 작은 것도 소중하게 생각하고 생활하라는 메시지인 것이다. 그런데 하늘의 깨달음을 얻으려면 전생의 업도 있어야 한다는 것을 인간들이 모르고 있노라. 그 깨달음은 바로 전생과 현생이 같이 있어야 도달할 수 있는 것이다. 그 깨달음을 이제는 알겠는가.

인간들은 종교를 가져야 깨달음을 얻을 수 있는 것이라고 알고 있노라. 하지만 우리는 하늘의 눈을 알라는 것이다. 하늘의 눈은 절대 속일 수가 없다는 것을 알라. 하늘의 눈은 정말 정확한 정밀한 초침과도 같다는 것을 앞에서 이야기했노라. 그래서 우리는 여기서 그것에 대해 더 구체적으로 적는 것이다.

우리가 왜 이러 이야기를 하는지 인간들이 모르고 있다는 것이다. 그러한 이야기를 알기에는 인간들이 하늘의 세계를 너무도 무시한다는 것이다. 이런 이야기는 하늘의 세계를 알라는 메시지인 것이다. 그 하늘의 세계를 알면 당신들은 정말 바른 삶을 살게 될 것이다. 그 하늘의 세상은 과연 무엇인가. 그것을 앞에서 이미 이야기했노라. 그 앞에서 이야기한 것을 왜 또 하는가? 하고 의문을 가질 것이다. 그 이야기에 대해서 적을 것이다.

지금 이 이야기를 인간들은 생소하게 여길 것이다. 하지만 이 이야기를 많이 알아야 지금의 인간들이 죽음을 면한다는 것이다. 그것은 무엇인가. 바로 앞에서 이야기한 2009년에 있을 지구의 변화에 대한 이야기를 하는 것이다. 그 지구의 변화하는 이야기를 왜 또 여기에서 하는가? 하고 의아해 할 것이다. 하지만 우리는 반복해서 강조하는 식으로 이야기를 해야 인간들이 이 글을 믿기 때문이라고 생각한다는 것이다.

이 존재는 우리의 이야기를 전혀 모른다는 것을 알라. 이 존재는 내가 하는대로 글로 적는다는 것을 알라. 이 존재 또한 다른 인간들과 같이 이 글을 적으면서도 정말 그해 그러한 일이 일어날지 궁금해하고 있다는 것이다. 그러나 그것은 사실인 것이다. 그래서 우리는 인간들을 구하기 위하여 이렇게 반복하며 이야기를 하는 것이다.

인간들의 세계에서 그동안 그 어느 누구도 이런 이야기를 하는 예언자가 없었다는 것이다. 이 중대한 예언을 말이다. 그래서 우리는 시급하게 이 글을 쓰고 있는 것이다. 이 존재는 지금 퇴근도 하지 않고 사무실에서 이 글을 적고 있노라. 이 더운 여름에 말이다. 그래 나의 존재야, 고맙다. 나의 존재야.

우리는 이러한 일을 이 존재를 통해 전하고 싶어서 끝없는 노력을 하고 있다는 것이다. 이 존재도 가정생활을 하지 못할 정도로 이 글을 적는 일에 전념하고 있다는 것이다. 그렇기 때문에 인간들이 이 하늘의 메시지를 믿을 것이라고 우리는 알고 있느니라. 이 글에 진실이 담겨 있다는 것을 말이다. 이 글은 이 존재의 있는 그대로의 사실을 적었다는 것을 알라. 이 존재를 알고 있는 사람들은 이 글이 있는 그대로 적었다는 사실을 알고 있을 것이다. 그래 인간들이여, 이 글을 읽고 그해에 꼭 남아프리카 쪽 방문을 삼가라. 그리고 주위 사람들 모두에게 이러한 이야기를 전하기 바란다. 인간들 가운데 이 글을 읽지 못하고 그곳으로 가는 존재는 정말 불행한 삶을 사는 사람일 것이다. 그것은 본인은 물론 그 가족들에게도 슬픔을 안겨준다는 사실을 알라. 인간들이여, 이 글을 명심하여라.

우리는 오랜 세월 속에서 인간들을 돕고 싶었도다. 그런데 인간들은 우리의 좋은 기운을 받지도 못하더구나. 그러나 우리는 인간들을 돕기 위해 이렇게 직접 내려왔다는 것을 앞에서 이야기했노라. 그런데 또 다시 이야기를 하노라. 인간들이 우리의 예언을 명심하기를 바란다. 우리의 예언은 정확하다는 것을 알리고 싶도다. 우리의 예언을 무시하면 인간들에게 무척 큰 상처를 안겨줄 수도 있다는 것을 알라.

그 상처가 엄청나게 크다는 것도 알라. 우리는 그러한 예언을 하기 위하여 지금도 이 존재의 몸을 빌려 이렇게 글을 쓰고 있노라. 인간들이여, 우리는 재삼 이야기를 반복한다는 것을 알라. 그리고 우리는 이 존재를 끝까지 도울 것이다. 이 글을 읽고도 믿지를 못한다는 것은 그 인간들이 그만큼 어리석다는 것을 이야기하는 것이다.

그 어리석은 것을 인간들 자신은 모르고 있다는 것을 알라. 이 글을 읽고 이러한 예언이 어디 있느냐며 이 존재를 협박하는 인간들도 있을 것이다. 하지만 세월이 지나면 모든 것이 진실로 드러날 것이다. 그때 후회한들 아무 소용이 없다는 것을 알라. 그 후회를 막기 위하여 우리는 이 존재를 통해 이렇게 글을 쓰노라. 이제는 알겠는가. 인간들이여‥.

그런데 인간들이 이 존재의 힘을 믿지 않을 수가 있다는 것이다. 하지만 우리는 이 존재에게 하늘의 힘을 주고 있다는 것을 알라. 이 존재를 통하여 그것을 직접 확인해 봐라. 인체의 질병을 알아내는 투시력을 말이다. 그 투시력은 인간들이 도저히 알 수가 없는 나쁜 기운과 균을 이 존재의 눈으로 확인이 된다는 것을 알라.

인간들은 다만 기계를 통하여 확인이 되는 것을 우리는 이 존재의 눈을 통하여 알 수가 있다는 것이다. 이 존재는 우리의 소중한 존재란 걸 앞에서 이야기했노라. 그와 같이 인간들에게도 소중한 존재란 걸 알라. 이 존재의 손을 통해 많은 환자가 완쾌될 수 있다는 것을 알라. 우리는 이러한 일을 알리기 위해 이러한 글을 적었고 또한 지구의 변화가 온다는 것을 알리기 위하여 이 글을 적고 있노라. 인간들이여, 이제는 이 존재의 힘을 알겠는가.

그래 우리는 이 존재를 무척 사랑한단다. 다만 인간들이 이 존재를 모르고 있다는 것이다. 이 존재는 하늘에서 인간들의 세상을 내려다 볼 때 보기 힘든 존재의 인간이다. 하지만 인간들의 세상에서는 그것을 몰라준다는 것이다. 우리는 그러나 그것에 개의치 아니한다는 것을 알라. 이 존재는 그러한 것을 굳이 자랑하고 싶은 마음도 없다는 것이다. 그저 하늘에서 하는 일을 묵묵히 하고만 있다는 것을 알라.

우리는 이 존재의 몸을 빌려 인간들을 깨우쳐 주고, 인간들의 사는 길을 좋은 쪽으로 인도하고, 인간들이 바르게 살 수 있는 방법을 아주 평범한 곳에서부터 찾기를 원한다는 것이다. 그 평범한 것이란 바로 자신의 가정에 있다는 것을 알라. 인간들은 그 평범한 생활을 일상에서 찾아야 하며 그 생활을 하는 동안에 그 깨달음이 있다는 것을 알라. 그저 도(道)가 전부가 아니라는 것을 말이다. 그 도는 바로 당신의 앞과 옆에 있다는 것을 알라는 것이다.

그럼 다음은 전생에 관해서 쓰겠노라. 인간들은 전생이 무엇이 그리 중요한가 하고 이야기를 할 것이다. 그 전생은 바로 현생의 삶인 것이다. 그 전생의 삶을 보고 싶거든 현생을 보라고 이미 이야기를 했노라. 그 현생을 보면 바로 당신의 전생이 보인다는 것이다. 그 전생에 대해 보고 싶거든 말이다. 그래서 우리는 그동안 이 존재의 전생에 대한 이야기를 했던 것이다. 이 존재의 전생은 정말 무수하다는 것을 이야기했노라. 그 무수한 이야기 중 최근의 이야기와 서양의 이야기를 했노라. 하지만 인간들은 이를 믿어주지 않는구나.

이 존재가 그럼 정치인이란 말인가? 하고 반문할 것이다. 사실이 존재는 전생에 정치인으로도 많은 삶을 살았노라. 하지만 현생은 아주 평범한 주부요, 엄마인 것이다. 그런데 왜 그 정치인이 평범한 주부로 환생을 했을까? 하고 반문할 것이다. 그것은 이번 생이 마지막이란 것을 앞에서 이야기했노라. 이 존재는 이번 생이 인간으로서 마지막인 것이다.

하지만 우리는 이 존재의 전생에 대해 또 적을 것이다. 그것은 바로 이번 생의 사람과의 인연도 있다는 것이다. 그것은 이 사람의 남편도 되고, 이 사람의 전생의 원수도 되는 것이다. 이 사람 남편의 전생은 평범한 군인이었던 것이다. 그래서 부부인연으로도 이렇게 만난다는 것이다. 그 원수가 또 부부가 된다는 것이다.

하지만 이 존재는 이러한 말에 개의치 않는단다. 그것은 모든 것에 대한 마음을 비웠기 때문이란다. 그래서 우리는 이 존재의 전생 이야기를 적는 것이다. 하지만 이 존재의 남편은 어떠한 생각을 할지 궁금해지는구나. 그러나 전생은 진실인 것이다. 그 전생의 진실을 우리는 적는 것뿐이다. 그 진실을 인간들은 모르고 있다는 것이다. 혹자는 그 전생의 이야기가 무엇이 그렇게 중요하단 말인가? 하고 반문할 것이다.

하지만 그것은 이번 생에 우리가 풀어야 할 숙제인 것이다. 그 숙제는 서로가 부부로 인연을 맺어 살면서 또 풀고, 모든 것을 용서해야 한다는 것이다. 그 용서를 이번 생에 꼭 하기를 우리는 바란다. 그래야 다음 생에는 아름다운 인연으로 맺는다는 것을 알라. 우리는 이러한 사실을 이 존재를 통해 이야기하고 싶었던 것이다.

그런데 인간들은 우리가 왜 이렇게 힘들어하는가 하고 이번 생의 인연을 무척 원망한다는 것이다. 그 원망을 하지 말라는 것이다. 그 원망은 다시 다음 생으로 간다는 것을 알라. 그 원망을 하지 말라는 것이다. 그저 물 흐르듯이 살라는 것이다. 없으면 없는대로, 있으면 있는대로 살라는 것이다.

그런데 인간들 중에 이번 생이 왜 이렇게 힘들게 만들었냐고 묻는 이가 있다는 것이다. 그것은 다만 자신이 지은 업인 것이다. 그 업을 지금 생에서 다스리기를 우리는 바라는 것이다. 그렇게 하여 다음 생에 아름다운 삶을 약속한다는 것을 알라. 우리가 이러한 이야기를 왜 하는지를 알라. 그 이유는 바로 당신들이 살고 있는 현생의 삶을 보며, 당신들도 전생에 대해서 보라는 것이다. 이번 생을 보면 바로 전생에 대해 알 수 있다는 것이다. 그런데 이 존재는 이번 생에 왜 이러한 삶을 살아야 하는가? 하고 반문할 것이다. 그것은 앞 장에서 이미 이야기했노라.

2006년 7월 13일 밤 11시 39분

# 제5장
# 타인을 괴롭히면 그 사람이 죽어서 달려든다

앞에서 말한대로 계속해서 인간의 영계(靈界)에 대하여 이야기를 하겠노라.

인간들은 영계의 세계에 대해 간략하게나마 알고 있으면서도 왜 영계를 무시하는지 모르겠구나. 그 영계의 세계에 대해 자세히 알게 된다면 인간들은 삶을 정말 바르게 살고자 할 것이다. 그 바르게 살고자하는 삶은 무엇인가. 그것은 바로 하늘의 세계에서 바라는 인간들의 참다운 삶을 말하는 것이다. 그 참다운 삶이란 게 무엇인가. 그것은 바로 인간들이 말하는 남을 생각하는 마음, 남을 배려하는 마음, 남을 나의 가족처럼 생각하는 마음을 가져야 한다는 것이다. 그래야 인간들의 후손들이 행복한 삶을 살 수 있을 것이다. 그 행복한 삶이 바로 가까운 곳에 있는데, 인간들은 왜 멀리서 찾는지 모르겠구나.

우리는 인간들이 정말 행복하게 살기를 바라는 마음에서 영계의 세계를 이야기하는 것이다. 그 영계의 세계는 바로 당신들의 삶을 바르게 살도록 만들어준다는 것을 앞에서 이야기하였노라. 인간들은 영계의 삶을 알면 왜 우리 후손들이 그리고 우리가 왜 행복한 삶을 사는가? 하고 반문할 것이다. 그렇게 반문하는 것은 인간들이 하늘의 세계를 잘 모르고 있기 때문인 것이다.

그것은 바로 영계의 삶이 인간의 삶과 직결한다는 것이다. 그 직결한다는 것이 무엇인가. 바로 죽은 영혼들이 살아있을 때 바르게 살고, 남을 생각하며 살면 하늘에서는 그 죽은 영혼이 바른 세계로 간다는 것이다. 그 하늘의 바른 세계란 무엇인가. 바로 죽은 다음 다른 세계로 환생을 한다는 것이다. 그런데 그 영혼이 살아있을 때 나쁜 업을 지었으면 영계의 세계에서 자신이 지은 죄를 숨기고자 하늘의 세계로 가기 싫어한다는 것이다.

인간들은 대부분 사람이 죽으면 그만인 것으로 알고 있다는 것이다. 그 죽음의 세계는 인간들이 생각하는 세계와는 아주 다르다는 것을 알라. 그 죽음의 세계는 바로 당신들의 삶과 같이 직결한다는 것이다. 그 자신의 삶과 직결된다는 것을 이제 알겠는가. 그 자신의 지은 죄를 왜 하늘에까지 와서 숨기고, 인간의 몸에 붙어있냐는 것이다. 영계의 세계에서는 또 다른 세계가 있는데도 말이다. 그러한 세계를 알리기 위하여 우리는 인간들의 고정관념을 깨우고 싶은 것이다. 그 고정관념 때문에 이제 지구에 한계가 왔다는 것이다. 그리고 이제 지구의 인간들에게 나쁜 병이 다가오고 있다는 것이다. 그 병은 무엇인가. 바로 인간들이 말하는 정신병으로, 이 병은 앞으로 너무 많이 나타난다는 것이다. 그 정신병을 앞으로 이 존재가 계속해서 치유할 것이다.

그 정신병은 바로 인간들이 말하는 빙의현상인 것이다. 그 빙의현상은 무엇인가. 바로 귀신들린 병인 것이다. 그 귀신들린 병으로 인해 후손이 힘들어한다는 것이다. 그 후손을 생각해서 지금부터라도 더 착하고, 바르고, 깨끗하게 살라는 것이다. 그 깨끗하게 살라는 것을 이제는 알겠는가. 그 깨끗하게 사는 방법을 우리는 알려주고 싶은 것이다. 그 깨끗하게 사는 방법을 이제는 알겠는가. 바로 이웃을 자신의 가족처럼 사랑하고, 배려하고, 베풀라는 것이다. 그 사랑이 바로 자신의 후손을 위하는 마음인 것이다. 그 사랑이 후손들을 행복한 삶으로 갈 수 있도록 한다는 것을 알라.

인간들은 그렇게 한다고 해서 왜, 후손이 행복한가? 하고 반문할 것이다. 그 후손의 행복은 바로 당신들이 바르고, 착하고, 깨끗하게 살면 나쁜 영들이 후손에게 머물지 않게 된다는 것이다. 그 나쁜 영(靈)들이 후손에게 머물고 있으면 후손은 아주 힘든 삶을 살게 된다는 것이다.

그 나쁜 영들은 인간들을 정말 힘들게 하여 정신병을 만들기도 한다는 것이다. 그 정신병이 얼마나 무서운지는 겪어본 가족이면 알 것이다. 그 정신병이 온 가족을 힘들게 한다는 사실을 말이다. 그 정신병은 당신 가족뿐만 아니라, 다음 또 다음 후손에게도 간다는 것을 알라. 그 나쁜 영이 계속해서 후손들에게 대물림한다는 것이다.

하지만 인간들은 이것을 유전병이라는 판단을 내리며 단정을 짓기도 한다는 것이다. 그것은 인간들이 이 영계의 세계를 잘 모르고 하는 것이다. 그 영계의 세계에 대해 잘 알지 못하다보니 인간들이 그저 이 병을 유전병이라고 판단을 내리는 것이다.

하지만 이러한 환경을 겪어보고, 이러한 병을 이 존재에게 치유 받은 환자의 가족들은 이제 이해하고 있다는 것을 알라. 이 병은 자꾸 후손들에게 대물림하는 것이다. 이 나쁜 영들은 하늘의 세계에 가기 싫어 인간들을 하나의 도피처로 활용한다는 것을 말이다.

인간들이 영계의 세계를 모르다보니, 그저 그것은 유전병 또는 태어날 때부터, 원래부터 이 아이에게 있는 병(病)이라고 판정을 내린다는 것이다. 그것은 인간들이 모르고 하는 것이다. 하늘에는 인간들이 모르는 세계가 너무도 많이 있다는 것이다. 그 하늘의 세계를 잘 알고 있으면 정말 나쁜 짓을 하지는 못한다는 것이다. 그 나쁜 짓을 인간들은 알고 있을 것이다.

인간들이여, 하늘의 세계를 알라. 하늘의 세계는 정말 정밀하다는 것을 알라. 왜 우리는 이러한 말을 계속해서 이 존재를 통해 하고 있는가. 우리는 인간들에게 하늘의 세계에 대해서 알라는 것이다. 인간들이 하는 행동을 보고 있노라면 우리는 정말 답답하고, 인간들이 이렇게 미련스러운가 하며 한탄을 한단다.

그 한스런 짓을 하지 말라는 것이다. 인간들은 그들의 세계에서 그 한(恨)이 무엇인지 이제 알 것이다. 그 한 많은 짓을 다른 인간들에게 주지 말라는 것이다. 그 한 많은 짓을 다른 인간에게 하고 있다면 바로 당신의 후손에게 영향이 미친다는 것을 알라. 그 상대의 한이 바로 당신의 후손들에게 간다는 것이다.

그 한을 타인에게 주지 말라는 것이다. 그 한이 얼마나 나쁜 짓인지 인간들은 아직도 모르고 있다는 것이다. 그 한이 바로 당신의 자식과 당신의 후손에게로 간다는 것을 알라. 그 한을 절대로 타인의 마음에 담지 말 것을 당부하느니라. 인간의 세계에 '그 한 많은 인생'이란 말도 있지 않은가. 그 한 많은 인생이 정말 무섭다는 것이다. 그래서 그 한을 타인에게 절대로 안겨주지 말라는 것이다. 그것은 바로 인간들이 말하는 보복이요, 원수를 갚는 일인 것이다. 그 한 많은 마음을 품지 못하게 하기 위해 타인을 배려하고, 사랑하고, 나의 가족처럼 생각하고, 나의 자식처럼 생각하라는 것이다.

그 한 많은 마음이 죽은 뒤에 바로 자신의 자식과 자신 또는 후손들에게 와서 괴롭힌다는 것이다. 그것은 꼭 그렇게 한다는 것을 알라. 인간들은 '사람이 죽으면 그만이지'라고 생각하고 있다는 것이다. 그것은 인간들이 착각하고 있는 것이다. 인간들이 그 착각하는 것 때문에 죽음의 세계를 무시하고 있다는 것이다.

그 죽음의 세계를 알면 절대로 타인을 함부로 깔아뭉개거나, 무시하거나, 저주를 해서는 안 된다는 것이다. 그러한 행동으로 인해 후손과 자신의 자식들이 너무도 힘든 삶을 살게 된다는 것을 알라. 그 상대를 괴롭히면 바로 그 상대가 죽은 뒤 바로 자신의 자식이나 후손들에게 원수를 갚겠다고 달려든다는 것을 알라. 바로 죽은 영혼이 괴롭힌 인간들에게로 간다는 것이다.

우리는 이러한 것을 알리기 위하여 이 존재를 통해 이 글을 적고 있노라. 이 존재의 글을 완전히 무시하고 자신의 멋대로 산다면 당신에게는 정말 불행한 삶이 기다리고 있다는 것을 알라. 그 삶이 얼마나 처참한지를 알라는 것이다. 더구나 후손들도 당신 때문에 처참한 삶을 산다는 것을 말이다.

이러한 글을 쓰기 위해 이 존재는 무척 바쁜 시간을 쪼개어 늦은 오늘밤에도 글을 적고 있노라. 우리는 앞으로 하늘 세계의 이야기를 무수하게 할 것이다. 그 하늘의 세계를 이야기하는 동안 이 존재는 정말 바쁜 하루하루를 보내야 한다는 것을 알라. 그래서 우리는 이 존재의 건강도 생각해야 하노라.

이 존재의 건강을 생각하는 마음에서 우리는 이러한 기(氣) 치료를 그동안 하늘의 세계에서 연구하여 왔다는 것을 알라. 이 존재는 환자를 치유하면 자신의 몸이 많이 상한다는 것을 알고 있다는 것이다. 그래서 우리는 이 존재의 건강을 위해 하늘에서 기 치료에 대해 연구하여 이 존재에게 주고 있도다. 그런데 그 기를 이 존재에게만 주는 것이 아까운 마음에 일반인의 몸에게도 기 치료를 해주기로 하였단다. 기 치료를 하는 동안 엄청나 하늘의 기운이 이 존재의 몸을 통해 들어간다는 것을 알라.

인간들은 이 기 치료가 눈에 보이지 않는다고 해서 그냥 시시한 치료로 알고 있다는 것이다. 하지만 이미 경험을 해본 환자들은 알고 있다는 것이다. 그 기 치료를 받고 나면 얼마나 자신의 몸에 좋은지 말이다. 그 기 치료는 인간들이 모르는 모든 기운을 이 존재의 몸을 통해 들어가게 한다는 것을 알라. 하늘에서 연구한 그 기 치료는 이 존재를 위하는 마음에서 하게 됐다는 것을 알라. 그리고 이를 모든 인간들에 주고 싶어, 우리는 이 존재의 손을 통해 기 치료를 한다는 것을 알라. 그 기 치료는 인간들이 모르는 무구한 힘이 있다는 것을 알라. 그 경험을 해본 가족들은 알 것이다. 그 경험을 장기간 해본 가족들은 이 기 치료가 아주 대단하다는 것을 알고 있다는 것이다.

2006년 7월 14일 밤 1시 10분

# 제6장
## 이 존재의 몸을 통해 앞날의 예언이 나온다

그런데 인간들은 왜, 죽으면 그걸로 끝이라고 인정을 하고 있는지 우리는 안타까울 뿐이란다. 그 죽음은 바로 살아있는 인간들과 계속 연결된다는 것이다. 그 죽음을 바로 알고 인간들이 그들의 세상에서 살면 정말 나쁜 짓, 못된 짓을 하지는 못할 것이다. 그 나쁜 짓이란 것에 대해 앞에서 이미 이야기했노라. 그러나 인간들은 그저 현실만을 생각한다는 것이다. 그 현실이 지금은 고달프고 힘들지만, 조금만 참으면 정말 나의 행복한 삶으로 오는 것을 말이다. 그 삶을 잘 참고 견디어 주기를 우리는 하늘에서 바라는 것이다. 그 하늘의 세계에서는 인간들만의 고뇌가 있다는 것을 잘 알고 있노라. 인간들에게 있어 그 고뇌는 누구에게나 다 있는 것이다. 그 고뇌를 순간순간마다 잘 참고 살아가기를 우리는 바라는 것이다.

인간의 삶이 무척이나 힘들다는 것을 우리도 알고 있노라. 하지만 인간의 삶이 모두 그런 것은 아니라는 것을 알라. 다만 전생의 삶과 현생의 삶이 서로가 융합하기 위한 길인 것이다. 그 길을 잘 참고 가기를 우리는 바란다는 것이다. 그 전생의 삶이 지금 현생의 삶과 같이 온다는 것을 알라. 그런데 그것을 인간들은 모르고 있다는 것이다. 인간들이 알게 되면 인간들의 세계에서 서로 전쟁이 일어나기 때문이다.

우리는 인간이 태어날 때 인간의 몸에서 전생의 기억을 모두 지웠노라. 그 전생의 기억을 지워야 인간으로서의 생활을 제대로 할 수 있기 때문인 것이다. 그 전생의 기억이 매우 중요하기 때문인 것이다. 그래서 그 전생에 대해 기억하지 못하게 만들어 놓은 것이다. 그 전생의 기억을 지워놓아야 인간으로서의 삶이 온전하게 된다는 것이다. 그 전생을 기억하지 못하게 말이다. 그 전생의 기억을 하게 되면 인간들이 서로 싸우고, 죽이며 인간의 세계는 아예 전쟁의 세계가 되고 만다는 것이다. 그래서 우리는 전생의 기억을 모두 지워놓았느니라.

그렇다면 그 전생이 무엇 때문에 그렇게 중요하단 말인가? 하고 인간들은 의문을 가질 것이다.

그 전생의 기억을 못하게 하지 않으면 서로가 만나 상처만 줄 수 있다는 것이다. 그 상처가 바로 전생의 상처인 것이다. 그 전생의 상처를 어루만져줌으로써 다음 생 또 다음 생에 서로 다른 인연을 맺을 수 있다는 것이다. 그 인연이 바로 다음으로 연결된다는 말이다. 그 다음으로 연결되는 것은 우리가 있는 하늘의 세계인 말이다.

그 하늘의 세계를 인간들은 모르기 때문에 우리는 이 존재를 통하여 이렇게 글을 적노라. 그런데 왜 인간들은 하늘의 세계를 무시하는지 정말 한심할 뿐이다. 그 하늘의 세계를 정확히 알고 인간들이 정말 착하고 깨끗한 삶을 살기를 우리는 바란다.

그럼 계속해서 이 존재의 전생에 대해 쓸 것이다. 왜, 이 존재의 전생에 대해 쓰는가? 하고 의문을 가질 것이다. 그것은 이 존재의 전생이 바로 당신들의 전생일 수가 있다는 것이다. 그 전생의 이야기를 들어봐라. 그 전생의 이야기를 쓰는 동안 그리고 이 글을 읽는 동안 당신의 전생에 대해 기억해 보라는 것이다. 그 전생의 기억을 생각해 보고 당신은 지금의 인연이 무슨 인연인지를 알라는 것이다.

그 전생의 기억을 더듬어 보라는 것이다. 계속해서 이 존재의 전생에 대해 적을 것이다. 이 존재의 전생은 바로 이 존재가 한국에 오기 전 서양의 세계에서도 많이 살았다는 것을 앞 장에서 이야기했노라. 지금의 한국 땅에서는 평범한 여성으로 태어났지만, 앞에서는 이 나라의 임금님이었다는 것도 이야기했노라. 하지만 인간들은 '설마' 하고 생각을 한다는 것이다. 그것은 진실인 것이다. 다만 이 존재가 인간으로서 전생에 대해 기억하지 못한다는 것뿐이다. 이 존재가 인간으로 태어날 때 우리가 이미 전생에 대해 지워놓았노라. 전생에 대해 지워놓은 이유를 이제는 이야기할 것이다. 그 이유는 바로 인간으로의 삶을 살기를 바라는 우리의 마음에서 그렇게 지워놓았노라.

모든 인간들의 경우도 인간으로 살기를 바라는 마음에서 우리가 하늘의 세계에서 모든 인간들의 전생에 대해 지워놓았다는 것을 알라. 그래야 인간의 세계에서 바르게 살 수가 있다는 것이다. 그 전생에 대해 기억하게 되면 인간들은 인간들의 세계에서 살 수 없다는 것을 알라. 당신도 아마 자신의 전생에 대해 기억하지 못할 것이다. 그 기억을 해낸다는 것이 인간의 힘으로는 도저히 할 수 없는 것이다. 그러나 지금의 세상에서는 최면이란 것이 있어 인간들의 전생체험을 하고 있다는 것이다. 우리가 하늘에서 인간들에게 그러한 무기를 주었노라. 그 무기를 준 이유를 이제는 적을 것이다. 그 최면의 무기를 말이다. 그 최면의 무기를 준 이유는 이제는 전생에 대해서 알고, 현생에 잘 적응하라는 것 때문이다.

지금의 현생을 힘들어하는 인간들이 이 세상에는 너무도 많이 있다는 것이다. 그 힘들어하는 현생은 전생에 대해 기억하고 지금의 삶을 다시 생각해 보라는 것이다. 지금의 생을 생각해 보고 다시는 전생과 같은 삶이 이어지지 않기를 우리는 바란다는 것이다. 그 전생의 삶 속에서 지금의 현생이 있다는 것을 알라. 그 현생을 보고 당신은 전생에 대해 생각하는 마음을 가지라는 것이다.

그 전생의 삶이 지금의 현생과 같은 흔적이 있다는 것을 알라. 그런데 인간들은 전생이 없는데 왜, 전생에 대해 들먹이고 있느냐고 야단법석을 떠는 종교도 있다는 것이다. 그것을 우리는 하늘에서 이미 알고 있느니라. 하늘의 세계를 인간들이 지금은 알고 있는가. 하늘의 세계를 알리기 위해 우리가 지금 이 존재에게 내려와서 이렇게 글을 쓰고 있는데 말이다. 그런데도 인간들은 설마 이 존재가 그럴까 하며 생각을 한다는 것이다.

인간들의 세계에서 전생에 대해 믿는 것은 자유다. 하지만 인간들의 생각이 다른 생각을 한다는 것을 우리는 알고 있다는 것이다. 우리는 인간들에게 바르게 또는 착하게 살라는 메시지를 주는 것이다. 이 글은 다만 인간들을 위한 글이다. '다른 뜻은 없다' 는 것을 알라. 그래서 우리는 지금도 이 존재를 통해 글을 쓰고 있는 것이다.

그럼 더 구체적으로 인간들의 세계에 대해서 적을 것이다. 그 인간의 세계란 무엇이인가. 바로 인간들이 사는 모습인 것이다. 그 인간들이 사는 모습이 어떠하단 말인가? 하고 반문할 것이다. 그러나 인간들은 자신의 삶을 보지 못하는 것은 물론 아예 모르고 산다는 것이다. 그 자신의 모습을 보고 있다면 당신은 당신의 세계에 대해 알게 될 것이다.

당신의 세계란 무엇인가. 그것은 바로 당신이 현재 하고 있는 모습을 보라는 것이다. 현재 하고 있는 당신의 그 모습을 보며 당신은 정말 어떠한 행동을 하고 있는가 말이다. 그 행동을 보면 당신은 당신의 마음을 알게 될 것이다. 바로 그 마음을 보라는 것이다. 그 마음을 보며 당신이 하늘을 보고 정말 떳떳한 삶을 살고 있는가를 보라는 것이다. 그 삶을 봐야 당신이 스스로의 삶을 돌아볼 수 있다는 것이다.

바로 그 삶을 보라는 것이다. 그 삶 속에서 당신이 정말 타인을 위한 삶을 살고 있는가 말이다. 그 타인의 삶을 보고 당신이 정말 행복한 마음을 가졌는가를 보라는 것이다. 그 행복한 삶을 보고 당신이 진실한 자신을 보고 있는지를 보라는 것이다. 그 삶 속에서 당신이 정말 아름다웠는가를 보라는 것이다. 그 삶을 말이다.

그래 인간들이 자신을 보는 느낌을 잘 모른다는 것을 우리도 알고 있도다. 자신의 삶을 보는 것은 정말 힘들기 때문이다. 그러나 당신은 자신을 보는 능력을 키워야 한다는 것이다. 그것은 바로 인간들이 개발한 최면이라는 것과 마음의 공부를 하는 것도 있다는 것이다.

그 마음의 공부란 무엇인가. 그것은 바로 당신의 삶을 돌아보는 것이다. 그 당신의 삶을 돌아보는 것이 바로 당신의 마음공부인 것이다. 그 마음공부를 멀리서 찾지 말라. 그 마음공부를 바로 당신의 내면에서 찾아라. 그 내면을 보고 당신이 정말 행복했노라고 생각한다면 그것은 정말 아름다운 삶을 살고 있다는 것이다.

그 행복한 삶이란 무엇인가. 그것은 바로 당신의 삶을 보는 것이다. 그 삶 속에서 당신이 정말 스스로를 보라는 것이다. 그 자신을 보는 마음을 가지라는 것이다. 그 자신의 마음을 보는 것은 참으로 힘든 일이지만, 기도를 하는 것도 한 방법이 된다는 것이다. 그 기도는 바로 자신을 위한 기도인 것이다. 그 기도를 할 곳은 당신이 살고 있는 곳이나 그냥 조용한 곳도 좋다는 것이다. 그 조용한 곳이란 무엇인가. 바로 당신이 편안하게 생각하는 장소면 된다는 것이다.

그 편안하게 생각하는 장소가 바로 기도의 장소가 된다는 것이다. 그 기도의 장소는 바로 당신의 마음에서 생기는 곳이다. 그 마음의 장소를 보라는 것이다. 그 마음의 장소를 보는 것이 바로 마음의 공부인 것이다. 그 마음의 공부를 잘 보라는 것이다. 그 마음의 공부가 어떠한 공부인가를 보라는 것이다. 다만 우리는 인간들에게 도움이 되는 마음의 공부가 되었으면 하는 것이다.

그 마음의 공부가 바로 당신의 가족과 당신의 이웃과 당신 자신을 위한 기도여야 하는 것이다. 다만 자신의 가족만을 위하는 기도가 되어서는 아니 된다는 것이다. 그것은 모두를 위한 기도여야 하는 것이다.

그 기도를 잘 함으로써 당신은 타인을 위한 기도를 할 수 있다는 것이다. 그것은 자신을 위한 기도는 아니 된다는 것이다. 바로 그 기도를 보라는 것이다. 그 기도를 보는 당신은 정말 행복한 삶을 살 것이다. 그 행복한 삶을 살기 위하여 우리는 이 존재를 통해 이렇게 글을 적는다는 것을 알라. 그래서 계속해서 이 존재의 전생에 대해 적을 것이다.

이 존재의 전생에 대해 적는 동안 우리는 앞 장에서 이 존재의 전생에 대해 수많은 이야기를 했노라. 인간들은 우리가 왜 이 존재의 전생에 대해 이렇게 적는 것인가? 하고 반문할 것이다. 바로 앞 장에서도 이야기를 했지만, 그것은 바로 당신들의 이야기도 되기 때문인 것이다. 그 당신의 이야기를 적는 동안 우리는 이 존재를 예로써 적는 것이다. 이 존재의 예란 무엇인가. 바로 당신의 삶도 된다는 것이다.

그 삶 속으로 들어가 보자는 것이다. 그 삶 속에서 당신 자신을 보라는 것이다. 그럼 계속해서 글을 적을 것이다. 이 글을 잘 보고 당신을 생각하라는 것이다. 이 글은 바로 당신의 글도 된다는 것이다. 이 글을 보고 당신은 정말 어떠한 삶을 살고 있는가를 보라는 것이다. 그 삶을 보며 당신은 정말 타인도 생각하라는 것이다.

이 존재는 바로 하늘 최고의 신인 나의 부인이었노라. 그러한 윤회는 하늘에서 한다는 것이다. 그 윤회를 모르는 사람들은 이 존재의 글을 읽고 의아하게 생각할 것이다. 하지만 그렇게 의아해할 필요가 없다는 것을 알라. 다만 그것은 인간의 세계를 알리기 위한 작업인 것이다. 그런데 이 존재는 왜 지금은 여자로 태어났는가? 하고 또 반문할 것이다. 그 이유에 대해 바로 앞 장에서 이야기했노라. 그 이유는 앞 장을 보면 알 수 있다는 것이다.

그럼 계속해서 전생에 대해 적을 것이다. 그 전생에 대해 적는 동안 이 존재는 또한 다른 세상을 살아왔다는 것을 알 수 있을 것이다. 바로 앞 장에서 말하는 수도생활을 말이다. 그 수도생활을 바로 이 나라에서 했다는 것이다. 그것은 바로 이 나라에서 명성이 높은 고유의 그 원효대사라는 스님의 생활을 했다는 것이다. 그 원효대사가 바로 이 사람인 것이다. 그 스님의 생활을 보면 알게 될 것이다. 그것은 바로 이 스님의 생활인 것이다. 인간의 세상에서 깨달음을 얻은 바 있는 그 스님은 인간의 세상에서 도(道)를 닦았지만, 하늘의 기운은 받지를 못했다는 것이다. 그 하늘의 기운을 받는 것은 바로 이번 생인 것이다. 그 하늘의 기운을 말이다.

그런데 왜 그때는 하늘의 기운을 받지를 못했는가. 그것은 바로 지금의 생을 위하여 그러한 계획이었던 것이다. 그래서 그 원효대사는 인간들에게 설법만 주었지 인간의 병을 고쳐주는 역할은 하지 못했다는 것이다. 이제는 하늘의 기운을 받아 인간들의 병을 고쳐주는 몸으로 그 역할을 대신한다는 것이다.

인간들은 이 존재의 전생에 대해 적는 것을 의아하게 생각할 것이다. 하지만 이 존재 또한 자신의 전생에 대해 전혀 모르고 있다는 것이다. 그 자신의 전생에 대해 이 존재는 지금에서야 알게 되었다는 것이다. 그 전생 이야기에 대해 이 존재는 방금 알게 되었다는 것이다. 그것은 바로 당신들의 삶과도 같다는 것이다. 다만 이 존재는 우리가 들어올 때만 알 수 있다는 것이다. 이 존재도 우리가 들어가지 않으면 자신의 전생에 대해 전혀 알 수 없다는 것이다. 자신의 그 전생에 대해서 말이다.

우리는 계속해서 이 존재의 전생에 대해 적을 것이다. 이 존재의 전생은 무엇인가? 하고 인간들은 반문할 것이다. 이 존재가 이 나라에 오기 전 이미 서양에서도 살았었다고 말했노라. 그 서양의 세계에서 이 존재는 여러 남자로 태어났다는 것을 이미 알고 있을 것이다. 그 여러 남자의 세계를 말이다. 하지만 이 존재

는 남자의 세계에 대해 지금은 모르고 있다는 것이다. 그 남자의
마음은 물론 남자들만의 특유한 성격에 대해서도 알지 못한다는
것이다. 그것은 우리가 전생에 대해 모두 없앴기 때문인 것이다.
그 남자 특유의 성격을 말이다.

이 존재는 지금 지극히 여성적인 면을 많이 가지고 있다는 것
이다. 그저 내성적인 조용한 성격인 것이다. 그것은 바로 본래
고향인 하늘에서의 여성적인 면을 지구에 계속해서 가져왔기 때
문인 것이다. 그 하늘 세계 특유의 여성적인 성격을 말이다. 그
런데 왜 이 존재가 지금은 여자 일까? 하고 의문을 가질 것이다.
그 의문을 갖는 것은 당연한 것이다. 그것은 이미 앞 장에서도
이야기했노라. 그것은 바로 당신들이 말하는 하늘의 영적인 능
력이라는 것이다. 그 하늘의 영적인 능력 특유의 기질은 바로 여
자들이 많이 갖고 있다는 것이다. 그 하늘의 영적인 능력만의 특
유 기질은 여자들에게 많이 있다는 것이다.

그 여자들의 예민한 성격과 여자들의 소심한 성격과 여자들의
모성애와 여자들의 섬세한 성격과 여자들의 자상한 성격과 여자
들의 희생정신을 우리가 원했기 때문인 것이다. 그 희생정신이
바로 이 존재를 만들어놓은 것이다. 여자들에게는 그 희생정신
이 많이 있다는 것이다. 그 여자 특유의 성격을 말이다. 그래서
우리는 이번 생에 이 존재를 여자로 만들었던 것이다.

이 존재는 이제 인간으로서 마지막이라는 것을 앞 장에서 이
야기했노라. 하지만 인간들은 이러한 것이 가능한 일인가? 하
고 의문을 가질 것이다. 그 의문은 바로 당신의 생각에서 생각

하라는 것이다. 그리고 당신의 판단에서 생각하라는 것이다. 그 당신의 생각을 하면 당신의 뜻대로 살 수 있다는 것이다.

그 당신의 뜻을 알라는 것이다. 그럼 당신은 정말 전생에 대해 알고 싶은가. 그렇다면 당신은 전생과 현생을 보라는 것이다. 그 현생을 보면 당신은 전생에 대해 대강 기억할 수 있을 것이다. 그럼 이 존재는 무엇 때문에 이러한 글을 계속해서 적는가? 하고 인간들은 의문을 가질 것이다. 그것은 이 존재가 우리의 소중한 존재이자 당신들의 소중한 존재이기 때문인 것이다.

이제 그 소중한 존재를 우리는 세상 밖으로 끄집어 낼 것이다. 그것은 바로 이 존재가 말하는 예언인 것이다. 이 존재가 말하는 그 예언이 바로 이 존재를 세상 밖으로 끄집어내는 작업인 것이다. 그 예언으로 이 존재의 사명에 대해 알 수 있을 것이다. 이 존재의 사명을 알게 될 인간들은 이 존재의 예언을 무척 기다려질 것이다. 그것은 그 예언이 너무도 많이 적중하고 있기 때문인 것이다.

그 예언을 보고 당신들은 이 존재의 힘을 믿을 것이다. 그 예언을 보고 당신은 정말 이 존재가 하늘의 기운을 받고 있다는, 그 예언을 말이다. 그 예언을 믿음으로써 이 존재는 세상 밖으로 나온 것이다. 이 존재가 세상 밖으로 나옴으로써 인간들이 이 존재의 소중함을 알게 될 것이다.

이 존재의 소중함에 대해 이제 세상 사람들이 알게 될 것이다. 그것은 이 존재의 몸을 통해 앞날의 예언이 나오기 때문인 것이다. 그 예언을 믿어 달라는 것은 결코 아니다. 다만 그 예언을 믿고 인간들이 고통 속에서 하루빨리 벗어나라는 것이다. 그 예언을 말이다. 그 예언을 믿고 그 예언을 소홀하게 생각하지 말라는 것이다. 그 예언을 따르라는 것도 결코 아니다. 다만 당신의 소중한 삶을 잘 보고 앞날에 대해 잘 계획하라는 것이다.

그래, 오늘은 제법 긴 문장을 쓰는구나. 나의 존재야, 고맙다. 그러나 너는 피곤한 기색을 보이지 않더구나. 그것은 이 존재에게 우리가 특별한 하늘의 기(氣) 치료를 하고 있기 때문인 것이다. 이 존재에게 우리는 기 치료를 함으로써, 이 존재가 건강하고 환자를 치유할 수도 있다는 것을 알라. 그래서 이 존재가 피곤함을 모른다는 것이다. 이 존재는 지금 아무 약도 먹지 않는다는 것을 알라. 이 존재는 하늘에서 전한 특별한 기를 받고 있기 때문에 인간들이 먹는 약은 아무 소용이 없다는 것을 알라. 이 존재는 그저 3끼 밥만 먹는다는 것을 알라. 다만 3끼 밥도 조금씩 먹도록 우리가 이 존재를 조절한다는 것을 알라. 그것은 이 존재의 수명을 길게 만들어야 하는 우리의 배려인 것이다. 이 존재가 수명이 길어야 인간들이 좋아한다는 것이다.

인간들이 앞으로 이 존재를 무수히 좋아할 것이다. 이 존재의 몸에서 나오는 오색찬란한 그 빛 때문에 이 존재를 모든 사람들이 좋아하며 사랑한다는 것이다. 그 사랑하는 마음이 이 존재에게 있다는 것이다. 그 사랑하는 마음으로 인해 빙의를 치유한다는 것을 알라. 이 존재는 인간들이 하지 못하는 특유의 기와 오색찬란한 빛을 갖고 있다는 것을 알라. 그 기와 오색찬란한 빛으로 모든 인간들이 병을 치유하고, 인간들의 인체의 질병을 투시하는 능력도 있다는 것을 알라. 그 특유의 능력을 우리는 이 존재에게 모두 주었노라. 앞으로 더 좋은 능력을 연구하여 이 존재에게 주고 싶도다.

이 존재는 무한한 하늘의 기운을 받을 수가 있는 존재인 것이다. 그 무한한 능력이란 무엇인가. 바로 인간들의 병든 환자들을 투시하는 능력이 있다는 것이다. 그 병든 환자의 몸에 무슨 병이 있는가를 알 수 있는 인체의 질병을 투시하는 능력이 있다는 것이다. 그 능력을 우리는 이 존재에 모두 주었노라. 이 존재는 지금 인간들의 인체의 질병을 투시하는 능력을 갖고 있도다.

어제도 여러 여성들에게 그들의 인체의 질병을 투시하여 지니고 있는 병을 알려 주었노라. 그 여성들도 놀라워하더구나. 그 여성들도 너무 놀라며 이 존재를 무척이나 좋아하더구나. 그 여성들은 이 존재를 무척 사랑한단다. 이제 그 여성들이 이 세상에 많은 이야기를 할 것이다. 이러한 일은 인간으로는 할 수가 없다는 것을 그 여성들은 잘 알고 있다는 것이다. 그 여성들이 정말 놀라워하더구나. 나의 존재야, 수고가 많았도다.

그래, 계속해서 글을 적을 것이다. 이 존재는 지금은 초저녁에 이 글을 적고 있노라. 이 존재는 지금 퇴근도 하지 않고 계속해서 이 글을 적고 있노라. 이 존재는 우리를 대신하여 인간들을 위해 정말 최대한 배려를 하고 있구나. 나의 존재야, 고맙다. 너를 사랑하노라. 그럼 계속해서 글을 적을 것이다. 이 존재의 전생에 대해 또 적을 것이다. 이 존재의 전생은 무엇인가? 하고 더 궁금해 할 것이다. 그것은 바로 앞에서 말한 서양의 세계에서 있었던 이야기인 것이다.

그 서양의 세계에서 이 존재는 계속해서 정치인과 군인, 학자, 공무원, 사업가 등으로 많이 살았다는 것이다. 그 중에서 이 존재는 사랑하는 사람과 슬픈 이별도 했다는 것이다. 그 사랑했던 사람이 현재 이 나라에서 살고 있다는 것이다. 그 사랑하는 사람은 현재 높은 직책에 있다는 것이다. 말은 하지 않지만, 이 존재는 그것을 알고 있다는 것이다.

하지만 그 존재와의 만남은 몇 번 되지는 않는다는 것이다. 그 만남을 이루어지지 못하게 우리가 만들어놓았노라. 하지만 우리는 그 존재를 말할 수가 없도다. 그 존재는 현재 참 잘하고 있다는 것이다. 그 존재에게 우리도 응원을 보낸다. 그 존재여, 열심히 살아 다오, 존재여…. 우리도 그 존재를 위해 기를 준다는 것을 알라.

그 존재가 보이지 않게 그 기를 받고 있다는 것을 알라. 하지만 그 존재는 우리의 기를 받는지를 모르고 있다는 것이다. 그 존재는 현재의 이 존재와는 통화도 되지 않고 만날 수도 없다는 것이다. 그 존재에게 우리는 사랑을 전한다. 그 존재여, 그렇게 열심히 살기를 우리는 바란다. 그러나 그 존재도 이 존재의 느낌을 약간은 알고 있다는 것이다. 그러나 그들은 서로 만날 수 없다는 것을 알라. 너무도 멀리 있기 때문인 것이다. 그래 그 존재여, 열심히 살아 다오….

2006년 7월 15일 밤 8시 10분

# 제7장

# 순간의 달콤한 유혹을 멀리하면
# 행복한 삶을 살 수 있다

그래 오늘도 기쁜 소식을 전하고 있구나. 우리에게 치유를 받은 여성이 직장생활을 하여 66만 원을 벌었다고 전화가 왔으니 말이다. 정말 기쁘구나. 우리를 만나지 않았다면 그 여성은 아마 지금도 그 독한 약을 먹으며 정신과 병실에서 고생을 하고 있었을 것이다. 그런 그 여성을 우리가 구했다는 말이다. 그 여성의 밝은 목소리가 우리는 너무도 기쁘구나. 그래 너도 너무나 기뻐하는구나. 나의 존재야, 그래 오늘도 퇴근을 하지 않고 이렇게 컴퓨터 자판을 치고 있구나. 나의 존재야, 고맙다. 그럼 계속해서 앞 장의 내용과 같은 글을 적을 것이다. 그 앞 장의 내용이 바로 전생에 대한 이야기인 것이다.

그 전생 이야기를 할 때는 이 존재의 전생 이야기를 많이 했단다. 그것은 이 존재의 전생 이야기를 해야 일반 사람들이 알기 쉽기 때문인 것이다. 그러나 이 존재는 그러한 전생 이야기에 개의치 않는다는 것을 알라. 그것은 다만 전생 이야기일 뿐이라고 말이다. 이 존재는 그 전생에 대해 크게 마음을 두지 않는다는 것을 알라. 자신이 현재 너무도 그러한 삶을 살고 있기에 남에게 자신의 전생 자랑을 하지 못한다는 것이다. 이 존재는 다만 자신의 전생에 대해 나의 힘을 빌려, 내가 말한 대로 적는 것뿐이란다.

그런데 이 존재는 오히려 자신의 전생에 대해 부담스러워하며 부끄러워하는구나. 그 화려한 전생에 대해서 말이다. 이 존재는 그러나 자신의 일을 묵묵히 가고 있노라. 자신의 전생에 관해 아무런 이야기도 아니 한다는 것이다. 이 존재는 다만 자신의 현실 조건이 그러한 현실과는 다르기 때문에 어떤 표현으로 어떻게 이야기를 하고, 사람들이 자신의 전생에 대해 알아주든 말든 그것에 신경을 쓰지 않는다는 것이다. 아예 이야기 자체를 하지 않는다는 것이다. 오히려 자신의 전생에 대해 숨기고 있다는 말이다. 우리가 이렇게 이야기를 하고 있지만, 이 존재는 자신이 전생에 누구였노라고 이야기를 하지 못하더구나. 현실이 그러한 환경을 만들어주지 못한 환경이기에 이 존재는 오히려 자신의 전생에 대해 숨기고 싶어하는구나.

하지만 나의 존재야, 너무 부담을 갖지 말라. 너는 어차피 이러한 환경에 있고 이러한 길을 가야 하기 때문에, 우리가 이러한

환경에서 태어나게 만들었다는 것을 알라. 그러한 환경에 있어
야 이러한 길을 간다는 것을 우리는 하늘에서 너무나 잘 알고 있
다는 것을 말이다. 그것은 그 환경에 처해야 인간들이 이러한 길
을 스스로 포기하고 하늘의 길로 간다는 것을 알기 때문이란다.

그런데 너는 그러한 길을 가겠노라고 너무도 쉽게 승낙하더구
나. 그래서 우리는 네가 너무도 가엽고, 한편으로는 미안하고,
너무도 안쓰러운 마음이 있었노라. 그러나 그러한 것에 개의치
아니하는 너의 모습에 우리가 오히려 더 미안하더구나. 나의 존
재야, 미안하다.

그럼 더 구체적으로 우리가 사는 하늘의 세계에 대해 적을 것
이다. 그 하늘의 세계가 무엇인가? 하고 궁금해하는 인간들도 많
이 있다는 것이다. 그 하늘의 세계를 말이다. 그 하늘의 세계에
대해 이제는 정말 인간들이 알기 쉽게 적을 것이다. 그 인간들이
알기 쉽게 적기 위해 우리는 이 존재의 수준에 맞게 적는다는 것
을 알라. 어려운 용어를 쓰지 않겠다는 말이다. 사실 우리는 인
간들의 글을 모른단다. 다만 이 존재에 의지해서 이렇게 글을 적
는 것뿐이란다. 그런데 이 존재가 컴퓨터를 잘하니 이렇게 쉽게
글로 쓸 수 있어서 우리가 다행이구나.

이 존재는 10여 년 전부터 타이핑을 배웠단다. 그러나 이 존재
는 자신의 처지를 잘 알고 있기에 남에게 자신의 재주를 자랑하
지는 않는단다. 그러나 그 주위 사람들은 이 존재가 가지고 있는
재주가 참 많다는 것을 알고는 있다는 것이다. 그러나 이 존재는
자신의 재주를 남에게 뽐내고 싶은 마음이 없도. 다만 자신의

처지를 잘 알고 있다는 것이다. 자신의 처지를 너무도 잘 알고 있기에, 이 존재는 자신의 길을 묵묵히 가며 하늘의 뜻에 따른다는 것을 알라.

이 존재에게 정말 미안하고 고맙구나. 이러한 마음은 이 존재와 우리의 하늘에서만 알고 있는 그러한 사정이 있노라. 그러한 사정은 사생활이기 때문에 우리는 더 이상을 밝힐 수가 없도다. 다만 이 존재가 자신의 사정을 잘 알고 있다는 것이다. 그 사정을 말이다. 그래, 미안하다. 나의 존재야, 너를 위하여 모든 것을 주겠노라.

우리는 이 존재의 희생에 대해 감사하게 생각하고 있다는 것을 알라. 이 존재의 사생활을 보면 개인생활을 할 시간도 없다는 것이다. 취미생활이나 가고 싶은 여행도 가지 못한다는 것이다. 그 모든 것을 이 존재는 이미 마음에서 없앴다는 것이다. 그 모든 것이 하늘의 뜻에 따르겠다고 마음을 먹고 있기 때문인 것이다. 그 가련한 마음에 오히려 우리가 더 미안하구나. 여자로서 사치생활을 하거나 아름다운 곳에서 취미생활도 하고 싶을 것인데 말이다.

하지만 이 존재는 그러한 것에 대해 부러워하지도 않을뿐더러 가고 싶어하지도 않는구나. 그런 것에 오히려 우리가 더 미안하구나. 나의 존재야, 정말 미안하구나. 그래 너의 그런 마음에 우리가 너를 더욱 돕고 싶구나.

그럼 계속해서 하늘의 세계에 대해 적을 것이다. 하늘의 세계란 무엇인가. 다만 그것은 하늘의 세계를 알고, 당신들도 하늘을 무서워하라는 것이다. 하늘의 세계가 있다는 것을 알면 당신은 함부로 행동을 하지 못할 것이다. 그 하늘이 모두 보고 있다는 것을 알고 있으니 말이다. 그 하늘의 세계를 알고 있는 그 사람들은 절대로 나쁜 짓을 못한다는 것을 알라. 그 나쁜 짓을 아예 생각하지도 않는다는 것이다.

사람들은 잘못되면 어찌 된다는 것을 잘 알기 때문에 절대로 실행하지 못한다는 것이다. 그래서 우리는 이 존재를 통해 하늘을 알라고 이렇게 글을 쓰고 있는 것이다. 그래, 하늘이 있는데 어쩌란 말인가? 하고 반문할 것이다. 그 하늘의 세계가 어쩌란 말인가? 하고 말이다. 그러나 하늘은 당신들을 꿰뚫어본다는 사실을 알라.

그래서 당신들은 하늘을 정말 무섭다고 생각하라는 것이다. 그 하늘이 얼마나 무서운지 말이다. 그 하늘을 보라는 것이다. 그 하늘을 보고 당신은 정말 하늘에 감사함을 느껴보라는 것이다. 하늘이 진정 무엇을 원하고, 무엇을 바라는지 말이다. 하지만 인간들은 하늘의 세계를 무시한다는 것이다. 그 하늘의 세계를 무시하는 사람들은 후손이 정말 힘들게 살 것이다.

하늘은 바로 당신들의 후손을 지켜준다는 사실을 알라. 그래서 그 후손을 생각하라는 것이다. 그 후손을 생각하면 당신의 삶도 정말 행복하다는 것을 앞 장에서 이야기했노라. 그러나 인간들은 왜 하필 후손인가? 하고 생각할 것이다. 그것은 바로 당신들이 하늘을 모르고 하는 소리인 것이다. 그 하늘의 세계를 말이다.

그럼 다시 하늘의 세계에 대해 계속해서 이야기할 것이다. 그 하늘의 세계는 바로 당신들의 안방과 같은 것이다. 그 당신들의 안방과 같은 것을 왜, 멀리서 찾느냐고 묻고 싶구나. 왜 하늘의 세계를 멀리서 찾느냐고 말이다. 하늘의 세계는 바로 당신의 집 안에 있는데 말이다. 그 하늘의 세계를 바로 당신의 코앞과 발밑에 있노라고 앞 장에서 이미 이야기했노라.

그런데 인간들은 이 이야기를 아직도 모르고 있다는 것이다. 그 이야기를 계속해서 적을 것이다. 그 이야기를 적는 동안 우리는 또 이 존재의 이야기를 하노라. 이 존재도 한 가정을 갖고 있다는 것을 말이다.

이 존재의 가정도 당신들의 가정과 똑같다는 것이다. 온 가족이 지금도 온전히 살아있다는 것을 앞 장에서 이야기했노라. 그런데 이 존재는 현재 이러한 길을 가고 있다는 것이다. 인간들은 이러한 길을 가면 이상하게 가정이 파괴되고, 가정에 무슨 문제가 있어야 하는 것으로 알고 있다는 것이다. 그것은 인간들이 잘못 알고 있다는 것이다. 그것은 바로 인간들이 잘못 알고 있는 편협한 지식인 것이다. 그것은 바로 다른 신들의 세계를 말하는 것이다.

이 존재의 신의 세계는 오직 이 가정을 온전하게 만들고, 이 가정에 평화를 주기 위하여 우리는 온 힘을 쏟고 있다는 것이다. 그런데 인간들은 이 가정에 무슨 문제가 있고, 무슨 안 좋은 일이 있어서 이러한 일을 하는 것으로 알고 있다는 것이다. 이 존재는 오히려 다른 가정들보다 더 온전한 가정을 갖고 있다는 것을 알라. 그 양부모와 형제와 자식들과 남편이 모두 있다는 것을 알라.

우리는 이러한 가정을 살리고, 이러한 경제적인 것을 주며 이 존재를 원했던 것이다. 그래서 이 존재도 이러한 일을 마다하지 않는다는 것이다. 이 존재는 오히려 우리에게 감사하다고 인사를 하더구나. 우리의 보금자리를 지켜주어서 감사하다고 말이다. 우리는 이 존재의 보금자리를 앞으로도 계속해서 지켜주고 싶도다. 이 존재의 가정에 평화와 행복이 있기를 우리는 바란다는 것을 알라. 이 존재의 마음을 너무도 잘 알고 있기에 우리는 이 존재의 가정을 지키고 싶도다. 이 존재의 가정을 위하여 우리는 모든 힘을 쏟을 것이다.

우리는 인간들에게 행복을 주고 싶은 것이지, 인간들에게 불행을 주고 싶은 것은 그 어느 것도 없도다. 우리는 다만 이 존재의 몸을 빌렸다는 것을 알라. 이 존재는 하늘에서 정하는 특별한 존재이지만, 본인은 물론 가족도 자신이 하늘에서 인정하는 특별한 존재라는 것을 모르고 있다는 것이다. 하지만 지금은 앞으로 이 예언으로 인하여 이 존재의 진짜 모습을 알게 될 것이다. 이 존재의 모든 것이 거짓이 아니었다는 것을 말이다.

이 존재의 사는 모습도 모두가 진실인 것을 말이다. 그러나 이 존재를 모르는 사람들은 도대체 이 존재는 무엇인가?, 이 존재는 어떠한 사람인가? 하고 궁금해할 것이다. 하지만 이 존재는 아주 평범한 주부요, 엄마인 것이다. 그저 평범한 사람이란 말이다.

그럼 다시 하늘의 세계에 대해 계속해서 적을 것이다. 하늘의 세계란 무엇인가. 바로 당신의 안방에 있다는 것을 이야기했노라. 그 하늘의 세계가 말이다. 그런데 그 하늘의 세계란 별것인양 생각하는 사람들도 있다는 것이다. 그 하늘의 세계는 다른 게아니고 바로 당신의 수준에 맞게 있다는 것이다. 그 하늘의 세계는 바로 당신의 마음과 당신의 생각 수준에 있는 것이다.

그것을 잘 생각해 보라는 것이다. 그것을 생각해 보고 당신은하늘의 세계에 대해 바르게 알라는 것이다. 그 하늘의 세계를보라는 것이다. 그 하늘의 세계를 당신은 느껴 보았는가. 그 하늘의 세계가 바로 당신의 안방에 있다는 것을 말이다. 그 하늘의 세계는 당신의 배우자에게 있다는 것을 말이다. 이제는 알겠는가.

우리는 하늘의 세계를 멀리서 찾지 말라고 수없이 이야기했노라. 그런데 인간들은 그 하늘의 세계를 왜 멀리서 찾는지 안타깝구나. 바로 그 세계를 알라는 것이다.

그럼 더 구체적으로 적을 것이다. 그 하늘의 세계에 대해서 말이다. 그 하늘의 세계는 바로 당신의 가정에 있다는 것이다. 그당신의 가정이 어디에 있는가. 그것은 바로 당신의 배우자요, 당신의 자식이요, 당신의 부모와 형제인 것이다. 그 당신의 모든인연관계를 보라는 것이다. 그 당신의 모든 인연관계를 보고, 당신의 모든 인연들이 지금 하늘을 보며 잘 해주고 있는지를 보라는 것이다. 그 하늘을 보고 정말 떳떳했노라고 말이다.

그 가정을 보라는 것이다. 그런데 인간들은 행복이나 도(道), 깨달음을 멀리서 찾으려고 한다는 것이다. 그것은 바로 인간들의 코앞에 있는데도 말이다. 그래서 우리는 그 행복을, 그 깨달음을 가까이에 있다는 것을 이야기하는 것이다. 그러한 이야기를 하기 위해 우리는 이 존재를 빌려서 이렇게 글을 적노라. 그런데 인간들의 생각을 바꿔놓는 것이 그렇게 쉬운 것이 아니다. 우리가 이렇게 글을 적으며 인간들에게 알기 쉽게 이야기를 했지만, 인간들은 이 글을 읽고서도 모르고 그냥 지나쳐 버린다는 것이다.

그 행복을 주기 위하여 우리는 모든 것을 주고 싶은 것이다. 그럼 다음에는 무엇인가. 바로 당신들의 생각을 보라는 것이다. 그 생각을 보고 당신들이 이 세상의 모든 사람들에게 정말 부끄럼 없이 살고 있고, 정말 착하게 산다는 생각을 하는가를 보라는 것이다. 그 생각 속으로 들어가 보라는 것이다. 그 생각 속에서 당신은 무엇이 보이는가 말이다.

그럼 더 구체적으로 이야기할 것이다. 그 구체적인 이야기는 무엇인가. 그것은 바로 당신의 사랑하는 사람을 꼭 멀리서 찾아서는 안 된다는 것이다. 그 사랑하는 사람은 바로 코앞과 옆에 있다는 말이다. 그 달콤한 사랑은 잠시 지나가는 나그네의 바람과 같다고 생각하라는 것이다. 결코 그 달콤한 나그네와 같은 맛에 빠지지 말라는 것이다.

그 달콤한 나그네의 유혹에 빠져 정말 인생을 망치는 존재들이 너무도 많이 있다는 것이다. 그 달콤함이 나중에는 독으로 변한다는 것을 알라. 그 달콤함이 말이다. 그것은 독인 것이다. 그래서 우리는 그 달콤함을 멀리하라는 것이다. 그 달콤함을 멀리하는 존재는 정말 행복한 가정과 아름다운 세상에서 살고 있다는 것이다. 그 행복한 가정은 바로 이런 것이다.

우리는 이러한 가정의 나쁜 환경에 빠지지 말라는 것이다. 그 순간의 달콤함 말이다. 당신은 그 달콤함 속에 함정이 있다는 것을 알라. 다만 한순간만 달콤한 것이란 것을 말이다. 이제는 인간들이 이해할 수 있을 것이다. 그 달콤한 유혹에 넘어가지 말라는 것을 말이다.

그런데 인간들은 그 달콤함에서 쉽게 헤어나지 못하는 사람들이 많이 있다는 것이다. 그 달콤함이 당신의 인생을 바꾼다는 것을 말이다. 그 달콤함을 이제는 멀리 하라는 것이다. 그 달콤함을 멀리 할수록 당신은 정말 행복한 삶을 살 수 있을 것이다. 그리고 그 달콤함을 가까이 하는 사람은 정말 불행한 삶을 살게 될 것이다. 그 불행한 삶과 달콤함은 바로 후손들에게까지 영향을 미친다는 것을 알라. 왜 그 달콤함이 후손들에게까지 가는가? 하고 반문할 것이다. 그러나 그만한 이치와 그만한 까닭이 있다는 것이다. 그것은 바로 하늘의 세계인 것이다. 그 하늘의 세계가 바로 당신을 꿰뚫어 본다는 것을 알라. 우리는 이러한 사실을 알리기 위하여 이 글을 적노라.

그럼 계속해서 하늘의 세계에 대해 이야기할 것이다. 이 글은 바로 인간들이 읽고 깨우쳐 달라는 것이다. 바로 그 하늘이 있다는 것을 말이다. 그 하늘이 정말 무섭다는 것을 말이다. 그 하늘의 세계를 보라는 것이다. 그 하늘의 세계에서는 당신을 정말 바늘구멍보다도 더 정밀하게 보고 있다는 것이다.

그럼 계속해서 이야기를 할 것이다. 그 이야기는 무엇인가. 그 이야기를 보여줄 것이다. 하지만 이 존재도 그 이야기에 대해 모르고 있다는 것이다. 그 이야기는 다른 것이 아니고 바로 당신의 코앞과 옆에 있다는 것을 앞에서 이야기했다는 것이다.

우리는 시대에 맞는 이야기를 할 것이다. 그 시대에 맞는 이야기는 무엇인가. 바로 당신들의 자식인 것이다. 바로 당신들의 자식이 어떠하단 말인가. 그것은 바로 당신들의 자식을 너무도 온실 속에서 키운다는 것이다. 그 온실 속에서 그 나무는 어떠한 나무가 되는가 말이다. 그 나무는 아주 강한 햇빛을 보면 그냥 시들어 버린다는 것이다. 그 강한 햇빛에 말이다. 그 강한 햇빛을 보고 이겨낼 수 있는가를 보라는 것이다. 그 햇빛을 보고 말이다. 그 햇빛을 당신은 어떻게 생각하고 있는가 말이다.

그 햇빛에 당신의 자식은 잘 이겨내는가를 보라는 것이다. 그 햇빛에 당신의 귀엽고 예쁜 자녀가 말이다. 하지만 그 자녀들은 그 강한 햇빛에 그냥 쓰러져 버린다는 것이다. 그 강한 햇빛에 말이다. 하지만 지금 그 자녀들이 너무도 안락한 온실에서 자란다는 것이다. 그 온실에서 이제는 탈바꿈해야 한다는 것이다. 그 탈바꿈하는 것은 이제 과감히 밖으로 나와야 한다는 말이다. 그 탈바꿈하는 것을 어려서부터 시작하라는 것이다.

그런데 그러한 환경을 주지 못한 환경에서 커온 자녀들은 정말 작은 것에도 실망과 좌절을 쉽게 한다는 것이다. 우리는 그러한 실망과 좌절을 인간들에게 주고 싶은 마음이 없도다. 다만 우리는 인간들이 착하고, 바르고, 깨끗하게 살라는 것이다. 그런데 그 온실 속의 나무들이 너무도 나약한 게 현실인 것이다. 그 현실에서 하루빨리 탈바꿈해야 한다는 것이다.

2006년 7월 16일 밤 10시 48분

# 제8장

# 타인을 먼저 위하되,
# 그 사람에게 이용당하지는 말라

 

 

 

오늘도 이 존재는 무척이나 힘든 환자를 치유하였구나. 그래 나의 존재야, 그동안 고생을 많이도 했구나. 이 존재와 연결된 환자는 언젠가는 완치가 된다는 것을 알라. 그 환자의 가족에게 축복을 보낸다, 그 환자의 가족은 참으로 선하게 살고 있더구나. 그러나 그 전생의 인연으로 인하여 이번 생에 고생을 하고 있다는 것을 말이다. 사람들에게는 정말 전생이 있는데, 왜 인간들은 전생이 없다고 생각하는지 모르겠구나. 그래 나의 존재야, 고생을 많이 했구나. 그럼 앞 장에서 말한 대로 다시 전생에 대하여 글을 적을까 싶다. 그 전생의 이야기를 말이다. 하지만 인간들은 전생이 무엇이 그렇게 중요한가? 하고 반문할 것이다.

하지만 전생은 정말 중요한 역할을 한다는 것을 알라. 그 전생의 업이 얼마나 힘든 현실에 와있는지 인간들은 아직 모른다는 것이다. 그 전생의 힘든 과정이 이번 생에서 또 다시 힘든 과정으로 온다는 것을 말이다. 그러나 인간들에게 전생이 없다고 단정 짓는 종교와 사람들이 너무도 많이 있다는 것이다. 그러나 지금은 많은 종교인들도 많이 깨어있다는 것을 알고 있다. 아니 그런 종교에 몸담고 있는 지식이 높은 종교인들도 더더욱 전생이 있다고 생각한다는 것이다. 그 전생을 생각하면 현생을 생각하는 것이다. 그 전생을 보라는 것이다.

그럼 그 전생을 어떻게 보라는 것인가. 그 전생의 힘을 보면 당신은 정말 현생을 이해를 할 수 있을 것이다. 그 현생의 일을 말이다. 그러나 그 현생의 일은 다만 운명으로 받아들이는 사람들이 너무도 많이 있다는 것이다. 그러나 그 운명은 바로 전생의 업으로 이어지는 것을 인간들은 모르고 있다는 것이다. 그 인연이 바로 부부로 또는 자식으로 또는 형제로 또는 부모로 이어지는 것을 말이다.

그 전생의 인연은 지금 현생의 인연과 많이 연관이 있다는 것을 알라. 그 전생의 인연이 얼마나 현생을 힘들게 하는지 말이다. 하지만 인간들은 이러한 이야기를 하면 웃기는 소리하고 있네, 전생은 무슨 전생, 귀신은 무슨 귀신하며 무시할 것이다. 그러나 인간들이 모르는 하늘의 세계가 있다는 것을 알라.

그래서 우리는 이번 생에 인간들에게 자신의 주위에 있는 모든 인연들에게 잘 해주라는 것이다. 그 인연이 다음 생에 또는 그 다음 생에 또 다시 만난다는 것을 말이다. 그 다음 생을 보면 전생의 인연으로 매우 좋게 만남이 이루어진다는 것이다. 그 만남을 위해 이번 생에서 정말 타인을 배려하고, 타인을 위하는 마음을 갖고 인생을 살라는 것이다.

그러나 인간들은 이러한 이야기를 완전히 무시하는 사람들도 많이 있다는 것이다. 그러나 그것은 바로 당신의 업대로 살라는 것이다. 다만 당신이 선하고 착하게 살면 된다는 것이다. 그 선하고 착하게 살면 다음 생에도 정말 좋은 인연으로 만날 것이다. 그래서 우리는 전생의 이야기를 하는 것이다. 그런데 어떤 사람들은 전생은 무슨 전생? 하고 비웃는다는 것이다. 그것은 모르고 하는 이야기인 것이다. 그 전생의 이야기를 들어보면 현생의 일에 대해 이해가 된다는 것을 말이다.

하지만 인간들은 현생의 이야기가 중요하지, 무슨 전생의 이야기를 해서 무엇을 하느냐?며 반문할 것이다. 하지만 우리는 전생에 대해 알면 현생의 고통을 이해한다는 것이다. 그 현생의 고통을 말이다. 이 존재도 현생의 고통을 이해하며 스스로 이러한 길을 가겠노라 마음먹고, 이러한 길을 너무도 쉽게 알고 있으니 고생도 하지 않고 있다는 것이다. 그래서 우리는 이 존재에게 정말 하늘의 뜻을 직통으로 받는 마음의 문을 열어주었다는 것이다.

그러한 마음을 갖는 것이 자신을 위하는 길이란 것을 알라. 우리는 이러한 일들을 이 존재의 하나의 예로써 적는 것이다. 그러나 인간들은 왜 전생을 그렇게 이야기하는가? 하고 반문할 것이다. 그 반문하는 사람들은 아직도 전생을 이해하지 못하고 있다는 것이다. 그 전생을 알고 현실을 알라는 것이다. 그 현실을 아는 방법은 바로 당신 주위에 어떠한 인연들이 있는지를 알라는 것이다. 그 인연대로 생각하고, 그 인연이 꼭 나만을 위한 인연이라 생각하지는 말라는 것이다.

그 인연을 바로 타인을 위한 인연으로 생각하라는 것이다. 그 타인을 위한 인연은 바로 당신을 바르게 깨달음의 길로 안내한다는 것이다. 그 깨달음이 바로 이러한 것이다. 깨달음이란 다른 게 아니고 바로 자신의 작은 것이 바로 그 깨달음인 것이다. 깨달음이 이런 것이란 말이다.

그래 계속해서 우리는 이 존재를 하나의 예로써 적었다. 다음은 다른 하나의 예로써 적을 것이다. 그 다른 하나의 예는 무엇인가. 그것은 바로 당신들이 살아가는 하나의 예인 것이다. 그 하나의 예는 바로 당신들을 보라는 것이다. 그런데 그 하나의 예도 이 존재의 이야기란 것을 알라. 그것은 이 존재의 책이기 때문인 것이다. 이 글은 바로 이 존재의 책이기 때문에 이 존재의 이야기를 쓸 수밖에 없도다. 그럼 계속해서 이 존재의 사는 방식에 대해 적을 것이다. 이 존재의 사는 방식을 앞에서 이미 이야기했노라. 이 존재는 자신의 사생활을 가질 수가 없으며, 다만 하나의 예로써 적는 것이다.

그 하나의 예는 바로 이 사람의 사는 방식인 것이다. 이 사람의 사는 방식은 바로 남을 배려한다는 것이다. 그 남을 배려하는 마음 때문에 사람들이 이 존재를 무척이나 좋아한다는 것이다. 그 사람들의 입장에 서서 생각을 한다는 것을 앞 장에서도 이야기했노라. 그러나 더 구체적으로 적을 것이다. 그 상대의 입장에 서서 생각해 본다는 것을 말이다. 그 상대의 입장을 생각해 보면 당신은 정말 남을 위한 마음이 어떤 것인지 알 것이다. 남을 위한 마음이 무엇인가를 말이다. 그 남을 위한 마음은 쉬우면서도 어려운 것이다. 다만 내가 좀 손해를 본다는 것이다. 그러나 다만 바보는 아니라는 것이다. 그 바보와 정말 미련스러운 바보는 다르다는 것을 알라. 그 바보 같은 마음으로 살라는 것이다. 그 바보가 바로 당신을 행복으로 가게 한다는 것이다.

그럼 그 바보가 무엇인가. 당신과 내가 정말 힘들더라도 타인을 기쁘게 해주면 그 바보는 나의 바보인 것이다. 나의 바보가 바로 이러한 바보인 것이다. 타인의 기쁨이 바로 나의 바보인 것이다. 그러한 바보스런 행동을 많이 하라는 것이다. 그러한 바보스런 행동을 보고서 스스로 행복한 마음이 생긴다면 당신은 정말 행복한 삶을 살고 있다는 것이다.

그 바보가 바로 당신이 행복으로 가는 길인 것이다. 그 바보로 살라는 것이다. 그런데 미련스런 바보가 되지는 말라는 것이다. 그 미련스런 바보는 인간들이 보면 정말 인간 이하로 보이기 때문인 것이다. 그 미련스런 바보를 우리는 싫어한다는 것을 알라.

자, 그 바보가 무엇인지 이제는 알겠는가. 그 바보로 들어가 보자는 것이다. 그 바보로 들어가 보면 당신은 정말 인간다운 삶을 살고 있다는 것이다. 그 인간다운 삶이란 무엇인가. 그것은 타인을 위한 마음이란 것을 알라. 그 타인을 위한 마음이 바로 당신을 위한 마음이란 것을 말이다. 그 타인을 위한 마음을 가지라는 것이다. 그 타인을 위한 마음을 가졌을 때 당신은 정말 아름답게 살고 있다는 것이다. 그 타인을 생각하는 마음 말이다. 그 마음으로 살면 이 세상의 모든 세계가 정말 천국인 것이다. 그러한 천국을 만들라는 것이다.

그러한 천국을 만들기 위하여 우리는 이 존재를 통해 이렇게 글을 쓴다는 것이다. 이 존재도 오늘 무척이나 바쁜 생활을 했다는 것이다. 오늘도 집에서 잠만 자고 곧바로 나와서 하루 동안 남을 배려하는 마음에서 이러한 힘든 과정의 일을 하고 있는 것이다.

그러나 우리는 이러한 존재의 생각에 너무도 안쓰러운 마음이 생길 때도 있다는 것이다. 그것은 이 존재가 사생활은 없고, 타인을 위한 생활만을 하고 있다는 것이다. 그러나 이 존재는 그러한 일에 오히려 자신은 괜찮다고 생각하고 있더구나. 그래 존재야, 고맙다. 오늘도 무척 바쁜 하루였는데 말이다. 일요일인데도 쉬지도 못하고 말이다.

그래, 너에겐 아마 일요일도 없을 것이다. 다른 사람들이 너를 너무도 많이 원하고 너를 찾는 사람들이 많기 때문일 것이다. 그래서 너는 그러한 사람들을 만나 하루라도 빨리 그들의 고통을 덜어주기 위해 열심히 뛰고 있구나. 나의 존재야, 고생이 많다는 것을 우리는 알고 있도다. 그런데 너는 오히려 괜찮다고 이야기를 하고 있구나.

오늘도 우리는 이 존재에게 미안한 마음뿐이란다. 이 존재가 쉬는 날이 없어서 말이다. 이 존재에게 쉬는 날이 없구나. 그러나 이 존재에게는 쉬는 날이 더욱 바쁜 하루란 것을 알라. 이 존재에게는 쉬는 날에 더 중요한 환자들이 많이 온다는 것이다. 그래서 이 존재에게는 일요일도 없다는 것이다. 그 일요일이 이 존재에게는 고생이 되는 날이지만, 타인의 고통을 덜어준다는 것이 큰 힘이 된다는 것이다.

그 타인의 고통을 덜어주는 이 기쁨을 이 존재는 너무도 기쁘게 생각하고 있다는 것이다. 그 타인의 고통을 하루라도 빨리 덜어주기를 바라는, 배려하는 마음인 것이다. 그리고 이 존재는 그 타인의 고통을 그 타인의 입장에 서서 생각한다는 것이다.

그 타인의 입장에 서서 생각하는 사람들을 우리는 정말 사랑하노라. 그 타인을 생각해 보라는 것이다. 그 타인을 말이다. 그 타인의 마음이 얼마나 괴롭고 고통스러운 날인가를 말이다. 그러나 이 존재는 그러한 마음을 이미 알고 있다는 것이다. 그러한 마음을 알고 있기에 우리는 이 존재를 선택했다는 것이다. 이 존재의 선택에 정말 감사하구나. 나의 존재야….

계속해서 우리는 이 존재의 이야기를 한다는 것을 알라. 다만 그것은 이 존재의 하나의 예란 것을 알라. 우리는 이 존재의 책을 쓰는 작업을 한다는 것을 알라. 이 글은 바로 이 존재의 책이기 때문인 것이다. 이 책은 하늘에서 계획한 책 이전에 이미 하늘에서 선택된 책이노라. 다만 이 존재가 그것을 그동안 모르고 살아왔다는 것이다. 이 존재는 자신의 삶 이야기를 남에게 하는 성격도 아니었다는 것이다. 좋은 일이든 나쁜 일이든 말이다. 하지만 이 존재를 아는 사람들은 이 존재의 성격을 익히 잘 알고 있을 것이다. 이 존재의 성격이 얼마나 온순하고, 착하고, 순하고, 남을 배려하는 성격인지 말이다.

하지만 이 존재는 오히려 이러한 자신의 글이 나오게 되니 미안해하고, 부끄러워하고, 부담을 갖고 있다는 것을 앞에서 이미 이야기했노라. 하지만 우리는 이 존재의 이야기를 할 수 밖에 없노라. 그 이유를 이제는 적을 것이다. 이 존재는 그 이유에 대해 자신도 모르고 있다는 것이다. 그 이유는 바로 이 존재가 이미 하늘에서 나의 부인이었다는 것도 앞에서 이야기했노라. 그 이유를 적기 위해 우리는 이 존재의 이야기를 계속해서 적는 것이다.

이 존재의 이야기는 바로 하늘의 이야기도 된다는 것이다. 그 하늘의 이야기를 적기 위해 우리는 지금까지 계속해서 이 존재의 예를 적고 있는 것이다. 그런데 그 하늘의 이야기는 무엇인가? 하고 반문할 것이다. 그 하늘의 이야기는 이 존재 자신도 모르고 있다는 것을 알라. 다만 이 존재는 이 글을 적으면서 시나브로 알아간다는 것이다. 그럼 계속해서 적을 것이다. 이 존재의 하늘 이야기를 말이다. 그 하늘의 이야기란 무엇인가. 그것은 바로 우리가 부부인 것을 이야기로 적는 것이다.

우리가 부부란 것을 어떻게 증명할 것인가? 하고 이야기할 것이다. 그것은 이 존재의 사는 방식을 보면 알게 될 것이다. 이 존재의 사는 방식은 바로 이 존재가 사치를 하지 않는다는 것이다. 이 존재는 아예 사치를 할 줄도 모른다는 것이다. 다만 기본만 알고 있다는 것이다. 여성들은 원래 사치와 꾸미는 것을 좋아한다는 것이다. 그런데 이 존재는 꾸미는 것을 별로 좋게 생각하지 않고 그냥 현실적으로 산다는 것이다. 그 현실을 중요시한다는 것이다. 그 현실을 보며 산다는 것이다. 이 존재는 지금의 현실이 중요하다는 것이다. 남에게 좋게 보이는 것은 하나의 과장인 것이다. 이 존재는 그러한 마음을 싫어한다는 것이다. 그래서 현실적인 것을 좋아한다는 것이다. 그래서 이 존재는 매우 현실적인 것이다.

그 현실적인 삶을 중요시한다는 것이다. 그 현실적인 삶이란 게 무엇인가. 그것은 바로 우리가 말하는 하늘의 세계와 같은 맥락에 있다는 것을 알라. 하늘은 현실적인 것이다. 그 현실적인 것을 알라는 것이다. 그 현실을 보고 당신의 삶을 알라는 것이다. 그 현실을 보고 당신도 현실적인 삶을 살라는 것이다. 그저 남 보기에 좋게, 그저 남의 눈에 좋게 보이는 과장은 싫어한다는 것이다. 그것은 매우 현실적인 삶인 것이다. 그냥 꿈임이 없다는 것이다. 그냥 있는 그대로 한다는 것이다. 그냥 있는 그대로 하는 당신은 정말 현실적인 삶이요, 그 삶이 바로 정직한 삶인 것이다.

그 정직한 삶을 살라는 것이다. 그 정직한 삶이 무엇인가. 바로 타인을 위한 삶인 것이다. 그 타인을 위한 삶이 무엇인가. 그것은 바로 타인을 배려하는 것이다. 그 배려가 무엇인가. 그것은 바로 당신만을 위한 삶이 아니라, 타인과 나의 가족과 나와 다른 타인을 위한 삶을 살라는 것이다. 그 타인을 위한 마음을 가지라는 것이다.

그 타인을 위한 마음이 바로 당신을 바르고, 착하고, 행복한 길로 가게 한다는 것이다. 그 행복한 길이 바로 당신을 위한 길인 것이다. 그 당신을 위한 길을 알라는 것이다. 그 길을 알고 있으면 정말 타인의 삶이 얼마나 중요한지 알게 될 것이다. 그 타인을 위한 삶을 말이다.

그럼 그 앞에서 말한 타인이란 무엇인가. 그것은 바로 타인을 위한 마음이되, 그 사람에게 이용당하지는 말라는 것이다. 그 타인 가운데 이용을 하려는 당사자는 멀리하라는 것이다. 그 당사자를 멀리하는 것도 하나의 배려인 것이다.

그것은 그 당사자의 나쁜 버릇을 고치는 역할도 한다는 것이다. '내가 저 사람을 이용을 하니, 저 사람이 나를 멀리 하네!' 라고 생각하라는 것이다. 그러면서 이용당하지는 말라는 것이다. 그 이용당하는 것을 처음에는 인간이기에 모르고 당할 수가 있도다. 하지만 두 번째는 당하지 말라는 것이다. 그 이용당하는 당사자는 분하다는 생각을 갖게 된다는 것이다. 하지만 이용한 사람은 매우 즐겁게 생각하고, 또 다시 다른 타인을 이용할 것이다.

'저 사람을 이렇게 하니 이용할 수 있네!' 하고 말이다. 하지만 그 이용을 당한 입장에서 서서는 생각할 줄 모른다는 것이다. 그 이용당한 입장을 말이다. 그러한 나쁜 인간들이 지금 너무도 많이 있다는 것이다. 그 이용당한 환경에서 빨리 벗어나가란 것이다. 그 이용당한 환경에서 빨리 벗어나가면 당신은 정말 현명한 존재가 되는 것이다. 그 현명한 존재를 우리는 이 존재를 통해 보고 있다는 것이다.

그 현명한 이 존재는 외적으로는 부드럽지만, 내면은 매우 강하다는 것이다. 이 존재는 이 사람이 나를 이용하는지 그렇지 않은지를 안다는 것이다. 그 이용한다는 것을 알면 이 존재는 그 사람을 가까이하지 않는다는 것이다. 그 이용을 당하기 싫다는 것이다. 그것은 이용당하는 마음을 이미 알기 때문인 것이다. 그래서 이 존재는 이용당하지 않는다는 것이다. 저 사람이 나를 이용하는지를 미리 알기 때문인 것이다. 그 내면을 말이다.

그래서 우리는 이 존재의 내면을 깊이 사랑한다는 것이다. 이 존재에게는 깊이 있는 내면과 깊이 있는 마음과 깊이 있는 지혜가 있다는 것이다. 그런데 이 존재는 오히려 자신의 내면을 이야기하니 미안해하고, 쑥스러워하고 있다는 것이다. 그 쑥스러워하는 마음을 우리는 너무도 사랑한다는 것이다. 하늘의 세계에서 말이다. 그 하늘의 세계를 알라는 것이다. 그리고 그냥 바보가 되지는 말라는 것이다. 바보이더라도 이용당하지는 말라는 것이다. 이용당하지 않는 그 순수한 바보가 정말 아름다운 바보인 것이다. 정말 아름다운 바보가 되라는 것이다. 그 아름다운 바보를 우리는 찬성한다는 것이다. 그 순수한 바보를 말이다.

2006년 7월 17일 밤 9시 20분

# 제9장
# 이 존재는 전생에 호랑이의 삶도 살았다

 

다음은 우리들의 하늘 계획에 대해 이야기할 것이다. 그 하늘의 계획은 무엇인가. 우리는 인간들이 정말 행복하고 아름다운 삶을 살기를 원하는 것이다. 그 삶을 살기 위하여 우리는 정말 인간들에게 최대한으로 힘을 쏟고 있다는 것을 알라. 다만 인간들이 우리의 힘을 받지 않는다는 것을 우리는 매우 안타깝게 생각한다는 것을 말이다. 그런데 우리는 인간들의 세계가 참으로 묘한 세상이란 것을 이 글을 통해 알았도다.

우리는 이 존재의 몸을 빌려 이렇게 글을 쓰고 있지만, 이 존재는 우리의 계획을 계속해서 모르고 있다는 것을 알라. 다만 이 존재는 자신이 지금 이 글을 씀으로써 점차적으로 알아가고 있다는 것을 말이다. 지금 말이다. 그러나 인간들의 세계는 진실을 거짓으로 또는 거짓을 진실로 알고 있다는 것이다. 그 진실을 알리기 위하여 우리는 지금부터 더욱 힘을 쏟을 것이다. 그 진실을 이제 말할 것이다.

우리는 그 진실을 말하기 전에 계속해서 이 존재의 이야기를 해왔노라. 이 존재의 진실을 믿어 달라는 요구는 결코 아니다. 다만 인간들이 이 글을 읽고 하늘의 계획에 대해 알라는 것이다. 그 하늘의 계획이 무엇인가. 그것은 이 글을 계속해서 읽으면 알게 될 것이다. 그 하늘의 계획을 말이다. 다만 이 존재는 우리가 하는 말을 그대로 적고 있다는 것을 알라. 그러므로 우리는 이 존재를 매우 소중하게 여긴다는 것을 알라. 다만 우리는 이 존재의 생명이 오래 지속하기를 원한다는 것이다. 그 생명이 다하도록 우리는 이 존재를 도울 것이다.

이 존재는 생명이 다하도록 인간의 고통을 덜어줄 것이다. 그런데 인간들은 이 존재의 하늘의 힘을 믿어주지를 않는다는 것이다. 하지만 인간들은 그것이 이제 시작이기 때문에 '설마' 하고 의심을 하고 있다는 것이다. 그것은 지금까지 이러한 환자를 인간의 힘으로는 도저히 치유하지 못했기 때문인 것이다. 그래서 인간들은 인간의 한계로 더 이상 고칠 수가 없다는 사고방식을 갖고 있다는 것이다. 그 사고방식을 우리는 하늘의 힘을 빌려 환자를 치유함으로써 바로잡겠다는 것이다.

그것은 환자의 가족을 통해 알게 될 것이다. 환자의 가족에 의해서 말이다. 그런데 환자의 가족들은 자신의 좋지 않은 부분을 드러내 보이기를 싫어한다는 것이다. 그 좋지 않은 자신들의 상처에 대해서 말이다. 그 상처는 바로 우리의 계획인 것이다. 그 상처 부분을 드러냄으로써 인간들의 삶을 알 수가 있다는 것이다. 그 인간들의 삶이란 게 무엇인가. 그것은 바로 당신들의 삶도 된다는 것이다. 그 당신들의 삶을 알고, 당신들의 삶이 정말 바르고, 올바르게 살고 있는가를 보라는 것이다.

그런데 인간들은 자신의 상처를 남에게 보여주기가 싫은 것이다. 그러나 그 상처를 남에게 보여줌으로써 또 다른 남에게 상처를 주지 않게 된다는 것이다. 인간들은 자신의 상처를 남에게 보여주기는 싫지만, 환자를 치유하고 싶어한다는 것이다. 바로 그 상처를 치유하고 싶어하는 마음은 있다는 것이다.

그러나 그 상처를 보여줌으로써 다른 사람들도 삶을 바르게 살게 할 수 있다는 것이다. 그 상처를 통해 바르게 살게 만드는 것은 바로 당신들이 상처를 치유하는 과정을 이야기해야 한다는 것이다. 우리는 이러한 곳에서 병을 고쳤노라고, 우리는 이러한 곳에서 우리 아이들의 고통을 모두 치유했노라고 말이다.

하지만 인간들의 세상에서는 자신만을 알기를 바란다는 것이다. 그 자신만을 알고, 자신만의 행복을 빌고, 자신만이 치유하기를 바란다는 것이다. 그 치유를 통해 빨리 낫고, 인간들의 세상에서 자연스럽게 사회생활을 하고 싶다고 말이다. 하지만 우리는 인간들의 그러한 마음을 이미 알고 있느니라. 자신의 삶을 남에게 보여주기 싫어서 하는 그것을 말이다. 하지만 인간들은 너무도 이기적인 면이 많이 있다는 것이다. 그 이기적인 면이란 무엇인가. 그것은 바로 나만 알면 된다는 것이다. 그 이기적인 마음이 너무도 안타까울 뿐이란 것을 말이다.

그럼 더욱더 구체적으로 적을 것이다. 그 이기적인 마음이 바로 당신의 행복을 바로 불행으로 몰아간다는 것을 말이다. 그 이기적인 마음이 당신을 더욱 불행한 삶으로, 고통의 삶으로 가게 한다는 것을 말이다. 그러나 인간들은 그냥 현실만을 보고 있다는 것이다. 그 현실을 보는 것을 이제는 멀리 보는 안목을 가져야 한다는 것이다. 그 멀리 보는 안목이란 무엇인가. 그것은 바로 당신들의 후손도 봐야 한다는 것이다.

우리는 그 후손을 보고 당신들이 다시는 그 후손들에게 이러한 고통을 주기 싫어진다고 생각하라는 것이다. 그러한 고통을 알고 당신들은 더욱더 선행(善行)을 해야 한다는 것이다. 그 선행이 바로 당신들의 가족과 당신들의 후손들에게 간다는 것이다. 그 선행을 보며 우리는 그 후손들을 행복하게 해준다는 것이다.

그 선행을 안다는 것은 당신이 이미 깨달음을 알았다는 것이다. 그 깨달음을 알라는 것이다. 그 깨달음은 바로 코앞과 발밑에 있다는 것을 앞에서도 이야기했노라. 그것이 바로 이러한 것인데 말이다. 그럼 더욱더 자세하게 글을 적을 것이다. 그 글을 적는 동안 이러한 삶을 사는 우리가 정말 힘들었노라고 이야기할 수가 있는가.

그 삶을 보고 당신은 정말 우리의 고통이 너무도 힘들었노라고 이야기할 수가 있는가 말이다. 하지만 인간들은 자신의 고통을 나의 고통으로만 생각할 뿐 남의 고통이란 것을 모른다는 것이다. 그 고통을 보고, 당신은 정말 어떠한 삶을 살고 있는가를 보라는 것이다.

그 삶 속에서 당신의 고통을 보고, 당신의 후손도 본다는 것이다. 그 후손이 정말 행복한 삶을 살기를 우리는 바란다는 것이다. 그 삶 속으로 들어가 보자. 그 삶을 보며 당신은 후손을 생각해 보라는 것이다. 그럼 더 구체적으로 글을 적을 것이다. 우리는 인간들의 행복을 원한다는 것을 알라. 다만 인간들이 그 행복을 가져가지 않는다는 것이다. 그 행복을 우리는 모두에게 주고 싶은데도 말이다.

하지만 인간의 욕심은 끝이 없다는 것이다. 그 욕심을 보며 당신을 알라는 것이다. 그 욕심을 안다는 것은 바로 당신의 삶을 안다는 것이다. 그 삶을 알라는 것이다. 그 삶으로 들어가 보라는 것이다. 그 삶 속에서 당신은 무엇을 발견을 했는가를 보라고 앞에서 이야기했노라. 하지만 인간들은 그 삶이 무엇인가? 하고 의문을 가질 것이다. 바로 그 삶을 알라는 것이다. 그 삶 속에서 당신은 정말 남을 배려하는 마음을 갖고 있는가 하고 말이다. 그 삶을 보며 당신은 정말 타인을 위한 삶을 살고 있는가를 말이다. 그러나 우리는 당신의 삶을 보고, 당신의 마음을 보고, 때로 인간들의 욕심도 안다는 것이다. 그 인간들의 욕심이 이제는 극에 달했다는 것이다.

그 욕심은 바로 살인이나 이혼도 해당된다는 것이다. 그 욕심을 알고 이제는 행복한 삶을 살라는 것이다. 그 욕심을 안다는 것은 바로 당신을 안다는 것이다. 바로 그 자신을 알라는 것이다. 그 자신을 안다는 것은 바로 당신을 안다는 것이다. 그 자신을 안다는 것은 바로 후손을 안다는 것이다. 그 후손을 알고, 그 후손을 본다는 것이다. 그 후손을 생각해 보라는 것이다. 그러나 인간들은 바로 멀리만 본다는 것이다. 코앞과 그 옆이 바로 당신의 행복인데도 말이다.

그럼 우리는 더욱더 구체적으로 글을 적을 것이다. 그 글을 적는 동안 우리는 이 존재를 매우 사랑한다는 것이다. 이 존재는 지금도 퇴근을 하지 못한다는 것이다. 그 퇴근시간이 지났는데도 이렇게 컴퓨터 앞에 앉아있다는 것이다. 그런데 이 존재는 그러한 것에 개의치 아니한다는 것이다. 그래 나의 존재야, 고맙다. 그럼 다시 우리 하늘의 세계에 대하여 글을 적을 것이다. 그 하늘의 세계란 게 무엇인가. 그것은 바로 당신의 사는 모습과도 같다는 것을 앞에서 이야기했노라. 그 이야기를 하겠노라.

우리는 이 존재의 이야기를 계속해서 이야기했노라. 하지만 우리는 이 존재의 이야기를 더 하지 않을 수 없도다. 다만 우리는 이 존재의 하나의 예를 적는다는 것을 알라. 그래서 우리는 이 존재의 이야기를 하는 것이다. 그리고 이 존재의 사는 방식을 앞에서 이야기했노라. 이 존재는 우리의 일상 가운데 하나인 사는 방식인 것이다.

이제 이 존재의 일상이 아닌 이 존재의 전생에 대해 적을 것이다. 그러나 앞 장에서 이미 이 존재의 전생에 대해 적었노라. 하지만 이 존재의 전생은 너무도 많이 있다는 것이다. 그것은 바로 이 존재의 3,000년 전 전생의 이야기인 것이다.

그 3,000년의 전 전생 이야기를 지금부터 적을 것이다. 하지만 이 존재는 자신의 전생에 대해 전혀 기억을 하지 못한다는 것을 알라. 다만 우리가 이 존재의 몸에 올 때만 우리가 그 이야기를 한다는 것을 알라.

우리는 이 존재의 몸을 빌려 이렇게 이 존재의 전생에 대해 이야기를 하노라. 이 존재의 전생은 과연 무엇인가. 그리고 이 존재의 전생에 대해 왜 이렇게 이야기를 하는가. 그것은 바로 당신의 삶을 보고, 당신의 전생에 대해 보라고 이미 이야기하였노라. 하지만 인간들은 그 전생이 무엇이 그렇게 중요한가? 하고 반문할 것이다. 하지만 그 전생은 정말 중요하다는 것을 앞에서 이미 이야기했노라.

그 이야기에 대해 이제는 더 구체적으로 적을 것이다. 더욱 구체적인 삶을 말이다. 이것은 바로 당신의 삶도 된다는 것이다. 그 당신의 삶을 보고, 당신의 지금의 현생을 보고, 당신의 현재의 삶을 보고, 당신의 인연을 알라는 것이다. 그 인연을 보고 당신은 무엇이 보이는가를 보라는 것이다.

그리고 당신은 그 인연이 정말 아름다운 인연인가를 보라는 것이다. 그 인연이 나의 인연이라면 당신은 정말 전생의 삶에 대해 알게 된다는 것이다. 그 전생의 삶을 알고, 당신은 지금 그 인연을 소중하게 여기라는 것이다. 그것은 바로 당신이, 이번 생의 인연이 아름답고 소중한 인연이란 것을 알라는 말이다. 그럼 더욱 아름다운 삶을 살게 될 것이다. 그래서 우리는 이 존재의 삶을 이야기하는 것이다.

이 존재는 지금 아주 여성적인 삶이라고 이야기했노라. 하지만 이 존재의 아주 오래 전 과거의 삶은 남성으로도 많이 살았노라고 이미 이야기했노라. 그리고 이 존재의 삶에는 정말 무시무시한 전생이 있었다는 것이다. 그것은 인간들이 예상하기 힘든 전생인 것이다.

그것은 바로 우리들이 살아가는 전생의 이야기도 된다는 것이다. 그 전생의 이야기를 이제는 할 것이다. 그 전생에 대해 알면서 이 존재는 현재를 살아온 것이다. 그 전생에 대해 알아보기로 하자. 그럼 그 전생의 이야기에 대해 적을 것이다. 그 전생의 이야기를 이 존재는 지금 아무것도 모르고 있다는 것을 알라. 다만 이 존재는 전생이 있다는 사실만을 안다는 것이다.

그럼 구체적으로 그 이야기를 적을 것이다. 그 전생에 대해서 말이다. 그 전생은 바로 우리가 하기 힘든 아주 못된 짐승이기도 하였다는 것이다. 그 짐승이 무엇인가. 그것은 바로 우리가 이미 알고 있는 호랑이였다는 것이다. 그 호랑이는 무엇인가. 그 호랑이는 바로 사람도 잡아먹는 짐승인 것이다. 그 호랑이를 보라는 것이다. 그러나 그 호랑이는 우리의 세계에서는 못된 짐승으로 알고 있다는 것이다. 그러나 그 짐승은 때로는 참으로 의리가 있는 짐승이기도 한 것이다. 그래서 우리는 이 존재를 또는 이 후손을 호랑이의 후손도 된다고 한다는 것이다.

그 후손인 호랑이와 이 존재가 어찌하여 지금은 인간의 인연으로 만났다는 것인가. 그것은 바로 인연의 법칙에 의해서 만났다는 것이다. 그 인연은 바로 이 존재의 전생인 것이다. 이 존재에게는 정말 무시무시한 전생이 있다는 것이다. 그 전생에 대해 이 야기하는 것은 정말 책으로 수백 권을 쓸 수도 있는 양이라는 것이다. 그러나 지금은 이 존재의 특별한 삶에 대해서 적을 것이다. 이 존재의 특별한 삶이란 게 무엇인가. 그것은 인간들의 기억에 뚜렷한 전생인 것이다.

이 존재는 자신이 호랑이란 것을 지금 당장 알았다는 것이다. 그 호랑이는 지금의 인연인 것이다. 그 호랑이는 지금의 모든 인연으로 만난다는 것이다. 그 호랑이의 가족이 말이다. 하지만 그 호랑이의 가족은 지금의 호랑이들과는 다르다는 것이다. 지금의 호랑이는 사람을 잡아먹는 호랑이이지만, 그때의 호랑이들은 인간들보다 더 소중한 호랑이들만의 가족애가 있었다는 것이다. 그것은 바로 인간들의 가족들보다도 더 소중한 호랑이들만의 세계가 있다는 말이다. 다만 인간들이 그 호랑이들만의 세계를 모르고 있다는 것이다. 그 호랑이의 세계에는 정말 인정이 넘치는 그러한 세계가 있다는 것이다.

그런데 인간들은 호랑이가 그저 사람만 잡아먹는 그런 나쁜 짐승으로만 본다는 것이다. 그러나 그런 호랑이는 아니라는 것이다. 그 호랑이의 얼굴을 보라. 그 호랑이의 얼굴에 무엇이 보이는가 말이다. 그 호랑이의 얼굴은 정말 인자한 할아버지의 얼굴을 연상케 한다는 것이다. 그 호랑이의 얼굴에서 말이다.

그런데 인간들은 호랑이의 얼굴을 무섭게 생각한다는 것이다. 그것은 인간들이 호랑이를 무서운 존재로 여겨왔기 때문인 것이다. 그 호랑이의 얼굴을 보고 당신은 당신의 할아버지를 알라는 것이다. 그 할아버지의 얼굴이 바로 호랑이의 얼굴인 것이다. 그 호랑이의 얼굴에는 주름처럼 되어 있는 무늬가 있다는 것이다. 그것은 바로 인간들이 살아온 인간들의 그 주름과 같다는 것이다.

인간들은 호랑이의 그 무늬를 그저 호랑이의 나이로만 알고 있다는 것이다. 그 호랑이의 무늬는 바로 인간들이 말하는 할아버지의 얼굴인 것이다. 그 할아버지의 얼굴을 연상케 한다는 것이다. 그래서 그 할아버지의 얼굴을 보라는 것이다. 그 할아버지의 얼굴을 보고 바로 당신의 할아버지라는 것을 보라는 것이다. 그 당신의 할아버지는 바로 호랑이의 얼굴인 것이다. 그 호랑이는 지금의 히말라야산맥의 호랑인 것이다. 그 히말라야산맥의 호랑이는 아주 인간들과 친숙한 삶을 살고 있다는 것을 알라. 다만 인간들이 호랑이는 그저 무서운 존재라고 알고 있다는 것이다.

그 무서운 존재란 무엇인가. 그 호랑이는 바로 인간들의 대선배요, 인간들의 웃어른인 것이다. 그 호랑이의 얼굴을 보라는 것이다. 그 호랑이의 얼굴을 보고 당신의 조상을 생각해 보라는 것이다. 그 당신의 조상을 보라는 것이다. 그 당신의 조상이 바로 호랑이라는 것을 말이다. 그 호랑이의 얼굴을 말이다. 그 호랑이의 얼굴 속에서 바로 당신의 조상을 발견하라는 것이다. 그 호랑이의 얼굴 속을 보라는 것이다.

그럼 더 구체적으로 호랑이에 대해서 적을 것이다. 그 호랑이는 무엇인가. 바로 당신들이 말하는 우리들의 웃어른이요, 그 호랑이는 당신들이 알고 있는 우리들의 조상인 것이다. 그 호랑이를 매우 사랑하라는 것이다. 그 호랑이를 아는 사람은 정말 호랑이가 인간들을 매우 사랑한다는 것을 알라. 그 호랑이는 인간들의 사는 방식과 매우 흡사하다는 것이다. 그 호랑이는 바로 인간들의 생활을 한다는 것을 알라. 다만 그것은 짐승일 뿐이라는 것이다. 그 호랑이의 가족들도 모두 가족을 형성하고 있다는 것이다.

그 가족은 바로 인간들이 살아온 가족과 같다는 것이다. 그러나 인간들은 호랑이는 호랑이일 뿐이라는 인간들의 단편적인 면만을 이야기한다는 것이다. 그 호랑이의 가족들은 호랑이의 가족들을 매우 사랑한다는 것이다. 그 호랑이의 가족들은 바로 우리들의 가족인 것이다. 그 호랑이의 가족을 보면 그것을 알게 될 것이다. 그래서 그 호랑이의 가족을 알라는 것이다.

그 호랑이의 가족을 연구해 보라. 그 호랑이의 가족이 정말 인간보다 더 친숙한 가족을 구성하고 있다는 것을 말이다. 하지만 인간들은 호랑이를 연구해 보지 못했노라. 다만 호랑이는 무서운 존재라는 것만을 알고 있다는 것이다. 그 호랑이의 존재에 대해서 말이다. 그 호랑이의 존재를 보면 당신은 정말 호랑이의 삶을 알게 될 것이다.

그 호랑이는 과연 무엇인가. 바로 인간들이 말하는 우리들의 친숙한 친구요, 바로 우리들의 가족인 것이다. 그 호랑이는 절대 배가 부르면 짐승을 잡아먹지 않는다는 것이다. 그 짐승을 잡아먹지 않을 뿐 아니라, 오히려 인간들을 도와주기도 한다는 것이다. 과연 그들이 인간들을 도와주는가? 하고 생각할 것이다. 그렇다면 실험을 해 보라. 그들이 인간들을 도와주는가에 대해서 말이다.

인간들이 겁을 먹는다는 것이다. 그러나 호랑이는 절대로 배가 부르면 인간들을 해치지 않는다는 것을 알라. 다만 배가 고프면 사람이든 짐승이든 잡아먹는다는 것이다. 그것은 짐승의 본능인 것이다. 그 짐승의 본능을 알라는 것이다. 그럼 그 호랑이를 연구해 보라는 것이다. 그 호랑이를 연구하는 학자들은 익히 잘 알 것이다.

그렇다면 그 호랑이가 어떻게 인간들을 도와준다는 것인가? 하고 반문할 것이다. 인간들이 무서워하지 않는다면 호랑이도 인간들의 고통을 안다는 것이다. 그 호랑이가 인간들의 고통을 마음으로 안다는 것이다. 호랑이는 인간들의 마음을 꿰뚫어보는 그 마음을 알고 있다는 것이다.

배가 고프면 그 호랑이는 짐승처럼 행동한다는 것을 알라. 그러나 그 호랑이가 배가 부르면 인간과 같은 생각을 한다는 것을 알라. 그래서 우리는 호랑이 이야기를 하는 것이다. 그런데 인간들은 호랑이를 그저 무서운 존재로만 인식하고 있다는 것이다. 그러나 그 호랑이는 미리 예상하는 그러한 무서운 호랑이는 결코 아니라는 것이다. 인간들이 호랑이의 커다란 덩치를 보고 미리 겁을 먹는다는 것이다.

그 호랑이는 아주 영리하고, 아주 영특한 존재라는 것을 알라. 그 호랑이는 인간의 마음을 안다는 것이다. 그 호랑이는 인간들의 마음의 세계를 안다는 것이다. 그 호랑이는 인간들이 무엇을 생각하고, 어떤 마음으로 자신을 대하는가를 안다는 것이다. 그래서 우리는 그 호랑이를 연구해 보라는 것이다.

그러나 그 호랑이에게는 이러한 단점이 있도다. 호랑이를 대할 때 진실로 사랑하는 마음으로 대해야 한다는 것이다. 그 호랑이를 진실로 사랑하고, 진실로 좋아한다면 당신은 정말 호랑이의 보호 하에서 행복한 삶을 살 수 있다는 것이다. 아무튼 그 호랑이는 인간들을 해치지 않는다는 것이다. 다만 배가 고플 때만 해친다는 것이다.

그럼 더 구체적인 삶의 행적에 대해 이야기를 할 것이다. 그 구체적인 이야기는 바로 당신들의 삶과 같다는 것이다. 그 구체적인 이야기는 바로 전생의 삶이라고 이미 이야기했노라. 우리는 이 존재의 전생에 대해서 이야기한다는 것을 알라. 하지만 이 존재는 자신의 전생에 대해 아무것도 모른다는 것을 알라. 다만 우리가 이렇게 내려와 이러한 글을 적을 때만 알 수 있다는 것이다.

우리는 더 구체적으로 글을 적을 것이다. 그 글은 바로 우리의 삶이란 것을 알라. 그래서 우리는 이 존재의 전생에 대해 적는 것이다. 그럼 왜 자꾸 전생에 대해 적는 것인가. 그것은 바로 당신의 삶을 보라는 것이다. 그 당신의 삶이 바로 당신들의 아름다운 삶을 연상케 한다는 것이다. 그 삶 속으로 들어가 보라는 것이다. 그 삶 속으로 말이다. 그 삶이 무엇인가 말이다. 그 삶을 보고 당신도 이제는 정말 타인을 생각해 보라는 것이다. 그 타인이 바로 당신의 삶인 것을 말이다. 그 타인이 바로 당신의 고통이요, 그 타인이 바로 당신의 행복이란 것이다. 그 타인을 생각하는 마음이란 무엇인가. 바로 당신들의 고통을 덜어주는 것이다.

그 고통을 보고 당신도 그 사람의 고통을 느껴 보라는 것이다. 그 고통이 얼마나 힘든지 말이다. 그 고통을 보고 당신도 후손을 생각해 보라는 것이다. 그 고통 속에서 말이다. '우리는 후손에게 고통을 주기 싫다' 라고 생각해 보라는 것이다. 그 후손을 생각해 보라는 것이다. 그럼 그 후손이란 무엇인가. 바로 우리가 말하는 호랑이의 후손이요, 호랑이의 조상인 것이다.

그럼 우리는 모두 하나요, 우리는 모두 하나의 연결된 고리인 것이다. 그 하나의 연결고리가 바로 우리의 후손인 것이다. 그 후손을 생각해 보라는 것이다.

2006년 7월 18일 밤 10시 51분

# 제10장

## 이 존재의 머릿속에는
## 하늘 세계를 전달하는 기계가 있다

그래, 오늘도 무척이나 바쁜 하루였구나. 너의 고생을 우리는 알고 있단다. 하지만 나의 존재야, 조금만 참아다오. 너의 잠까지 우리가 빼앗게 되는구나. 그러나 너는 그러한 기색을 하지 않으니 너무도 고맙구나. 그럼 너의 건강을 위해 오늘은 조금만 적을 것이다. 너의 그러한 정성을 생각해서 말이다.

우리는 그동안 계속해서 이 존재의 전생에 대해 적었노라. 하지만 우리가 왜 전생에 대해 적는 것인가? 하고 인간들이 생각할 것이다. 그것은 그 인간들의 생각을 바꾸기 위한 작업인 것이다. 이것은 분명 우리가 지어낸 이야기가 아니라는 것을 이야기하고 싶구나. 그러나 사람들은 이 이야기를 거짓으로 생각할 수도 있다는 것이다.

그것은 바로 인간들의 세계에서 전생이 없노라고 단정을 짓고 살아왔기 때문인 것이다. 그러나 전생은 분명하게 있다는 것이다. 그 전생에 대해 이제는 알라는 것이다. 그 전생에 대해 알고 그 전생의 인연을 감싸안으라는 것이다. 그러나 인간들은 그 전생이란 것이 뭐가 그리 대단한가? 하고 생각한다는 것이다. 우리는 당신들이 그 전생에 대해 알아보고, 당신의 세계를 보고, 이번 생을 생각하며 다음 생에 정말 좋은 인연을 가지라는 것이다.

그러나 인간들이 그것은 다음 일이라고 단정을 짓는다는 것이다. 그것은 다음에 무엇이든지간에 그때의 일이라고 생각을 한다는 것이다. 하지만 인간들의 세계는 분명한 전생의 인연으로 연결된다는 것을 알라.

그럼 우리는 계속해서 전생에 대해 적을 것이다. 그러나 이 존재는 자신의 전생에 대해 전혀 모르고 있다는 것을 알라. 다만 우리는 이 존재의 전생에 대해 하나의 예로써 적는 것이다. 그 예를 읽고 당신도 다음 생을 생각해 보라는 것이다. 그 다음의 생을 말이다.

그래 계속해서 글을 적을 것이다. 그 다음 전생은 무엇인가 하고 말이다. 이 존재는 자신의 전생에 대해 아직 잘 모르고 있다는 것을 알라. 그런데 이 글은 이 존재가 지어낸 글이 아니라는 것을 앞에서 이야기했노라. 다른 존재들은 혹시 이 존재가 직접 이 글을 적는 것이 아닌가? 하고 의심을 할 수도 있지만, 내가 이 존재의 몸을 빌려서 적는다는 것을 알라.

이 존재는 인간이고 나는 하늘 최고의 신인 우주신인 것이다. 그런데 왜, 최고의 우주신이 이 사람에게 와서 이러한 글을 적는가? 하고 의문을 가질 것이다. 그 의문이란 무엇인가. 그것은 당연한 이야기인 것이다. 그 의문에 대해 이야기할 것이다. 그 의문을 풀 수 있도록 말이다.

그럼 더 구체적으로 적을 것이다. 이 존재는 죽음으로써 하늘에 고한다는 것을 앞에서 이야기했노라. 그러나 이 존재가 인간으로 다시 태어나면서 전생에 대해서는 잊어버린다는 것을 알라. 그러나 지금 인간들에게는 최면이라는 것이 있어 그 최면 속으로 들어가면 이 존재의 무한한 전생 이야기가 나온다는 것이다. 그러나 우리는 이 존재를 전생으로 들어가지 못하도록 만들어놓았노라.

왜, 그러한 장치를 했는가? 하고 의문을 가질 것이다. 그 장치는 이 존재를 위한 것이다. 이 존재의 전생은 너무나 호화스럽고 찬란한 인생이었다는 것이다. 하지만 지금은 그 호화스러움이 하나도 없도다. 겸손하게 살고 있다는 것이다. 다만 이 존재가 그 최면 속으로 들어갔을 때 인간들은 정말 상상하지도 못할 정도로 호화스럽다는 것이다.

그것은 바로 인간들이 알고 있는 현실의 세계인 것이다. 그래서 우리는 이 존재를 이제 하늘의 세계로 가게 하기 위해 그 호화스런 전생을 모두 잊게 만들어놓았다는 것이다. 이 존재는 다만 우리가 하는 이야기만 적을 수가 있도다. 그것은 이 존재가 우리가 시키는 대로 한다는 말이다.

그럼 그러한 이야기가 어떻게 증명되는가? 하고 의문을 가질 것이다. 그 의문은 바로 당신들과 같다는 것이다. 그 의문이 무엇인가. 바로 이 존재의 전생과 같다는 것이다. 이 존재의 전생을 보고 당신들도 이 존재의 겸손한 삶을 살라는 것이다. 그 겸손이 바로 이 존재의 전생의 삶인 것이다. 다만 이 존재는 사회적으로 정말 높은 세계에서 활동을 많이 했다는 것이다.

그 사회적으로 높은 활동을 했던 존재를 이제는 아주 낮은 세계의 세상에서 태어나게 만들었다는 것이다. 그 낮은 세계가 바로 인간들이 말하는 고차원 하늘의 영적(영 능력)인 세계로 가게 만들었다는 것이다. 그 고차원 하늘의 영적인 세계가 바로 이 존재의 현실을 만들어놓았다는 것이다. 그것은 다만 전생에 대해 잊게 만들었을 뿐인 것이다.

그럼 그 전생이 무엇이 그렇게 중요한가? 하고 의문을 가질 것이다. 그 전생에 대해 일방적으로 알라는 것이 아니라, 그 전생을 보게 되면 당신도 이러한 삶을 살 수 있다는 것이다. 그 전생에 대해 알고, 당신도 언젠가는 이 존재와 같이 고차원 하늘의 영적인 능력이 될 수가 있다는 것이다. 이 고차원 하늘의 영적인 길은 바로 당신들이 알고 있는 깨달음의 길인 것이다.

그 깨달음이 바로 이 존재를 만들어놓은 것이다. 이 존재는 우리가 말하는 정말 고급스럽고 아주 고차원적인 하늘의 영적인 것을 만들 것이다. 그것은 과거 일반 신들의 등급과는 다르다는 것을 알라.

다만 인간들이 생각하는 그런 일반 신들의 등급과는 차원이 다르다는 것을 알라. 과거의 신들의 급은 이제 인간들에게 먹혀들지 않는다는 것이다. 이 존재는 아주 고도로 발달되고 인간들이 이해하기 쉽지 않은 고급의 신들의 급이 와있다는 것을 알라. 그 고급의 신들 모두가 이 존재를 모두가 돕고 있다는 것을 알라. 이 존재에게는 지금 나 창조신과 이 시할머니 둘이 들어와 있다는 것을 알라. 존재가 위급한 상황에 처했을 시에는 하늘 최고의 신들이 이 존재를 돕고 있다는 것을 알라.

그래서 이 존재는 인간들이 하기 힘든 병을 고치고 있다는 것을 알라. 그러나 인간들은 이러한 일이 처음 접하는 것이기 때문에 생소하여 믿기 힘들다고 이야기하노라. 하지만 이 존재의 능력을 보고 인간들이 놀라워한다는 것을 알라. 인간들은 이 존재가 정말 누구인가? 하고 의문을 가질 정도인 것이다. 이 존재는 정말 누구의 힘으로 이러한 글을 적는가? 하고 의문을 갖는다는 것이다. 하늘 최고의 신인 내가 와서 이 글을 적고 있는데도 말이다. 그러나 이 존재는 우리가 떠나면 아무것도 모른다는 것을 알라. 그리고 우리는 이 존재를 무척 아낀다는 것을 알라.

우리가 이 존재를 아끼는 이유를 아는가. 이 존재는 우리가 말하는 정말 소중한 존재라는 것을 말이다. 하지만 본인은 물론 부모형제도 그것을 모르고 있다는 것이다. 그러나 세월이 흘러가면 언젠가는 알게 될 것이다. 우리가 이 존재를 사랑하는 그 이유와 이 존재의 가치를 말이다. 이 존재는 정말 우리가 찾기 힘든 존재란 걸 말이다.

이 존재를 찾고 나서 우리는 이 존재를 어떠한 길로 인도할까?

하고 많이 고민했다는 것이다. 그리고 우리는 하늘에서 이 존재가 가는 길을 알기 위해 숱한 공부를 했다는 것을 알라. 이 존재의 수수께끼 같은 인생을 알기 위해서 말이다.

이 존재의 수수께끼 같은 인생을 풀기 위해 우리는 하늘에서 무척 고생을 했다는 것을 알라. 다만 인간들은 이를 모르고 있다는 것이다. 우리도 인간들과 같이 하늘에서 공부도 하고 연구도 한다는 것을 알라. 다만 우리는 이 존재를 통해서 그것을 하고 있다는 것이다.

이 존재의 머릿속에는 우리가 알 수 있는 무한한 능력을 갖고 있다는 것을 알라. 다만 본인과 인간들이 모르고 살고 있다는 것이다. 이 존재의 머릿속에는 정말 인간들이 알기 어려운 무한한 수수께끼들이 있다는 것이다. 우리가 그것을 풀고 있다는 것이다. 그 과정을 우리는 지금도 하나하나 풀어가고 있다는 것이다. 그러나 이 존재는 자신의 머리에 무엇이 있는지 알지 못한다는 것이다.

그것은 당연한 것이다. 자신의 머리가 어떠한 머리인지를 모르고 있는 것을 말이다. 우리는 그것을 알 수 있도록 하는 방법을 인간들에게 모두 공개할 것이다. 그래서 인간들이 사람의 뇌를 연구해 보라는 것이다.

이 존재는 이미 인간들의 세계에서 자신의 시신을 내어놓겠노라고 등록을 했노라. 아마도 20여 년 전부터 이 존재는 이러한 마음을 갖고 있었다는 것이다. 그것은 본인의 의사도 있었지만, 그와 상관없이 갑자기 그러한 생각이 났었던 이유이기도 하다는 것이다. 그리고 이 존재는 그것이 자신의 생각인지를 안다는 것이다. 그것은 결코 우연의 일치가 아니라는 것이다.

그럼 그러한 이야기를 더 구체적으로 적을 것이다. 그러한 글을 적을 때 이 존재는 자신을 신기하게 여긴다는 것을 알라. "어? 이것은 나의 생각인데, 아닌가?" 하고 말이다. 그러한 일은 당연한 생각인 것이다 그러한 일은 인간들의 상식이기 때문이다. 그렇지만 인간들은 그것을 모르고 있다는 것이다. 그 인간들이 모르고 있는 것을 우리는 이 존재의 머리를 통해 해결한다는 것이다. 이 존재는 사후에 자신의 몸을 의사들이 해부 실험용으로 쓸 것이다. 그것은 바로 이 존재의 살아온 업적이기도 한 것이다.

이 존재의 해부한 머릿속에서 또 다른 것을 발견할 것이다. 그것은 인간들이 갖기 힘든 것으로, 우리가 인간들이 모르는 장치를 이미 만들어놓았다는 것이다. 그것은 다만 이 존재가 죽은 뒤 인간들이 이 존재의 머리를 해부함으로써 알게 될 것이다.

이 존재의 머릿속에는 다른 인간들과 다른 특별한 장치가 되어 있노라. 그것은 인간들의 눈에는 보이지 않는다는 것이다. 이 존재의 머리는 다른 사람들과 다른 특별한 머리를 갖고 있다는 것이다. 이 존재의 머릿속에는 일반 사람들과 다른 뇌가 있다는 것을 말이다. 이 존재의 뇌에는 우리만이 알 수 있는 것을 갖고 있다는 것이다.

그러한 뇌를 우리는 이 존재에게 주었노라. 하지만 인간들에게도 이러한 뇌가 있다는 것을 의사들이 나중에 해부학 공부를 하면서 알게 될 것이다. 이러한 뇌는 인간들에게서는 보기 힘든 뇌의 구조인 것이다. 그러한 뇌의 구조를 보고 의사들도 놀라워 할 것이다. 이러한 뇌로 어떻게 지금까지 살아 왔는가 하고 말이다. 하지만 이 존재는 이러한 뇌의 구조로 지금까지 살아왔다는 것이다.

이 존재의 뇌에는 아주 정밀한 기계가 있다는 것을 인간들이 모르고 있다는 것이다. 그것은 이 존재가 죽어 인간들이 그 뇌를 해부함으로써 알게 될 것이다. 그 뇌를 해부함으로써 의사들도 감탄할 것이다. 그것은 인간들에게서 보기 힘든 뇌의 구조를 갖고 있기 때문인 것이다.

그럼 그런 뇌가 어떠한 뇌란 말인가. 그것은 우리가 만들어놓은 아주 정밀하고 특별한 뇌의 구조인 것이다. 그 특별한 장치에 대해서 다만 이 존재는 모르고 있다는 것이다. 이 존재는 자신의 뇌 이야기를 하니 오히려 흥미를 느끼고 있구나. 그러면서 이 존재는 '그럼 나의 뇌는 누가 이렇게 만들었나?' 하고 의문을 갖는다는 것이다. 그 의문을 갖는 것은 당연한 것이다.

우리는 이 존재를 사랑한다고 그동안 수없이 이야기했노라. 이러한 장치가 자신의 머리에 있어도 이 존재는 현재 아주 인간다운 인간으로 살고 있기에, 우리는 이 존재를 매우 사랑한다는 것이다. 오히려 인간들보다도 더 착하고, 아름답고, 성실하게 살고 있다는 것이다.

인간들의 뇌에는 이러한 장치가 없는데도 서로 싸우고, 헐뜯고, 남을 못되기만을 바란다는 것이다. 하지만 이 존재는 오히려 남이 잘 되기를 바라고 있다는 것이다. 남이 잘되니 이 존재가 기뻐한다는 것이다. 그래서 우리는 이 존재의 장치를 참 잘 만들어놓았다고 생각한다는 것이다.

이러한 장치를 앞으로 몇 백 년 후가 되면 인간들이 태어날 때 이 존재와 같은 머리의 구조로 만들어낼 것이다. 인간들이 정말 착하게 살고, 아름답게 살 수 있는 구조로 말이다. 사실 이 존재의 머리 구조는 우리가 하늘의 세계에서 착하고, 바르고, 깨끗하게 사는 인간들을 만들어낸 최초의 작업인 것이다. 그 최초로 만들어 낸 인간이 바로 이 존재인 것이다. 그 중요한 것이 이 존재의 머릿속에 있다는 것이다.

이 존재의 머릿속에는 이러한 기계장치가 있다는 것을 알라. 우리가 연구를 거듭하여 얻어낸 것이 바로 이 존재의 머리에 있다는 것이다. 우리는 그 장치를 정말 잘 만들었는지 확인하고, 그 장치가 잘 활용되는지도 연구해 왔노라.

이 존재의 머리는 아주 정밀한 구조를 가지고 있다는 것이다. 그 정밀한 이 존재의 머리를 인간들은 모르고 있다는 것이다. 그 정밀한 머리에는 정밀한 계산이 있다는 것이다. 그러나 그것은 이 존재에게 우리가 들어와야 알 수가 있다는 것이다. 우리가 들어오지 않으면 이 존재는 아주 평범한 사람들과 같은 생활을 한다는 것이다. 그것은 지극히 평범하다는 것이다.

우리는 이 존재의 현실을 보고, 이 존재에게 미안한 마음을 갖고 있다고 앞에서 이야기했노라. 우리가 너무도 사랑하는 이 존재의 머릿속에는 우리들이 숨쉬고 있고, 하늘 세계를 전달하는 기계가 있다는 것이다. 그것은 이 존재가 갓 태어난 날 우리가 이 존재의 머릿속에 입력했다는 것을 알라. 다만 이 존재와 부모는 모르고 있었다는 것이다. 이 존재의 부모가 모르는 것은 당연한 것이다. 그렇다면 이 존재의 머리는 어떠한 머리인가에 대한 이야기를 구체적으로 적을 것이다. 이 존재의 머리를 보면 인간들이 아주 놀라워할 것이다.

앞으로 의사들은 이 존재의 머리를 해부함으로써 알 수 있을 것이다. 이 존재의 머리가 평범한 인간들의 머리와는 아주 다르다는 것을 앞에서도 이야기했노라. 그러나 이 존재의 사생활이기 때문에 우리는 그것을 쉽게 이야기하지 못한다는 것을 알라. 이 존재의 그러한 사생활을 남에게 이야기함으로써 인간들 사이에서는 시비가 끊이지 않는다는 것이다. 그러나 이 존재는 그것에 개의치 않는다는 것이다. 그것은 다만 이 존재의 생각일 뿐 인간들의 생각과는 다르다는 것이다.

그래서 우리가 이 존재의 사생활을 공개하지 못한다는 것을 알라. 이 존재는 우리가 만든 최초의 착한 인간 기계인 것이다. 우리가 그 인간 기계를 만들었던 이야기를 한다면 수많은 책을 만들 수 있을 것이다. 그 수많은 책을 만든다면 이 존재가 잠을 잘 수가 없을 것이다. 지금도 이 존재는 잠을 자지 못하고 이러한 글을 적고 있다는 것이다. 그래 나의 존재야, 사랑한다.

이 존재의 사랑스런 뇌는 정말 무엇인가. 그 의문은 바로 당신들의 이야기도 된다는 것이다. 그 의문을 이야기하는 동안 이 존재는 지금 무척 피곤하다는 것을 우리는 알고 있다는 것이다.

그 피곤한 것은 이 존재가 지금 자고 싶다는 표시인 것이다. 이 존재가 자고 싶어하는 그 충동도 그 기계가 지시하고 있다는 것이다.

그 기계의 머리는 이 존재의 생각인 것이다. 그 아름답고 정밀한 기계를 아직은 눈으로 보지 못한다는 것이 안타까울 뿐이다. 이 존재가 죽음으로써 그 기계의 뇌에 대해서 인간들이 알 수 있다는 것이다. 그렇다면 왜, 죽어야 아는가? 하고 반문하는 사람들이 있을 것이다. 그것은 우리가 이 존재를 사랑하고, 깊이 보호해야 하기 때문에 이 존재의 삶과 건강 그리고 이 존재의 자식들을 보호하기 위해서인 것이다. 이 존재의 삶을 안전하게 보호하고 싶은 마음에 우리가 이 존재가 살아있는 동안에는 인간들의 눈으로 보지 못하게 만들어놓았노라. 그래서 이 존재가 죽음으로써 이 존재의 뇌가 인간들에게 공개된다는 것이다. 그때 이 존재의 뇌는 하나의 큰 뉴스거리가 된다는 것이다. 이 존재의 뇌를 보게 되면 의사들도 하나같이 감탄하며 놀라워한다는 것이다.

그 뇌 속에서 오색찬란한 빛을 뿜어냄으로써 이 존재가 그것을 인간들에게 선물을 주고 간다는 것이다. 그 오색찬란한 빛을 보면 그때서야 의사들은 감탄을 하며 이 존재의 가치를 알게 된다는 것이다. 그 오색찬란한 빛이 이 존재의 몸에서 뿜어져 나옴으로 해서 인간들은 이 존재의 높은 가치를 알게 된다는 것이다. 이 존재의 몸이 정말 보통의 몸이 아니라는 것을 말이다.

죽을 때 인간들에게 선물을 주고 간다는 이 존재의 온전한 몸을 보고 인간들은 정말 착하고, 바르고, 깨끗한 영체를 발견하라는 것이다. 이 존재가 죽음으로써 그 영체가 정말 깨끗한 영체인가를 인간들의 눈으로 직접 확인하라는 것이다. 그것은 그 인간들이 눈으로 직접 보는 것을 좋아하기 때문인 것이다. 그 광채를 말이다. 그 광채는 바로 이 존재가 죽음으로써 더욱 빛이 난다는 것이다.

세상 사람들은 그 빛을 보기 위해서 이 존재를 보려고 한다는 것이다. 이 존재의 몸 가운데 광채가 나는 부위는 바로 뇌인 것인데, 그 뇌를 열면 거기서 오색찬란한 빛이 난다는 것이다. 바로 이 존재의 뇌에서 말이다. 이 존재의 뇌에서는 모든 것이 광채로 빛이 난다는 것이다. 그 광채가 너무도 아름답기 때문에 인간들이 이 광채를 보기 위해 이 존재의 몸을 영구히 보존한다는 것이다. 그 광채가 바로 이 존재를 확인하는 길인 것이다.

이 존재의 몸과 뇌는 정말 오색찬란한 빛으로 감싸고 있고, 오색찬란한 빛으로 인간들을 정화시키고, 그 오색찬란한 빛으로 인간들이 정말 선하게 살아야 한다는 것을 깨우쳐 주고 있는 것이다. 그 작업을 위해서 우리는 이 존재를 선택하였고, 그가 죽음으로써 그 빛의 영광이 온 세상 사람들에게 메시지가 되어 전달하는 것이다. 그 메시지를 전달하는 것은 이 존재나 이 나라의 의사들이 한다는 것이다.

그 의사들은 이 존재를 매우 존귀하게 여겨 이 존재의 몸체를 그냥 그대로 둔다는 것이다. 이 존재의 몸체에서 나오는 아름다운 광채가 온 세상을 뒤덮는다는 것을 그들이 알고 있다는 것이다. 이 글을 읽은 의사가 이 존재의 몸을 해부하여 이 존재의 큰 가치를 알게 된다는 것이다. 이 존재의 그 모든 것을 말이다.

　이 존재의 모든 업적도 그들이 해부한다는 것이다. 그것은 이 존재가 살아온 모든 이야기도 빠집없이 수집한다는 것이다. 이 존재의 모든 이야기에 대해서 말이다. 하지만 그 가운데 이 존재의 부부 이야기는 수집하지 못한다는 것이다. 그것은 이 존재의 남편을 세상 사람들에게 알리는 것을 꺼려하기 때문인 것이다. 그래서 우리는 이 존재의 부부 이야기는 하지 못한다는 것이다. 그리고 이 부부의 인연은 그리 좋은 인연이 아니라는 것이다.

2006년 7월 19일 새벽 3시 25분

# 제11장

## 예언 속에서 이 존재의 높은 가치를 알게 될 것이다

　오늘도 이 존재는 무척이나 바쁜 하루였단다. 우리는 이 존재의 건강을 위하여 수많은 노력을 하고 있다는 것을 알라. 이 존재가 건강해야 빙의환자를 치유할 수가 있기 때문인 것이다. 그러나 이 존재의 몸속에는 인간들이 말하는 전기의 10,000볼트가 넘는 전류가 흐르고 있도다. 다만 인간들이 그것을 모르고 있다는 것뿐이다. 그래서 이 존재에게 기(氣) 치료를 받는 사람들은 어딘지 모르게 몸 전체가 좋아진다고 느끼고 있다는 것이다.

　그 이유는 이 존재의 몸에서 엄청난 기가 흐르고 있기 때문이다. 이 존재는 지금 많은 여성들의 기 치료를 하고 있다는 것이다. 그 많은 여성들 중에는 정말 병이 깊은 환자들도 너무 많다는 것이다. 그것은 나이 탓도 있지만, 바로 인간들이 사는 모습에서 얻게 되는 스트레스라는 병인 것이다. 그 스트레스가 만병의 근원이 된다는 것을 인간들은 이미 알고 있다는 것이다.

하지만 인간들은 더 깊은 속 내막을 모르고 있다는 것이다. 그 더 깊은 속 내막이란 바로 인간들간의 관계에서 비롯된 것이다. 그 인간들과의 관계라는 것이 무엇인가. 그것은 바로 서로의 이기적인 면에서 나오는 것이다. 하지만 이 존재는 스트레스를 전혀 받지를 않는다는 것이다. 그 스트레스를 받는다 해도 이 존재는 스스로 그것을 해결한다는 것이다.

그 해결 방법은 바로 마음인 것이다. 그 해결을 위하여 본인 스스로가 그 방법을 터득했다는 것이다. 그 터득한 것이란 무엇인가. 그것은 바로 마음인 것이다. 그 마음은 무엇인가. 그것은 바로 자신을 안다는 것이다. 그 자신을 안다는 것은 바로 현실을 안다는 것이다. 자신의 현실을 똑바로 꿰뚫어보는 마음이 있다는 것이다.

그 마음을 똑바로 꿰뚫어보라는 것이다. 그 마음을 똑바로 꿰뚫어봄으로써 당신 자신을 알 수 있다는 것이다. 그 자신을 안다는 것은 바로 당신의 마음 세계를 안다는 것이다. 그 마음의 세계란 바로 당신을 깨달음으로 이끌어간다는 것이다. 그 깨달음이란 이러한 작은 것에서부터 있다는 것이다.

그 깨달음을 알라는 것이다. 그 깨달음이 무엇인가. 바로 당신의 작은 마음에 있다는 것이다. 그 당신의 작은 마음을 보라는 것이다. 당신의 그 마음을 말이다. 그럼 그 마음을 더 구체적으로 적을 것이다. 그 마음을 보는 방법을 말이다. 그 마음을 보는 방식을 말이다. 그 마음의 세계를 보라는 것이다.

인간들에게는 너무도 이기적인 면이 많이 있다는 것을 알라. 다만 그 이기적인 면으로 인하여 인간들의 세계에서 서로가 서로를 헐뜯는다는 것이다. 그 이기적인 면이 정말 서로의 마음에 등을 지게 한다는 것이다. 그 이기적인 마음이란 무엇인가. 바로 당신들의 물질적인 마음인 것이다. 그 물질적인 마음이란 무엇인가. 그것은 바로 나에게만 물질적으로 재물이 많이 있으면 된다는 욕심인 것이다. 나에게만 그 많은 돈이 있으면 이 세상은 모두 나의 것인 양 생각한다는 것이다.

물론 그 물질적인 것은 인간으로 사는데 꼭 필요한 것이다. 그것은 인간으로 살기 위한 하나의 도구요, 하나의 풍요인 것이다. 하지만 그것을 얻기 위해 남에게 피해를 주어서는 안 된다는 것이다. 그 피해를 왜, 남에게 주는가 말이다. 그 피해를 남에게 주는 것은 바로 당신을 흙탕물에 빠지게 하는 것과 같은 것이다. 그것은 또 후손들에게 흙탕물을 주는 것과 같은 것이다.

그 후손을 생각한다면 당신은 남에게 모든 것을 주어야 하는 것이다. 물론 당신의 물질적인 경제를 남에게 모두 주어 버리라는 것은 아니다. 당신이 사용하는데 불편하지 않을 정도만 남기고 그 나머지는 타인을 위해 베풀라는 것이다. 그것이 타인을 위한 길인 것이다. 하지만 인간들의 세계에서는 하나를 가지면 더 많은 것을 욕심내는 나쁜 마음이 있다는 것이다.

하지만 이 존재는 그러한 마음이 없도다. 다만 나에게 필요한 것이 있어 쓰고 남으면 타인을 위하여 준다는 것이다. 그것을 받는 타인이 기뻐하기 때문에, 이 존재는 그 기쁨을 나눠줄 줄 안다는 것이다. 그 주는 기쁨이 얼마나 좋은 것인지, 그 기분을 맛본 사람은 알 것이다. 그 주는 행복함을 말이다. 그 기분으로 살라는 것이다. 상대를 주는 기분이 얼마나 행복한 것인지 말이다. 이 존재는 태어날 때부터 그러한 습성이 몸에 배어있다는 것이다. 그래서 우리는 이 존재를 선택했노라. 이 존재의 선택을 우리는 정말 잘했노라고 진정으로 고백하노라. 나의 존재야….

글 속에서 이 존재의 이야기가 많이 나오는 것은 바로 이 존재와 같은 삶을 살라는 것이다. 그러한 삶을 사는 것이 얼마나 살기 좋은 세상으로 만드는 일인지 인간들은 모르고 있다는 것이다. 인간들의 세상은 너무나 황폐하고, 이기적이며 환락과 쾌락을 위해 온몸을 받치고 있다는 것이다. 그러한 삶은 우리가 원하지 않는다는 것을 알라. 그래서 우리는 이 존재의 그 깨끗한 몸과 그 깨끗한 영체를 선택하였노라. 그 선택에 우리는 너무도 감사하구나, 나의 존재야.

그래서 우리는 이 존재를 하나의 예로써 적는 것이다. 그 하나의 예가 바로 당신들이 걸어가는 깨달음의 길이라는 것을 알라. 앞에서 이야기한 산과 들 그리고 종교는 모두 소용이 없다는 것이다. 그것들은 하나의 정신적인 지지에 불과한 것이다.

이 글을 적고 있는 이 존재는 현재 많은 여성들의 인체의 질병을 투시하고 있다는 것을 알라. 여성들의 몸과 신체를 투시함으로써 이 존재는 그 여성들의 아픈 부위를 쉽게 알 수 있다는 것이다. 인간들의 기계로도 도저히 찾지 못했던 바로 그 병을 이 존재의 눈으로 인체를 투시하여 찾아낸다는 것이다. 이에 앞서 우리는 이 존재에게 고도의 투시능력을 주었노라.

우리는 이 존재에게 앞으로 무한한 능력을 줄 것이다. 그 나쁜 빙의를 찾는 과정과 그것을 처리하는 방법에 대해 모두 확인할 수 있을 정도의 능력을 갖게 한다는 것이다. 우리는 이 존재를 끊임없이 돕고 싶도다. 왜, 우리가 이 존재를 하늘에서 그렇게 끊임없이 돕고자하는가. 앞에서도 이야기했지만, 그것은 우리가 이 존재의 현실을 너무도 안쓰럽게 생각하기 때문이다. 그 말할 수 없는 현실이란 우리 하늘과 이 존재 그리고 그의 남편만이 알고 있다는 것이다.

앞으로도 우리는 이 존재를 도울 것이며, 이 존재와 연결된 모든 환자들도 도울 것이다. 그 모든 환자들 가운데 이 존재와 인연을 맺은 사람들은 정말 행운인 것이다. 그 모든 능력을 이 존재를 통해 받을 수 있으니 말이다. 그 모든 기운은 하늘에서 주는 이 존재의 몸과 연결되어 있다는 것을 알라. 이 존재는 그 무한한 능력을 인간들에게 모두 주고 갈 것이다. 그래서 우리는 이 존재가 오래오래 살기를 바란다. 그렇게 하기 위해 우리는 하늘에서 특별한 기 치료도 연구하였노라. 그 기 치료를 이 존재에게만 주는 것이 아까워 이 존재를 통해 일반인들에게도 기 치료를 한다는 것을 알라.

그 기 치료는 이 존재의 몸에만 있는 것이다. 그것은 바로 이 존재의 손바닥에 있다는 것이다. 무한한 기가 흐르고 있는 이 존재의 손에는 정말 인간들이 상상하기 힘든 강한 힘이 있다는 것이다. 그 강한 힘을 가진 기 속에는 인간들이 그동안 치료하지 못한 에이즈 균을 죽이는 방법도 연구하고, 하늘의 높은 신들이 지금도 많은 연구를 하고 있다는 것을 알라. 그래도 현재 이 존재에게는 인체 질병 투시능력과 자연적인 돌, 나무 등과 대화할 수 있는 능력을 주었노라. 우리는 앞으로 더 많은 능력을 이 존재에게 줄 것이다.

나의 존재야, 앞으로 우리는 너를 지속적으로 도울 것이다. 너를 돕는 우리의 마음은 너무도 행복하단다. 인간들의 세계에서 정말 보기 힘든 너의 그 깨끗한 영체를 만났으니 말이다. 그동안 너는 너무도 깊은 고독과 잘 싸웠고, 현실을 잘 이겼노라. 그러면서도 너는 그 힘든 과정에 대해 어느 누구에게도 내색조차 하지 않았더구나. 심지어 우리 하늘에도 도움을 청하지도 않았음을 우리는 잘 알고 있단다. 너의 그런 마음에 우리는 감동했단다. 나의 존재야, 사랑한다.

우리는 하늘에서 이 존재의 아름다운 삶을 보고 감동받았노라. 이 존재는 아주 작은 데서부터 실천을 한다는 것을 이미 말했노라. 당신들도 그 모든 것을 작은 데서부터 실천하기를 바란다. 그저 남에게 보이기 위한 실천을 해서는 안 되는 것이다.

인간들이여, 자신의 가장 가까운 코앞에서 실천하기를 바란다. 그 작은 실천이 얼마나 소중한 삶인지를 인간들은 모른다는 것이다. 그 작은 현실의 실천을 바르게 남을 위한 희생으로 해 보라는 것이다. 그것이 바로 당신을 깨달음의 길로 가게 한다는 것이다.

그동안 그 깨달음을 왜 멀리서 찾고 있었는가. 그것은 바로 당신들의 주위에 있는데 말이다. 인간들이여, 그 깨달음을 멀리서 찾지 말라. 그리고 가까운 곳에서 그 깨달음을 보라. 지금 당신 앞에 무엇이 있는지 말이다. 그렇게 실천하는 것이 하늘에서 바라는 아름다운 삶이라는 것이다. 그 아름다운 삶을 지금 당신의 앞에서 보라는 것이다.

그 당신의 앞에 정말 소중한 타인이 있다는 것을 알라. 그 소중한 타인을 바로 나의 몸같이 생각하라는 것이다. 그것이 바로 깨달음이요, 그것이 바로 희생정신인 것이다. 그 정신이 바로 순간의 앞에 있다는 것을 알라. 인간들은 깨달음을 왜 멀리서 찾는지 안타깝고 답답하구나. 인간들이 그렇게 잘못 알고 있기에 우리는 이 존재를 통해 이러한 글로 책을 만들기로 했단다.

그래서 이 존재가 쓰는 책은 후대 1,000년까지도 이어질 것이다. 그 후대들도 이 책을 통해 하늘에서 원하는 착하고, 바르고, 깨끗한 삶을 사는 방법을 안내하는 책이라는 사실을 알게 된다는 것이다. 이 글을 적는 것은 깨달음이 멀리 있는 것이 아니라, 자신의 주위와 바로 앞에 있다는 것을 인간들에게 알리는 작업인 것이다.

그 깨달음을 멀리서 찾지 말라는 것이다. 우리는 이 존재가 살아있는 동안에 수많은 책을 쓰게 할 것이다. 그 수많은 책 속에는 인간들이 살아가는 모습을 담을 것이다. 그것이 바로 인간들이 말하는 설법인 것이다. 그것은 시대에 맞는 설법인 것이다. 그 설법을 이 존재를 통해 이 책 속에 담았노라.

이 존재는 죽음에 이르러서 더욱 유명해 진다는 것을 알라. 이 존재의 삶은 현실에서는 좋지 않았지만, 이 존재가 죽음으로써 이 책 속에 들어있는 그 많은 예언들이 적중하게 된다는 것이다. 그 예언 속에서 우리는 이 존재의 가치를 보여줄 것이다. 그러나 이 존재는 그동안의 힘든 삶을 통해 이미 깨달음에 도달하였으며, 하늘의 세계를 울렸노라. 그 삶에 대해서는 아무도 모른다는 것을 알라. 다만 이 존재 본인과 남편, 시집식구 정도가 알고 있다는 것이다. 나의 존재야, 울지를 말라. 사랑하는 나의 존재야….

오늘도 힘든 일과를 마치고 이렇게 글을 쓰는 너의 모습이 보기가 좋구나. 나의 존재야, 우리는 너의 그런 모습을 사랑한단다. 나의 존재야, 우리 열심히 인간들의 세계를 위해 뛰어보자꾸나. 너의 그 힘든 여정에 대해 언젠가는 인간들도 알게 될 것이다. 너의 그 고생을 말이다.

그럼 계속해서 글을 쓰겠노라. 우리는 앞으로 이 존재를 통해 많은 사람들의 고통을 들어줄 것이다. 그 고통들을 들어줌으로써 이 존재는 한 인생을 마감하고 죽을 것이다. 그러면서 인간들은 이 존재의 가치를 알게 될 것이다. 이 존재는 타인을 위한 순수한 마음이었다는 것을 말이다. 그 타인을 생각하는 마음을 알라는 것이다. 그 타인이란 무엇인가. 바로 당신들의 가족이요, 당신들의 이웃인 것이다. 이 존재는 그 당신들의 수많은 이웃들을 상담할 것이다. 그 상담으로 인해 때로는 사생활을 아예 하지 못할 정도가 되기도 한다는 것이다. 심지어 잠잘 시간조차도 아까워하며 그 일에 매진할 것이다.

이 존재의 건강을 우리는 매우 소중하게 생각한다는 것을 알라. 이 존재의 건강이 바로 우리의 소중한 재산이기 때문인 것이다. 이 소중한 재산과 인간들을 우리는 아낀다는 것이다. 이제 이 존재의 모든 예언이 기다려진다는 것이다. 그 예언에 대해 인간들은 다음에는 무엇이 있는가? 하고 궁금해 한다는 것이다. 그러나 우리는 이 존재의 건강을 위해 그 예언은 절대 미리 하지 못하게 한다는 것을 알라. 다만 그것은 이 존재의 건강이 따라 줄 때만 한다는 것이다.

그것은 그 예언 속에서 이 존재의 높은 가치를 알기 때문인 것이다. 그 예언에 대해 우리는 지금 수많은 연구를 하고 있다는 것을 알라. 그 수많은 연구의 결과물이 이 존재의 머리에 있다는 것이다. 우리는 이 존재의 머릿속에 그 많은 예언을 담았노라. 다만 우리는 이 존재의 건강을 위해 그 머리를 조금씩 열어 본다는 것을 알라. 그 수많은 예언을 이 존재의 건강 때문에 우리는 한꺼번에 열 수가 없다는 것이다. 이렇듯 우리는 이 존재의 건강을 생각한다는 것을 알라.

이 존재가 건강해야 우리도 이 존재의 예언을 열 수가 있는 것이다. 그래서 우리는 이 존재에게 건강한 삶을 주고 싶도다. 그 머리를 열 수 있는 것은 우리 하늘의 세계에서만 가능하다는 것이다.

이 존재의 머릿속에는 정말 무한한 능력이 있다는 것을 알라.

본인이 아직까지 그것을 모르고 살아왔지만, 그것은 이 존재가 인간으로서의 삶을 살게 하기 위해서였던 것이다.

이 존재는 이러한 삶에 대해 아무렇지 않게 생각하고 있다는 것이다. 그렇기 때문에 오히려 우리가 당황해 한다는 것이다. 다른 인간들은 이러한 하늘의 기운이 오면 오히려 당황해하며, 그 길을 피해버리기 때문이다.

그러나 이 존재는 자신의 이 길이 하늘의 뜻이라면 당당하게 가겠노라고 쾌히 승낙을 하노라. 그래서 우리는 더욱 연구에 박차를 가했다는 것을 알라. 이를 이 존재 본인만이 아무것도 모르고 그저 자신의 현실을 묵묵히 가고 있다는 것이다.

오늘도 수많은 이야기를 했노라. 그러나 이 존재는 우리의 그 많은 이야기에 아무런 두려움도 없다는 것이다. 그것은 이미 자신을 하늘에 맡기겠노라고 생각을 하고 있기 때문인 것이다. 그 하늘의 뜻에 당당하게 살겠노라고 생각하고 있다는 것이다.

우리는 오히려 이 존재에게 미안한 마음이 있다는 것을 알라. 그것은 이 존재에게 사생활이 없기 때문이다. 이 존재의 모든 생활은 인간들의 병의 치유요, 인간들에 대한 상담인 것이다. 그것이 바로 이 존재의 모든 공적인 생활이자 사생활인 것이다. 그 사생활을 이 존재는 마다하지 않는다는 것이다. 어쩔 땐 오히려 그러한 삶이 즐겁다고도 이야기한다는 것이다.

우리는 이 존재의 그러한 희생정신을 높이 사랑하노라. 이 존재의 선택이 정말 자랑스럽도다. 다른 인간들도 이 존재의 생각과 같은 삶을 살았으면 한다는 것이다. 앞으로는 그러한 인간들이 많이 태어날 것이다. 그 몇 백 년 후가 되면 그것이 가능한 일인 것이다.

앞으로 몇 백 년의 세월이 흐른 뒤 인간들의 삶이 이 글과 일치된다는 것을 알라. 그래서 이 존재의 글이 후손에게 오랫동안 보존이 될 것이다. 이 존재의 글은 아름답고 인간답게 살고 가라는 하늘의 메시지란 것을 인간들이 알게 된다는 것이다. 우리는 그 인간들의 세계를 바르게 깨우치고 싶도다.

그 바른 길이란 무엇인가. 당신들이 그동안 살아온 바로 앞의 자신의 길인 것이다. 바로 앞의 자신을 보라는 것이다. 그 자신을 보고 나를 알라는 것이다. 그 길이 바로 깨달음인 것이다.

앞으로 우리는 더 많은 글을 적을 것이다. 그 글 속에 당신들의 사는 방식을 담을 것이다. 그것은 당신들이 사는 현실의 방식을 보라는 것이다. 그 현실을 보고 당신도 자신을 알라는 것이다. 그런데 당신들 가운데 이 글이 무엇인지 모르는 사람들도 있다는 것이다. 이 글이 무슨 글인지 하고 말이다.

우리는 인간들이 이해하기 쉽게 글을 쓴다는 것을 알라. 이 존재가 현재 주부이기 때문에 주부의 수준에 맞게 이야기를 한다는 것이다. 주부란 우리들의 어머니요, 나의 아내요, 나의 누나요, 언니인 것이다. 그러한 마음을 열어 이 글을 읽어보기 바란다. 읽기 쉽게 쓴 이 글은 바로 당신들이 사는 모습이라는 것을 알라.

이 글을 읽고 당신들이 어떠한 길로 가고 있는가에 대해서 알라는 것이다. 하늘의 메시지를 읽고 당신의 모습을 보라는 것이다. 그 당신의 모습을 통해 당신의 마음을 알고, 당신이 정말 잘 살아왔는가를 보라는 것이다.

 그 길을 알라는 것이다. 그 길을 알고 당신은 정말 바른 삶이 무엇인지를 알라는 것이다. 그래서 우리는 이 존재의 삶을 하나의 예로써 적는 것이다.

2006년 7월 23일 밤 12시 30분

# 제12장

## 사람을 용서했다면
## 당신은 이미 깨달음에 도달한 것이다

　오늘은 색다른 이야기를 할 것이다. 이 존재는 지금 사무실에서 글을 쓴다는 것을 알라. 다만 이 존재의 환경에 맞게 글을 적는 것이다. 그럼 다음 이야기에 대해 적을 것이다. 그 이야기는 이 존재도 지금까지 모르고 있다는 것이다. 우리는 지금 수많은 일을 하늘의 세계에서 하고 있다는 것을 알라. 그 많은 일들 가운데 가장 큰 것이 이 존재의 가치를 알리기 위한 작업인 것이다. 이 존재의 가치란 무엇인가. 본인은 물론 인간들도 모르고 있다는 것이다. 그 이야기는 바로 당신들의 이야기도 된다는 것이다. 그 이야기에 대해 적을 것이다. 그 이야기는 바로 당신들의 사는 이야기인 것이다. 그 이야기를 들음으로써 당신들도 이제 알 것이다. 그 이야기는 바로 당신들의 이야기인 것이다.

그럼 더 구체적으로 이야기를 적을 것이다. 그 이야기는 바로 당신들이 평소에 생각하는 이야기임을 알라. 이제 그것을 글로 적을 것이다. 그 이야기는 아주 평범하면서도 가장 쉽고 또한 어려운 이야기인 것이다. 그것은 무엇인가. 바로 이 존재의 이야기도 된다는 것이다. 그것은 무엇인가. 그것은 바로 당신들의 사는 방법인 것이다. 바로 그 사는 방법을 알라는 것이다. 그 사는 방법이 무엇인가. 바로 당신을 생각하라는 것이다. 그 당신을 생각한다는 것이란 무엇인가. 그것은 바로 당신들의 가슴에 있다는 것이다.

그런데 그 마음을 왜 인간들은 모른지 모르겠다. 그 마음을 말이다. 그 마음이 바로 당신들이 사는 방식인 것이다. 그 사는 방식이 바로 깨달음으로 간다는 것이다. 그 깨달음이란 무엇인가. 바로 당신들의 마음에 있다는 것이다. 그 깨달음을 알고 당신들도 깨달음을 보라는 것이다. 그 깨달음은 멀리서 찾지 말라는 것은 무슨 말인가. 그 말을 알라는 것이다. 그럼 당신에게 있어 지금 그 깨달음이란 무엇인가. 그 깨달음은 바로 당신의 세계에서 다른 세계로 가는 길인 것이다. 그 길을 안내할 것이다.

그 깨달음의 길이 바로 안내의 길인 것이다. 그래서 그 깨달음을 알라는 것이다. 그 깨달음을 알기 위해 우리는 무한한 노력을 했다는 것이다. 그 깨달음이란 무엇인가. 그것은 바로 당신들의 마음에 있다는 것이다. 그 마음을 보고 당신들도 그 깨달음을 알라는 것이다. 그 깨달음을 알고 당신은 무엇이 중요한가를 보라는 것이다. 그 깨달음은 바로 당신 앞에 있노라고 앞에서 이야기 했노라. 그 깨달음을 알고 당신은 정말 깨달음이란 무엇인지를 보라는 것이다. 그럼 우리는 이제 이 존재의 삶에 대해서 적을 것이다. 이 존재의 삶이란 무엇인가. 그것은 바로 이 존재의 삶 이 깨달음으로 간다는 것이다.

이 존재의 삶 속에서 이제 깨달음을 알았노라. 그 깨달음은 바 로 마음을 비운다는 것이다. 그 마음을 비우는 것이 정말 힘들다 는 것이다. 그 마음을 비우는 방법은 그 사람을 미워하지 말라는 것이다. 그 사람을 미워하면 그 사람과 같이 살지 못하느니라. 그 사람을 미워하는 마음이 없다면 당신은 이미 깨달음에 도달 했다는 것이다. 그 깨달음에 도달한다는 것이 그리 쉬운 것은 아 니니라. 다만 우리는 그 깨달음을 알라는 것이다. 그 깨달음을 알고 당신도 그 깨달음 속으로 들어가 보라는 것이다. 그 깨달음 이 바로 당신의 마음과 당신의 행동 속에 있다는 것이다. 그 마 음을 보라는 것이다. 그 마음을 보고 당신은 남을 사랑하고 정작 나를 괴롭힌 그 사람을 용서했는가를 말이다.

그 사람에 대한 용서가 바로 깨달음에 가는 것이다. 그 사람의 용서를 알라는 것이다. 그 깨달음을 멀리서 찾지 말라고 이미 앞 에서 이야기했노라. 그런데 인간들의 세상에서는 그것을 왜 멀 리서 찾는지 안타깝도다. 그 깨달음은 분명 내 앞에 있는 것인 데, 그것을 왜 당신들은 앞에서 찾지 못하는지 답답하도다.

이 존재는 지금까지 아무런 종교를 갖지 않았다는 것을 알라. 종교는 다만 정신적인 지식을 알게 한다는 것이다. 그래서 그것은 깨달음이 아니라는 것을 알라. 이러한 것을 알리고 그 하늘의 이야기를 하기 위해서 우리는 이 존재의 머리를 빌린 것이다.

그럼 왜 종교를 믿지도 않는 이 존재에게 우리가 어떻게 해서 왔는가. 바로 그것을 알라는 것이다. 인간들이 생각하는 대로 하면 이 존재는 종교를 믿거나 기도를 했어야 하는 것이 아닌가. 그런데 이 존재는 종교는커녕 기도조차도 해보지 않았다는 것이다. 다만 그동안 현실에 충실했다는 것이다.

그것은 바로 이 존재가 착하고, 바르고, 깨끗한 삶으로 그동안 세상을 살았다는 것이다. 그것이 바로 기도였고, 그것이 바로 깨달음이었던 것이다. 인간들이 무엇인가를 잘못 알고 있었기에 우리는 이러한 이야기를 한다는 것을 알라. 그것은 바로 현실에 그 깨달음이 있다는 것이다. 그 깨달음은 바로 당신의 가족이요, 이웃이요, 형제요, 자식이요, 내 자신의 삶인 것이다.

그래서 우리는 이 존재의 삶을 이야기한다는 것을 알라. 이 존재의 삶은 바로 당신들의 사는 모습이고, 당신들이 사는 모습은 바로 이 존재의 사는 모습과도 같다는 것이다.

그럼 계속해서 이 존재의 삶에 대해서 적을 것이다. 그러나 이 존재가 현재 무척 바쁜 하루를 보내고 있다는 것을 알라. 그 바쁜 하루에도 이 존재는 그 한 사람을 위하여 최선을 다한다는 것이다. 그 최선을 다하는 것이 바로 깨달음의 길인 것이다. 그 깨달음이란 무엇인가. 그것은 바로 당신과 가장 가까운 곳에 있는 것이다. 그래서 당신의 자신과 당신의 마음과 당신의 행동과 당신의 가슴에서 무엇을 생각하고, 무엇을 위하여 일을 하고 있는

가를 보라는 것이다. 그것이 바로 당신의 깨달음에 있다는 것을
알라. 그 깨달음은 바로 당신의 가슴에 있는 것이다. 그 깨달음
을 보면 당신은 정말 행복함을 느낄 것이다. 그런 깨달음을 당신
이 직접 느껴 보라는 것이다. 그 깨달음 속에서 당신은 정말 무
엇이 보이는지 말이다. 그 깨달음이 바로 우리의 가족이요, 우리
의 이웃인 것이다.

그 깨달음이 무엇인가를 본다는 것은 당신의 아름다운 삶을 보
고, 당신의 행복함을 보라는 것이다. 그 행복함을 보면 당신은
또 다시 그 깨달음으로 간다는 것을 알라. 그 깨달음은 바로 하
늘의 세계에서는 모두 알 수 있다는 것이다. 하늘의 세계에서는
그 모든 것을 보고 당신을 판단한다는 것이다. 당신은 진정 남을
위해 살고 있는가를 하늘에서 판단한다는 것이다. 그 판단은 바
로 하늘에서 한다는 것을 알라. 그리고 그 판단은 한 치의 오차
도 없다는 것을 알라.

그래서 우리는 이 존재의 삶을 이야기하는 것이다. 이 존재의
삶은 하나의 깨달음으로 가는 길인 것이다. 다만 이 존재는 그저
자신의 현실에 최선을 다했다고 생각하고 있다는 것이다. 그 현
실에서의 최선이 바로 깨달음인 것이다. 그 현실에서의 최선은
바르고, 착하고, 깨끗한 삶이어야 한다는 것이다. 그것이 바로
깨달음으로 가는 것이다.

그저 나만의 이익을 위하는 그 더러운 행동은 우리의 하늘 세
계에서는 결코 알아주지 않는다는 것을 알라. 그것은 당신들의
이익만을 챙기는 아주 이기적인 것이다. 그것은 우리가 너무도

싫어한다는 것을 알라. 그래서 우리는 이 존재의 하나의 예를 적는 것이다. 이 존재는 현재 인간들의 세계에서 당신들과 같은 삶을 살고 있기 때문에, 우리는 이 존재의 사는 방식을 이야기하는 것이다. 그것이 바로 당신들이 사는 방식인 것이다.

그런데 인간들은 왜 자신의 이야기를 하면 그렇게 싫어하는지 모르겠구나. 이 존재는 자신의 이야기를 하는데도 아무런 부담을 갖지 않는다는 것이다. 오히려 미안해하고 부담스러워하는구나. 그것은 이 존재가 하늘을 보고 정말 떳떳했노라고 이야기할 수 있기 때문인 것이다. 이 존재의 삶을 우리는 하늘에서부터 잘 알고 있느니라. 그 이야기를 못하는 것이 우리는 안타까울 뿐이다.

그렇다면 인간들의 세계에서는 과연 무엇이 중요하고, 무엇이 더 소중한 삶인가? 하고 의문을 가질 것이다. 그 소중한 삶은 바로 당신들의 사는 삶이자 우리가 원하는 삶인 것이다. 그 삶에 대해서 이야기할 것이다. 그 삶에서 우리는 당신의 세계를 보라는 것이다. 그 당신의 세계를 보고 당신의 삶을 생각해 보라는 것이다. 그렇다면 그 삶이란 무엇인가. 그 삶 속에서 그것을 보고 당신의 세계는 정말 무엇을 생각하며 지금까지 살아왔는가를 보라는 것이다. 그 삶을 보고 당신은 하늘의 세계를 생각하라는 것이다. 그 하늘의 세계가 앞으로 당신을 보호할 것이다. 하늘은 당신을 절대적으로 보호하고 사랑한다는 것을 알라. 그 사랑을 우리는 주고 싶다는 것이다.

하늘은 당신들의 삶에 사랑도 주고, 정도 주고, 보호해 주고

도 싶다는 것이다. 그런데 당신들은 그러한 하늘의 사랑을 모두 받지 못한다는 것이다. 그것은 바로 이 존재와 같은 삶을 살지 못했기 때문인 것이다. 이 존재는 그동안 현실에 맞게 똑바로 살아왔다는 것이다. 그래서 우리는 이 존재를 돕고자 이 존재의 몸에 와있는 것이다. 이 존재의 삶을 싫어하는 사람들도 많이 있겠지만, 그래도 우리는 인간들이 이 존재처럼 살라는 것이다.

이 존재와 같이 산다고 해서 모두 다 이 존재의 삶으로 사는 것은 아니라는 것을 알라. 그저 이 존재와 같이 하늘을 우러러 보고 정말 떳떳했노라고 한다면 우리는 이 존재와 같은 사랑을 당신들의 삶 속에도 주고 싶다는 것이다. 당신들의 삶 속에서 우리는 숨을 쉬고 있다는 것을 알라. 그래서 우리는 이 존재의 하나의 예를 적는 것이다. 이 존재의 하나의 예를 사람들이 너무도 쉽게 보고 느낀다는 것이다. 그래서 우리는 이 존재의 하나의 삶을 적는 것이다.

이제 당신들이 사는 방법에 대해서 알겠는가. 그것은 바로 우리들이 바라는 것이다. 그것을 바라는 우리의 마음을 알겠는가. 당신들은 우리의 하늘 세계가 정말로 있다는 것을 알라. 그 하늘의 세계가 있기 때문에 우리가 지금 이 존재에게 와서 이렇게 글을 쓰고 있는 것이다. 그렇게 하기 위해서 우리는 이 존재의 몸을 빌렸다는 것을 알라. 다만 이 존재는 우리가 떠나면 인간들과 같은 자신의 생각으로 산다는 것을 알라. 자신의 생각으로 살도록 하기 위해서 우리는 최선을 다한다는 것을 알라. 우리가 매일 이 존재에게 머물지만, 이 존재의 삶을 더 최선으로 생각한다는 것이다.

우리는 인간들의 세계를 바르게 이끌어주고 싶은 마음에 이 존재에게 온 것이다. 다만 우리는 이 존재의 삶을 매우 중요하게 여긴다는 것을 알라. 그래서 우리는 이 존재의 모든 삶을 사랑하고, 보호하고, 보살펴주고 싶다는 것이다. 그런데 인간들은 이 존재의 삶을 우리가 뺏는 것으로 착각하고 있다는 것이다. 그것은 일반 무속인들을 두고 하는 말과 같은 것이다. 정말 올바른 신들이라면 이 존재의 가정을 아마 최우선으로 여긴다는 것을 알라.

우리는 이 존재의 모든 삶을 최우선으로 한다는 것을 알라. 그 최우선으로 하는 것이 바로 이 존재가 바른 삶을 살도록 만들어 주는 것이다. 다른 신들은 신이 오면 부부운조차도 나쁘게 만들고 만다는 인간들의 상식도 있노라.

하지만 우리는 이 존재의 부부 사이도 좋게 만들어준다는 것을 알라. 그것은 이 존재의 삶을 최우선으로 생각하고 있기 때문인 것이다. 그러나 그것을 잘못 알고 있는 인간들은 이 존재를 색안경을 끼고 보는 경우도 많이 있을 것이다. 이 존재의 삶이 아주 엉망일 것이라고 말이다. 인간들이 그렇게 생각한다면 그것은 아마 자신의 기준에 맞춰 생각하고 있는 것이다. 우리는 이 존재와 그의 가정을 사랑한다는 것을 알라.

이 존재의 가정이 잘 되기를 돕는다는 것이다. 그 가정을 위해서 우리는 최선을 다한다는 것이다. 그러나 그 가정이란 것이 우리의 뜻대로 되지 않는 경우도 있다는 것이다. 그래도 우리는 그 가정을 위해서 최선을 다할 것이며, 앞으로도 지속적으로 이 존재의 가정을 도울 것이다.

2006년 7월 25일 밤 11시 10분

# 제13장
# 어떠한 일이 있어도 새로운 종교를 만들지 말라

　오늘도 어제에 이어 계속해서 글을 적을 것이다. 이 글을 적는 동안 이 존재가 오늘도 무척이나 바쁘구나. 그런 와중에 오늘은 비도 너무 많이 오고 있구나. 그럼 오늘도 글을 쓰도록 하자. 아무리 비가 많이 와도 이 존재는 지금 너무도 편안한 마음이란다. 그 까닭은 이 존재의 천성이 모든 것을 긍정적으로 받아들이는 마음이 있기 때문인 것이다. 그 긍정적으로 받아들이는 마음이 얼마나 자신의 삶을 좋게 만드는 것인지 본인은 모른다는 것이다. 인간들은 모든 것을 긍정적으로 받아들이는 자세로 삶을 살라는 것이다.

　그 모든 삶이 긍정적이면 당신의 앞날에도 모두가 긍정적인 것일색이다. 그 긍정적인 삶이란 것이 별게 아닐 것이라 생각하지만, 자신을 행복한 길로 인도하는 것이다. 그 행복한 길로 안내하는 마음은 바로 자신인 것이다. 그 자신의 길을 바로 당신 자신이 만든다는 것이다. 그러나 인간들의 세계에는 매우 부정적인 면이 많이 있다는 것이다. 그 부정적인 면이란 무엇인가. 그것은 바로 당신들의 삶 속에서 상대를 무조건 색안경을 끼고 자신의 생각에만 맞추어 산다는 것이다. 그 자신에 맞추어 산다는 것이 바로 이기적인 면인 것이다. 그 이기적인 면이 바로 당신을 힘든 세상으로 들어가게 만든다는 것이다.

그래서 우리는 인간들이 바른길로 가라는 것이다. 그 바른길이 착하고 깨끗한 삶인 것이다. 그 바른길이 때로는 자신을 힘들게도 하지만, 결국 보람을 느끼게 한다는 것이다. 그 보람이란 무엇인가. 그것은 바로 깨달음의 길로 가는 것이다.

그 깨달음의 길이란 무엇인가. 그것은 바로 당신을 인간들의 세상에서 정말 행복한 세계로 인도하는 길인 것이다. 인간들이 깨달음을 찾는 것도 바로 하늘의 행복한 세계를 원했기 때문인 것이다. 그 하늘의 행복한 삶은 바로 이 존재의 본래 고향인 것이다. 이 존재는 본래 고향이 하늘의 세계로, 이번 생이 인간으로서의 마지막 길인 것이다. 이 존재는 그러나 그러한 삶에 개의치 않고 그저 현실에서 잘 살고 있다는 것이다. 그것은 이 존재가 현실을 중요하게 생각하고 있기 때문인 것이다. 그 현실이 얼마나 중요한지 이 존재는 이미 알고 있다는 것이다. 그 현실 속에서 살라는 것이다. 그 현실 속에서 당신은 지금 무엇을 하고 있는지 알라는 것이다. 그 현실을 보고 당신도 자신의 세계를 알라는 것이다.

그 삶이 정말 중요한 삶인가를 보라는 것이다. 그 삶이 정말 중요한 삶이라면 당신은 그 삶을 바르게 가고, 옳은 길임을 알라는 것이다. 그 바른 삶을 보면 당신은 정말 깨달음이 무엇인지를 안다는 것이다. 그 깨달음을 알면 당신은 정말 자신의 중요한 위치를 알게 된다는 것이다. 그 위치는 자신의 세계라는 것이다. 그 자신의 세계는 또 당신의 세계인 것이다.

그 당신의 세계로 들어가 보라는 것이다. 그 세계를 보면서 당신은 정말 자신의 현실을 알고, 그 현실에서 중요함을 알게 될 것이다. 그 중요함을 알고 그 현실에 맞게 처리를 한다는 것이다. 그 현실에 맞게 처리한다는 것이 얼마나 지혜로운 일인지, 그것은 본인이 먼저 안다는 것이다. 그 본인이 안다는 것은 당신이 지혜가 있다는 것이다. 그 당신이 지혜가 있다는 것은 바로 당신이 깨달음으로 간다는 것이다.

그래서 우리는 그 깨달음으로 가는 방법을 이 존재를 통해 이야기한다는 것이다. 이 존재의 깨달음 또한 그렇게 살아왔다는 것이다. 그 지혜를 생각해 보라는 것이다. 그 지혜가 얼마나 중요한지 당신 자신이 알 것이다. 그 지혜를 알고 당신도 앞으로 그 현실에서 맞는 지혜를 가지라는 것이다. 그 현실의 세계가 바로 당신들이 살아가는 세계인 것이다.

그 현실 속에서 상황에 맞게 지혜를 쓰는 사람은 정말 현명한 사람인 것이다. 그 현명한 사람이 바로 깨달음에 갔다는 것이다.

그 깨달음은 바로 도(道)요, 마음의 공부인 것이다. 그 깨달음을 현실 속에서 찾으라는 것이다. 그 현실 속에서 당신을 알고, 그 현실 속에 바로 자신과 자신의 가족이 숨쉬고 있다는 것이다.

그 가족들 속으로 들어가 보라는 것이다. 그 가족이 나에게 무엇을 원하고 있는지, 그 가족이 하나가 되어 모두 행복하다면 그것은 바로 깨달음의 길인 것이다. 그 길로 들어가 보라는 것이다. 그 길이 바로 당신을 깨달음의 길로 가게 하는 통로인 것이다. 그 길이 힘들다고 자신만의 행복을 위해 가족을 버린다면 그것은 당신을 불행의 삶으로 들어가게 하는 것이다.

그 불행한 삶이 나중에 얼마나 힘이 드는 것인지 알게 될 것이다. 지금 당장은 홀가분한 느낌일 수가 있을 것이다. 하지만 그것은 한순간이라는 것을 알라. 그 한순간의 행복은 너무도 짧은 것이다. 긴 행복의 순간을 보라는 것이다. 그 긴 행복의 순간이란 무엇인가. 그것은 바로 당신의 가족인 것이다. 그 당신의 가족이 지금 무엇이 필요하고, 무엇이 보살펴 주고 있는가를 보라는 것이다. 그 가족들 속으로 들어가 보라는 것이다. 그 가족이 정말 무엇을 말하고 있는지 말이다. 그 가족의 세계가 바로 당신을 깨달음의 세계로 가게 하는 것이다.

그런데 인간들은 그 깨달음을 아주 먼 곳에서 찾으려고 하고 있어 너무도 답답하도다.

이 존재도 현실에서 깨달음을 얻었다는 것이다. 그 현실에 맞부딪쳐서 얻었다는 말이다. 그래서 우리는 이 존재를 선택하였노라. 이 존재는 오히려 자신의 칭찬에 대해 부끄러워하고 있다는 것이다. 자신은 그저 평범한 주부라는 것이다. 이 존재는 당신들과 똑같은 평범한 가정에서 평범한 삶을 살고 있다는 것을 알라. 이 존재가 지극히 평범한 존재라는 것은 이웃과 가족들이 모두 알고 있다는 것이다.

하지만 우리가 하늘의 세계에서 볼 때 이 존재를 평범한 존재로만 볼 수는 없다는 것이다. 그것은 우리가 이 존재의 가치를 알기 때문인 것이다. 이 존재의 가치를 알기란 정말 힘이 들 때도 있다는 것이다. 이 존재의 가치를 찾는다는 것은 우리 하늘의 세계에서는 매우 힘든 숙제인 것이다. 그것은 현재의 삶 속에서 살고 있는 이 존재의 머리를 영적으로 해부해야 하기 때문인 것이다. 다만 이 존재 본인이 그것을 모르고 있다는 것이다. 이 존재의 머리는 일반 보통사람의 머리가 아니니라.

하지만 인간들은 모른다는 것을 알라. 다만 이 존재가 죽음으로써 알 수 있다는 것이다. 이 존재를 매우 아끼지만, 이 존재의 가치를 세상에 빨리 알리고 싶어 우리는 이 존재의 머릿속 수수께끼 같은 머리를 전부 해부하였다는 것을 알라. 이 존재의 머리는 전부 영적으로 해부했지만, 아직도 남아있다는 것이다. 그 영적인 해부란 이 존재의 머리를 말하는 것이다. 이 존재의 머리에는 많은 영적인 지식들이 들어있다는 것이다. 그 영적인 많은 지식들이 이 존재의 머리에 있다는 것이다.

이 존재의 머리는 우리가 끊임없이 해부해야 한다는 것이다. 다만 이 존재가 자신의 머리를 어떻게 하는지를 모른다는 것을 알라. 다만 해부할 때 이 존재 스스로의 느낌이 좀 다르다는 것일 뿐이다. 그 느낌은 이 존재도 조금은 알고는 있다는 것이다. 그 느낌은 '조금 전 무엇이 머리에서 스쳐지나가네!' 라고 알 정도인 것이다.

우리는 이 존재의 모든 삶을 지키고, 이 존재가 인간답게 살게 한다는 것을 알라. 그러나 이 존재는 지금은 아주 편안한 상태라는 것이다. 그것은 바로 우리가 이 존재의 마음을 편안하게 만들기 때문인 것이다. 그 편안한 상태가 바로 이 존재의 깨달음인 것이다.

이 존재도 물론 인간인 것이다. 하지만 인간도 화가 날 때도 있는 것이다. 하지만 이 존재는 그 화를 빨리 불식(拂拭)시킨다는 것이다. 그 화를 빨리 불식시켜야 이 존재는 편안하다는 것이다. 그 화가 바로 당신의 마음을 불안의 세계로 가게 한다는 것이다. 그 화를 불식시키는 방법을 알라는 것이다. 그 화가 바로 스트레스인 것이다. 그 스트레스를 곧바로 해소하라는 것이다. 그러나 인간들은 그 화를 왜 그리 오랫동안 가슴에 두고 있는지 모르겠구나. 우리는 이 존재의 마음을 잘 알고 있다는 것이다. 이 존재는 그저 나쁜 지난 과거는 빨리 잊고 싶어한다는 것이다. 그것이 바로 깨달음인 것이다. 깨달음이 다른 게 아니라는 것이다.

그 깨달음이 바로 당신을 행복한 길로 인도한다는 것이다. 그 화를 빨리 해소해 버리고, 그 화를 스트레스로 연결시키지 말라는 것이다. 그 스트레스는 바로 당신의 건강에 좋지 않다는 것을 알라는 것이다.

우리는 그 화병(火病)을 빨리 잊는 방법을 가르쳐 주겠노라.

그 화병은 바로 당신들의 마음에 있다는 것을 알라. 그 화병을 알고 그 화병의 세계로 들어가 보라는 것이다. 그 화병이 왜 생겼는가를 보라는 것이다. 그 화병으로 들어가 보고 그 화병에서 생기는 병이 무엇인지를 알라는 것이다. 그 화병을 보고 당신도 그 화병에서 벗어나라는 것이다.

그 화병이 바로 마음이란 것을 잘 알고 있을 것이다. 그것을 잘 못 다루면 바로 병으로 이어진다는 것이다. 그 병은 정말 무서운 것이다. 그 병을 이기는 것은 바로 당신의 마음을 비우는 것이다. 그 마음을 비우는 것은 바로 당신들의 마음의 세계로 들어가 본다는 것이다. 그 마음의 세계가 바로 당신들이 깨달음으로 가는 길인 것이다. 우리가 그 마음의 세계로 인도할 것이다.

그 마음의 세계를 보자는 것이다. 그렇다면 그 마음의 세계란 무엇인가. 그것은 바로 당신의 생각인 것이다. 그 생각으로 들어가 보자는 것이다. 그 생각으로 들어가 보면 당신은 알게 될 것이다. 그 마음의 세계로 가는 길이 바로 당신의 마음이란 것을 말이다. 그리고 그 마음은 바로 당신들의 생각인 것이다. 그 생각으로 들어가 보라는 것이다. 그 생각으로 들어가 보고, 당신의 생각이 옳으면 당신은 깨달음으로 가고 있는 것이다. 그 깨달음의 길로 가는 길은 바로 당신의 생각 속에 있다는 것이다.

그 생각 속에서 당신을 보라는 것이다. 그 생각을 함으로써 당신도 '깨달음이란 이것이구나!' 하고 생각을 한다는 것이다. 그 깨달음의 세계를 말이다. 그럼 우리는 왜, 이 존재를 통해 이러한 글을 계속해서 적는가. 그 이유는 바로 이 존재의 머리 때문인 것이다. 이 존재의 머리에는 무한한 능력이 있다고 이미 앞에서 이야기했노라. 이 존재의 머리에는 정말 인간들이 상상하지 못할 정도로 무한한 힘이 있다는 것을 말이다.

다만 그것을 본인과 인간들이 모르고 있다는 것이다. 이 글도 바로 이 존재의 머리에서 나온 글인 것이다. 이 존재의 머리에 이러한 글이 수없이 많이 있다는 것이다. 우리는 그 많은 글들을 이 존재의 입을 통해 우리가 해독한다는 것이다. 이 글은 이 존재의 머리에서 나온 글인 것이다. 하지만 우리가 떠나면 이 존재는 아무런 글도 적을 수가 없도다. 우리가 해독해야 가능하다는 말이다. 그 글을 해독하는 길이 바로 우리의 길인데, 그 길을 알기란 정말 힘들다는 것이다. 우리도 인간들처럼 공부와 연구를 많이 한다는 것이다. 그러나 우리에게는 몸이 없어 이 존재의 몸을 빌려 이렇게 글을 적고 있다는 것을 알라.

우리는 이 존재의 삶을 최우선으로 하는 것이다. 그것은 이 존재의 삶을 사랑한다는 말이다. 이 존재의 삶이 바로 인간다운 삶인 것이다. 그것은 인간다운 삶을 살기 위한 길인 것이다. 그 인간다운 삶이 바로 깨달음의 세계인 것이다.

그 깨달음의 세계가 바로 당신을 인도하는 것이다. 그 깨달음이 바로 당신 앞에 있도다. 이 존재의 말을 믿고 계속해서 그러한 삶을 살라는 것이다. 그러한 삶이 바로 깨달음의 세계인 것이다. 그 깨달음의 세계가 바로 당신을 바르게 인도하는 길인 것이다. 그 바르게 인도하는 길이 바로 당신을 하늘의 세계로 가게 하는 길인 것이다.

지금 밖에는 무척 비가 많이 온다는 것을 이야기했노라. 아마 인간들의 세계에서는 이것을 장마라고 한다는 것이다. 그 장마를 우리는 매우 싫어한다는 것을 알라. 그 이유를 이 존재도 알고 있다는 것이다. 그 이유에 대해 지금 적을 것이다.

인간들의 세계에 장마란 단어가 있지만, 사실 이 장마는 바로 인간들의 눈물인 것이다. 그 인간들의 눈물은 바로 여름에 많이 있다는 것이다. 그 인간들의 눈물은 바로 인간들이 하는 말로 한스러운 눈물인 것이다. 그 한스런 눈물이 바로 이 여름 장마인 것이다. 이 눈물이 얼마나 많으면 지구의 인간들까지도 해친다는 것이다. 그 눈물로 인해 이 장마가 생긴다는 것이다. 하지만 인간들의 세계에서는 이 장마를 그저 하늘의 비라고 생각한다는 것이다. 그것은 하늘의 세계를 모르고서 하는 말인 것이다. 그 하늘의 세계란 무엇인가. 그것은 바로 인간들의 마음에서 만들어낸 인간들의 세상인 것이다. 하늘의 세계를 알고자 한다면 끝이 없다는 것을 알라. 다만 우리가 이 존재를 통해 하늘의 세계를 알리고 있다는 것을 알라. 그 하늘의 세계를 보고 당신들도 그 하늘의 세계를 이해하고, 바르고, 착하고, 깨끗한 삶을 살라는 것이다.

지금도 하염없이 비가 내리고 있다는 것이다. 그 하염없이 내리는 비가 바로 당신들의 눈물이요, 당신 가족들의 눈물인 것이다. 그런데 인간들의 세계에서는 이 비를 그저 낭만에 젖은 비라고 생각하는 사람들도 많이 있다는 것이다. 그 눈물이 어찌 낭만의 비란 말인가. 그것은 인간들이 하늘의 세계를 모르고서 하는 말인 것이다. 하늘의 세계를 알게 되면 다시는 낭만의 비라 이야기하지 못할 것이다.

그래도 인간들이 모르고서 하는 것은 우리가 이해를 한다는 것이다. 이제는 인간들이 그것을 제대로 알고 그러한 말을 하지 말라는 것이다. 그러한 말은 행복할 때나 하는 것이다. 불행의 눈물은 바로 한(恨)스러운 눈물인 것이다. 이 장마비가 바로 한스러운 비인 것이다. 그 한스러운 비를 보는 당신은 어떠한 마음인가를 보라는 것이다. 그 한스런 마음을 보고 당신들도 바르고, 착하고, 깨끗한 삶을 살라는 것이다.

이 장마는 바로 당신의 눈물인 것이다. 그것은 바로 당신의 전생의 눈물도 된다는 것이다. 그 전생의 눈물은 바로 우리들의 눈물인 것이다. 그 전생의 눈물을 보고 당신은 정말 무엇을 느끼고 생각하는지를 알라는 것이다.

그 전생의 눈물 중 말로 표현하지 못할 정도로 큰 눈물을 흘리는 인간들도 많이 있다는 것이다. 그 눈물은 바로 당신들의 눈물인 것이다. 그 눈물을 알고 다시는 타인에게 불행을 주지 말고, 한을 주지 말라는 것이다. 그 한이 정말 무섭다는 것을 인간들은 이미 알고 있을 것이다. 그 한을 알고 있다면 타인을 내 가족처럼 사랑하라는 것이다. 그 타인을 가족처럼 생각하는 것이 바로 당신을 행복한 삶으로 가게 하는 것이다. 그 행복한 삶은 바로 자신의 후손을 생각한다는 것이다. 그 후손을 보고 당신도 정말 행복한 삶이라고 생각하라는 것이다. 그 삶이 얼마나 인간답게 살게 하는지 말이다.

그럼 이 존재는 지금 그러한 삶을 살고 있는가? 이 존재는 이미 그러한 삶을 어릴 적부터 그렇게 살아왔노라. 다만 본인이 모르고 그렇게 살아왔다는 것이다. 그래서 우리는 이 존재의 어릴 적의 삶도 보고, 그 어릴 적의 깨끗한 마음도 보고, 현재의 깨끗한 삶을 보고 나서 이 존재를 선택하였노라. 다만 지금이 고달프고 힘든 삶이란 걸 알고 있지만, 이 존재는 그러한 삶을 무서워하지 않는다는 것이다. 그저 하늘이 나를 보호할 것이라 생각하며 웃고 있다는 것이다. 그것은 이 존재의 그 깨끗한 삶이 있었기에, 우리가 이 존재를 보호하고 있다는 것이다.

　그러한 삶이 이 존재의 전생의 삶인 것이다. 이 존재의 전생의 삶이 이 존재를 깨달음에 가게 만들었다는 것이다. 이 존재는 전생에 많은 수도를 했고, 많이 베풀었다는 것이다. 그 베풀면서 이번 생을 살았기 때문에 앞으로 이 존재는 하늘의 세계로 간다는 것이다. 그 하늘의 세계는 바로 이 존재의 본래 고향이라고 이미 이야기했노라.

　우리는 또 이 존재의 전생에 대해서 적을 것이다. 이 존재의 전생은 또 무엇인가. 이 존재의 전생은 바로 이 존재가 이 세상에 나오기 전 나와의 부부의 연(緣)으로 살았던 생활인 것이다. 나와의 생활을 글로 적을 것이다. 그 생활은 인간들이 알지 못하고, 인간들이 이해하기 힘든 대목이란 것을 알라. 다만 이러한 하늘의 세계가 있다고 이해하길 바란다.

　이 존재와 나는 아마도 몇 억 년 동안은 생활해 왔다는 것을 알라. 그 몇 억 년 동안 이 존재와 나는 한평생을 살았다는 것이다.

그것을 쉽게 말하면 인간들의 세계에서는 부부라고 하는 것이다. 그 부부의 인연이 이번에는 하늘과 지구에서 그리고 앞으로 다시 하늘의 부부가 된다는 것을 알라. 그래서 우리는 하늘에서 이 존재를 지구에 보낸 것이다. 이 존재는 처음 지구에 대한 호기심이 많아 지구에 가겠다고 했노라. 하지만 막상 지구에 가니 그 지구의 인간들의 세계가 너무도 힘이 들었던 것이다. 그래서 다시는 인간이 되기 싫다고 울부짖기도 했다는 것을 알라. 그 울부짖는 것이 너무도 안쓰럽고 안타까웠던 것이다. 그래서 나는 그 안쓰러운 마음에 이 존재에게 사랑하노라며 하늘에서 계속해서 속삭여 주었던 것이다. 하지만 이 존재는 그러한 삶 속에서 나의 속삭임을 알지 못했단다. 이 존재는 지금 이러한 나의 말에 눈물을 흘리고 있구나. 그것은 자신에 대한 나의 마음을 알았기 때문인 것이다.

그래 나의 존재야, 너의 힘든 삶은 모두 나와 만나기 위한 길이기 때문이란 것을 알고 있구나. 이 존재는 그래서 이러한 길을 마다하지 않았던 것이다. 그것은 바로 나와의 만남을 하고 싶은 마음인 것이다. 그것은 바로 본래 고향인 하늘의 세계로 빨리 가고 싶다고 하는 마음속의 외침이었던 것이다. 그 마음속의 외침은 정말 눈물이 날 정도로 힘든 외침이었다는 것이다. 그 외침을 하늘에서는 이미 알고 있다는 것이다. 그 외침은 다시는 인간으로 태어나기 싫고, 다시는 사람이 되기 싫었다는 것이다. 이 존재는 평소 이러한 말을 자주 했던 기억이 있다는 것이다.

그런데 이 존재는 그 외침이 자신이 그냥 했던 소리로만 알고 있었다는 것이다. 이제 이번 생이 인간으로서의 마지막 길이기 때문에, 이 존재는 마음에서 모든 것을 비웠다는 것이다. 그것은 바로 인간들이 말하는 깨달음인 것이다. 그 깨달음에 가있다는 것이다.

그래서 우리는 이 존재를 선택했다는 것이다. 이 존재의 선택이 무엇이었는지 이제 알겠는가. 우리는 이 존재의 선택이 바로 본래 고향인 하늘의 세계로 보내는 길이었던 것이다.

그럼 이제 하늘의 세계에 대해서 이야기할 것이다. 그 하늘의 세계란 무엇인가. 그것은 바로 이 존재의 사는 이야기인 것이다. 이 존재가 하늘에서 무엇을 하고 살았는가 하는 이야기인 것이다. 하늘의 세계는 바로 당신들이 생각하는 그런 세계와는 다르다는 것을 알라. 다만 우리는 당신들이 알고 있는 상식을 바로잡고 싶은 것이다. 그것을 바로잡는 것이 정말 힘이 든다는 것을 우리는 하늘에서부터 잘 알고 있다는 것이다.

그리고 이 존재가 우리를 무서워하지 않는 것은 이 존재가 하늘을 보고 떳떳하다고 이야기할 수 있기 때문인 것이다. 그것은 이 존재의 삶이 그만큼 깨끗한 삶으로 살았다는 증거인 것이다. 그 깨끗한 삶을 보고 우리는 이 존재에게 왔다는 것을 알라. 그러나 인간들은 그저 기도나 종교가 제일인양 생각하고 있다는 것이다. 그것은 인간들이 잘못 알고 하는 말인 것이다. 인간들이 만든 그것은 다만 인간들이 착하게 살고, 정말 하늘을 보고 떳떳하게 살라고 하는 그러한 말인 것이다.

인간들의 세계에서는 지금 종교로 인한 싸움을 하고 있다는 것을 알라. 그 인간들의 싸움이 바로 이러한 종교에서 비롯된 것이다. 그것은 인간들이 만들어놓은 이야기인 것이다. 서로 상대 종교가 어떻고, 내 종교가 어떻고 하고 말이다. 하지만 왜 인간들은 그 종교로 인하여 싸움을 하고 있는지 알 수 없는 일이로다. 그래서 우리는 이 존재를 통해 이제는 정말 종교로 인하여 싸움을 하지 말라는 메시지를 보내는 것이다. 그 종교가 사람들을 죽이기도 하기 때문이다.

왜, 그 종교로 서로 싸우고, 서로 죽이고 하는가. 다만 좋은 말씀을 귀담아 듣고 정말 착하고 바르게 살면 그만일텐데 말이다.

인간들의 세계란 무엇인가. 그것은 바로 바르고 깨끗한 삶을 살라고 하늘에서 이야기했노라. 그런데 왜 그러한 이야기는 없고, 인간들이 그저 너의 종교, 나의 종교 타령만 하는지 정말 답답하도다. 그래서 우리는 앞으로 새로운 종교를 만드는 것을 무척 싫어한다는 것을 알라. 새로운 종교를 만드는 것은 앞으로 죄악이란 것을 알라. 우리는 앞으로 다른 종교를 만들지 못하게 할 것이다. 이 글에 그러한 메시지를 담아 전달할 것이다. 이 존재가 기존 종교를 개조시킨다는 것이다. 바로 이 글을 통해서 말이다. 그래서 종교인들에게 이 글을 많이 읽도록 할 것이다.

우리는 이 존재를 통해 종교적인 싸움을 중단시키고 싶은 것이다. 그것은 바로 종교의 싸움으로 인해 많은 사람의 목숨과 피해를 주는 것을 끝내게 하고 싶은 것이다. 그 종교적 싸움은 인간이 인간을 죽이는 바로 살인이 된다는 것이다.

그 종교로 인해 지금도 수많은 생명이 죽고 있노라. 그 종교가 뭐가 그리 대단해서 인간들을 그렇게 만드는가. 그 종교가 진정 인간들을 행복하게 할 수 있는가 말이다.

그렇다고 우리가 인간들에게 모든 종교를 갖지 말라는 것이 아니다. 종교를 믿는다면 착하게 믿으라는 것이다. 그 종교를 믿으면 정말 인간들을 위해 착하고, 바르고, 깨끗한 삶으로 살라는 것이다. 안타까운 것은 지금 그러한 종교를 찾기가 쉽지 않다는 것이다.

그래서 우리는 앞으로 새로운 종교는 만들지 말라는 것이다. 그렇게 하기 위해서 우리는 이 글로써 설법을 한다는 것을 알라. 그러나 이 존재에게는 말하는 법을 주지 않았노라. 만약 말하는 법을 주게 되면 이 존재도 다른 종교를 만들 수가 있기 때문인 것이다. 그래서 우리는 새로운 종교를 만들지 못하게 하기 위하여 이 존재에게 말하는 법을 주지 않았노라.

2006년 7월 26일 밤 8시 36분

# 제14장
# 남을 미워하는 마음이면 깨달음에 이르지 못한다

오늘도 매우 바쁜 하루였구나. 그러나 이 존재는 이 늦은 밤에 글을 쓰노라. 이 존재는 이 글을 쓰는 동안 매우 총명한 머리의 기운을 받고 있노라. 늦은 시간에 컴퓨터 앞에 앉아 있어도 오늘 기분이 정말 좋은 하루였단다.

인간들의 마음이란 게 참으로 묘하고 묘하도다. 그 인간들의 마음을 알기란 정말 쉽고도 어려운 것인데, 왜 인간들은 자신의 욕심만 채우는지 정말 알다가도 모를 일이다. 그 인간들의 마음을 안다는 것은 바로 진실인 것이다. 그 진실을 알라는 것이다. 그 진실을 안다는 것은 바로 당신을 안다는 것이다. 그 당신을 안다는 것은 바로 당신의 자신을 안다는 것이다. 그 자신을 알고 바로 나의 가족을 안다는 것이다. 그 가족이 바로 나의 전생이요, 나의 지은 죄인 것이다. 그 당신이 지은 죄를 알라는 것이다. 그 지은 죄가 무엇인가. 그것은 바로 당신들이 알고 있는 죄인 것이다.

그 당신들이 알고 있다는 것이란 무엇인가. 그것은 바로 당신들의 앞날을 알라는 것이다. 그 앞날을 안다는 것이 바로 당신의 자식과 당신의 후손을 안다는 것이다. 그런데 인간들은 그 현실의 욕심만을 알고 있다는 것이다. 그 현실의 욕심이란 무엇인가. 그것은 바로 당신들의 지은 죄가 바로 욕심이라는 것이다. 그 욕심을 버리라는 것이다. 그 욕심을 버리고 앞으로 다시는 그러한 욕심을 갖지 말라는 것이다. 그런 것이 바로 후손을 생각하는 마음인 것이다. 그 후손이 바로 당신의 손에 있고, 당신의 마음에 있다는 것이다.

그 당신의 마음을 보며 당신은 정말 하늘을 보고 떳떳했는가를 생각해 보라고 이미 앞에서도 이야기했노라. 이 이야기를 반복하는 것은 바로 당신들이 너무도 현실의 욕심만을 채우기 때문인 것이다. 그 이야기를 하는 이유를 알겠는가. 우리는 앞으로 이러한 이야기를 더 자주 할 것이다. 그 이야기란 무엇인가. 그것은 바로 당신들이 살아가는 이야기인 것이다. 그것은 바로 현실적인 이야기인 것이다.

그 이야기를 적는 동안 이 존재는 무척 바쁜 하루를 보내고, 지금도 이 늦은 시간에 이러한 글을 적고 있노라. 그러면서도 이 존재는 아무런 짜증도 내지 않는다는 것이다. 이 글을 쓰는 것이 보람 있는 일이기 때문에 오히려 글 쓰는 작업을 즐거워한다는 것이다.

그러나 우리는 이 존재의 건강을 생각한다는 것을 알라. 그래서 오늘은 조금 밖에 글을 쓰지 못한다는 것이다. 그럼 계속해서 글을 적을 것이다. 더욱 깊은 이야기를 할 것이다. 그 이야기는 이 존재도 아직 모르고 있다는 것이다. 그 이야기는 우리만이 알 수가 있는 이야기란 것을 말이다.

그 이야기는 이 존재의 현실의 이야기도 된다는 것이다. 이 존재의 현실의 이야기를 시작하니 이 존재가 '자신의 것인데' 하며 의아해하고 있구나. 그러나 이 존재는 자신의 현실을 아주 담담하고 꿋꿋하게 이겨나가고 있다는 것이다. 그것은 이 존재의 남편 이야기도 된다는 것이다. 그것은 또 그 남편의 전생 이야기인 것이다. 이 존재의 남편 이야기를 하니 내 남편의 전생은 무엇인가? 하고 궁금해 한다는 것이다.

그것은 이미 앞에서도 이야기했노라. 그것은 바로 이 존재가 전생의 생활에서 최고의 자리에 있을 때, 이 존재의 남편이 바로 부하의 자리에 있었다는 것이다. 그러나 이 존재의 남편이 그러한 자리가 마음에 들지 않아서 이 존재에게 다른 자리를 줄 것을 요청을 하였으나, 이 존재는 그러한 자리가 없다고 단호하게 거절하였노라. 그러나 그것은 그러한 자리를 아무에게나 줄 수 없다는 것을 익히 알기 때문에 이 존재가 거절한 것이다. 그러나 이 존재의 남편은 그러한 자리를 주지 않는다는 이유로 이 존재를 괴롭히기 시작했다는 것이다. 그 괴롭힘이 바로 이 존재를 힘들게 만드는 것이었다. 이 존재에게 억울한 누명을 씌워 힘들게 했다는 것이다. 그래서 이 존재는 억울한 누명으로 인해 목숨까지도 잃었다는 것이다.

그러나 이 존재는 죽는 그 순간에도 전생의 남편을 원망하거나 시기하지 않고 하늘 세계로 왔던 것이다. 오히려 이 존재는 하늘 세계에 온 것을 기뻐하고 있었노라. 그것은 바로 이 존재의 하늘 세계가 바로 이 존재의 고향이었기 때문이기도 했지만, 이 존재의 천성이 남을 원망하지 못했기 때문인 것이다. 그래서 우리는 이 존재에게 다시 다른 세계로 환생을 하게 만들었노라. 그것은 바로 이 존재가 그러한 남편을 원망하지 않았기에, 이제는 오히려 편안하게 삶을 살 수 있었다는 것이다.

그러나 이 존재는 자신의 전생에 대해 잘 알지는 못한다는 것을 알라. 다만 우리가 이렇게 와서 이야기를 하기 때문에 알게 되었다는 것이다. 그런데 이 존재는 이러한 이야기를 아무렇지도 않게 받아주고 있다는 것이다. 그것은 이미 이 존재가 마음을 비웠기 때문인 것이다. 그것은 또한 이 존재가 그 어느 누구도 미워하지 않는 마음을 갖고 있기 때문인 것이다. 사람을 미워하면 바로 자신이 괴롭다는 것을 너무도 잘 알고 있기에, 이 존재는 자신의 건강을 생각해서라도 다른 사람들을 미워하지 않는다는 것이다. 다른 사람을 미워하면 자신의 건강이 좋지 않다는 것을 잘 알고 있는 것이다.

그래서 이 존재는 이미 사람을 미워하는 마음을 전혀 갖고 있지 않다는 것을 알라. 오히려 사람을 미워하지 않으니 너무도 편안하고, 안락하고, 온화한 마음이 생긴다는 것이다. 그것을 이 존재는 이미 알고 있다는 것이다. 그런 것이 바로 깨달음의 길인 것이다. 다만 그것을 본인은 모르고 있다는 것이다. 그래서 우리는 이 존재를 하나의 예로써 적는 것이다. 그래야 인간들의 세상에서 살아가는 당신들의 마음을 잘 이해할 수 있기 때문인 것이다. 그 깨달음을 이러한 마음으로 가라는 것이다. 그저 '저 사람은 나를 힘들게 했으니 정말 밉다'는, 그러한 마음을 갖지 말라는 것이다.

그 마음을 갖고 있으면 당신은 깨달음에 이르지 못한다는 것을 알라. 그것은 자신의 주위 사람만을 생각해서는 안 되며, 모든 사람들에게 그러한 마음을 갖고 있어야 하는 것이다. 그러한 마음을 갖고 있으면 당신은 바로 깨달음에 가있다는 것이다. 그 깨달음이란 무엇인가. 그것은 타인을 미워하지 아니하고, 나를 힘들게 하는 존재도 바로 감싸안을 수 있는, 그러한 마음을 갖고 있는 것을 말한다.

그 마음이 바로 깨달음에 가있다는 것이다. 그 마음이란 무엇인가. 그것은 바로 하늘의 기운을 받고 있다는 증거인 것이다. 우리는 그러한 마음을 갖고 있는 존재에게 모든 것을 주고 싶다는 것이다. 그러한 마음을 갖고 있는 사람들이 정말로 많이 있다면 우리는 하늘에서 노래라도 부르고 싶노라.

그런데 인간들의 세계는 그저 자신의 이익과 자신의 마음에 드는 사람에게만 잘한다는 것이다. 그것은 바로 깨달음을 멀리 하게 한다는 것이다. 그럴 경우 하늘에서 깨달음을 주지 못한다는 것을 알라. 그 깨달음을 주기는커녕 오히려 우리가 그 존재를 미워한다는 것을 알라. 왜 자신의 이익만을 생각하고 있는가 하고 말이다.

그러나 그러한 마음을 갖고 있는 존재들이 사는 곳이 바로 인간들의 세상인 것이다. 그 인간들의 세상은 정말 무한대의 마음을 갖고 있다는 것이다. 그 무한대의 마음을 알기란 정말 힘이 들 때도 있지만, 우리는 그러한 인간들의 마음을 바늘구멍을 보듯이 훤히 내려다보고 있다는 것을 알라.

그런데 인간들은 왜 그러한 마음을 갖고서 상대를 공격해야 좋다는 것인가. 그렇게 상대를 공격해야 그 마음이 편안한가 말이다. 그런 편안한 마음을 갖고 있다면 또 다른 공격이 온다는 것을 알라. 그 상대가 바로 당신을 공격한다는 것을 말이다. 당신이 그 사람을 공격했으므로, 그 사람도 당신을 공격한다는 것을 알라.

인간들은 항상 자신의 잘못을 잘 모르고 있다는 것을 알라. 인간들의 세상에서는 정말 자신의 생각과 이익에 맞게 살고 싶어 한다는 것이다. 그래서 우리는 이 존재의 마음을 보며 인간들이 이 존재의 생활처럼 살라는 것이다. 이 존재는 남을 생각하는 마음, 남을 배려하는 마음이 매우 크다는 것이다. 이 존재를 알고 있는 사람들은 이미 그것을 알고 있다는 것이다. 그리고 그것이 우리가 이 존재를 아끼는 이유일 것이다.

이 존재는 지금 매우 건강한 삶을 살고 있다는 것이다. 그것은 바로 우리가 하늘에서 이 존재에게 기(氣)를 주고 있다는 것이다. 하늘의 기를 매우 많이 받고 있는 이 존재가 현재 많은 여성들의 기 치료를 한다는 것을 인간들은 알고 있을 것이다. 그래서 그런지 이 존재는 지금도 피로를 느끼지 않는다는 것이다. 그것은 바로 하늘의 기를 받고 있기 때문인 것이다. 그 하늘의 기는 인간들이 상상하지 못할 정도로 강력한 것이다. 바로 그 기가 흐르고 있다는 것이다.

이 존재의 몸은 인간들이 생각하는 그러한 평범한 몸이 아니라는 것을 알라. 이 존재는 그러한 것을 굳이 사람들에게 알리거나 선전하는 성격이 아니기 때문에 우리는 이 존재의 책 속에 이러한 글을 적노라. 이 존재는 자신의 일을 그저 묵묵히 가고 있을 뿐이다. 따라서 이 존재는 현재 수많은 사람들을 상대로 상담과 치유를 하고 있다는 것이다.

그러면서 알게 된 그 사람들의 마음의 병이 인간들에게는 정말 살기 힘든 세상으로 만드는 증거가 되고 있다는 것이다. 그 마음을 안다는 것이 그렇게 힘들다는 것인가. 이 존재는 이러한 상담자들의 마음 때문에 스스로 답답하고 안타까운 마음을 가질 때도 있다는 것이다. 그 상담자들의 마음을 돌리기 위해 스스로 애쓰고 있지만, 이 존재의 본래 마음같이 돌리기란 참으로 힘이 들기 때문인 것이다.

그 마음을 쉽게 돌릴 수 없는 타인의 마음을 안다는 것이 이 존재에게는 정말 안타까운 마음인 것이다. 그래서 그 상담자에게 자신의 마음처럼 모든 것을 비워 버리라고 이야기하지만, 그 타인의 마음은 그렇게 하지를 못한다는 것이다. 그것이 바로 안타까운 것이다.

그 안타까워하는 마음이 정말 안쓰러운 마음인 것이다. 그것은 이 존재가 그 타인을 자신의 마음처럼 이끌어가지 못하기 때문인 것이다. 인간들 가운데에는 참으로 자신의 이익만을 생각하는 사람들이 너무도 많이 있다는 것이다. 그럼 우리는 왜 이 존재의 이야기를 적는 것인가. 그것은 바로 이 존재의 하나의 삶이 어찌 보면 당신들의 삶이기 때문인 것이다. 당신들의 삶을 보고, 이 존재의 삶을 보고, "아! 이것이 바로 이러한 것이구나"하고 깨닫게 해주는 것이다.

그 깨닫게 해준다는 것은 바로 우리가 있는 하늘의 세계를 알게 한다는 것이다. 그 하늘의 세계를 바로 알라는 것이다. 그 하늘의 세계를 바로 알고 인간들의 사는 모습을 보라는 것이다. 그저 멀리서 깨달음을 찾지를 말고 가까운 곳에서 그것을 찾으라는 것이다. 그러나 우리는 이 존재의 삶을 보고 '이러한 사람도 있구나!' 하고 이야기한다는 것이다. 그것은 이 존재의 일부분에 불과하다는 것을 알라. 이밖에 더 깊은 깨달음도 있다는 것이다. 하지만 이 존재의 사생활이기 때문에 더 이상 밝히지는 못한다는 것을 알라.

그럼 우리는 왜 이러한 이야기를 계속해서 하고 있는가. 그것은 바로 이 존재가 남이 알기로는 평범한 삶을 살고 있는 것처럼 보이지만, 그 속 깊은 사생활은 그렇지 않다는 것이다. 존경받는 종교인보다도 더 깊은 도(道)를 닦고 있다는 것을 알라. 그것을 이 존재와 하늘과 이 존재의 남편이 알고 있다는 것이다.

그럼 우리는 사랑하는 이 존재를 위하여 오늘은 글쓰는 것을
여기서 그칠까 하노라.

2006년 8월 5일 새벽 2시 20분

# 제15장
## 당신의 욕심과 죄로 인해 후손들이 힘든 삶을 살게 된다

인간들이 보기에는 아주 평범한 손같이 보이지만, 이 존재의 손은 정말 보기 힘든 손이란 것을 알라. 이 존재의 손은 무한한 하늘의 기(氣)를 받아 빙의까지도 찾을 수 있는 신기의 손인 것이다. 다만 인간들의 눈에는 이 존재의 손이 그저 평범한 손처럼 보일 것이다. 이 존재의 손은 하늘에서 주는 특별한 기운이 흐르고 있어 나쁜 빙의의 기운을 빼내는 힘이 있느니라. 이러한 기운은 사람들 가운데는 아무에게도 없다는 것을 알라. 인간들의 세상에서는 단 한사람인 이 존재밖에 없도다. 그래서 우리는 이 존재의 가치를 매우 높게 생각한다는 것이다.

다만 인간들은 이 존재가 그저 평범한 주부요, 평범한 여성으로 알고 있다는 것이다. 하지만 우리 하늘의 세계에서는 이 존재의 가치를 아주 높이 평가한다는 것을 알라. 그것은 하늘에서 이 존재의 영체(靈體)를 높이 평가하고 있기 때문인 것이다. 이러한 영체를 만나는 것은 몇 천 년에 한번 올까말까 할 정도인 것이다. 이 존재의 몸에서 흐르는 빛이 인간의 세계에서 이 존재 밖에 없다는 것을 입증함을 알라. 인간들의 세계에서는 그 아무도 없다는 것이다.

인간들의 세계에서 인체에 오색찬란한 빛이 흐르고 있는 사람은 이 지구에서 이 존재 밖에 없노라. 이 존재의 그 높은 가치를 하늘에서 보고 있노라면 우리는 모든 것이 행복하고, 그저 입가에 미소가 지어지며, 온 세상이 평화롭게 보인다는 것이다. 온 지구가 그저 인간들이 살기 좋은 세상으로 만들어가는 세상으로 보인다는 것이다. 그 인간들의 평화로운 세상으로 만들어가는 것은 바로 이 존재의 그 빛이 온 세계를 덮고 있는 모습과 이 존재의 그 착한 마음과 그 순수한 마음이 있어서인 것이다. 그 모든 것을 이 존재는 갖고 있다는 것이다.

하늘에서 원하는 인간다운 삶을 살고 있는 이 존재가 정말 존경스러울 때가 있다는 것이다. 그것을 본인과 가족 등 모든 인간들은 모르고 살고 있다는 것이다. 그 속 깊은 아름다운 마음을 말이다. 우리는 하늘에서 이러한 속 깊은 아름다운 마음들을 원한다는 것을 알라. 그래서 우리는 이 존재의 그러한 삶을 예로써 적는 것이다.

우리는 왜 이 존재를 이렇게 사랑하고 있는가. 그것은 하늘의 판단에 의해서 하는 것이다. 그 하늘의 판단이란 하늘의 세계에서 보는 눈이 있기 때문인 것이다. 그 하늘의 세계에서 보는 눈은 정말 정밀하다는 것을 알라. 그러나 인간들은 그것은 하늘에서 하는 이야기인데 굳이 인간들에게 왜 이야기를 하는가? 하고 반문할 것이다.

그러나 우리는 이 존재의 가치를 알라는 것이다. 그럼 우리는 이 존재의 가치를 무엇으로 판단을 하는가? 하고 반문할 것이다. 그렇게 반문하는 것은 당연한 것이다.

그럼 우리는 이 존재의 삶에 대해 이야기하겠노라. 이 존재의 삶이란 또 무엇인가. 그것은 현실 속에서 타인을 이끄는 방법을 알라는 것이다. 그 현실 속 타인과의 상담에서도 타인을 먼저 생각하라는 것이다. 그 타인을 생각하는 마음을 알라는 것이다. 그 타인을 생각하는 마음이란 무엇인가. 그것은 바로 타인의 마음을 꿰뚫어보라는 것이다. 그 타인의 마음을 꿰뚫어보는 마음이란 무엇인가. 그것은 바로 타인의 입장에 서본다는 것이다.

그런데 인간들은 타인의 입장에 서보지도 못하고 먼저 타인을 원망한다는 것이다. 그 타인의 입장에 서보라는 것이다. 그 타인의 입장이 얼마나 힘든지를 말이다. 그런데 인간들의 세계는 그저 자신의 입장에서 맞추어서 이야기를 한다는 것이다. 그 자신의 입장에만 맞추어서 이야기를 하게 되면 당신과 이야기하기를 싫어한다는 것을 알라. 그래서 그 타인의 입장을 생각해 보라는 것이다. 그 타인이 정말 무엇을 원하고 있는지 말이다. 그 타인의 세계를 알라는 것이다.

그렇다면 그 타인이란 무엇인가. 그것은 바로 자신의 남편도 될 수 있고, 자신의 가족도 될 수 있다는 것이다. 그 가족이 지금 무엇을 원하고 있는지를 알라는 것이다. 그저 본인의 욕심만 채우는 그러한 행동을 결코 하지 말라는 것이다. 가족을 파탄의 지경에 이르게도 하는 그 본인의 욕심은 바로 죄가 된다는 것이다. 그 욕심은 정말 무시무시하게 큰 죄와 병을 만들기도 한다는 것이다.

그 무서운 병이란 무엇인가. 그것이 바로 당신의 후손에게 간다는 것이다. 그 무서운 병이, 당신들의 욕심이, 당신들의 죄가 바로 당신들의 후손에 간다는 것을 알라. 그러나 인간들은 이러한 세계를 완전히 무시하고 있다는 것이다. 그러한 세계가 어디에 있느냐며 오히려 큰 소리를 친다는 것이다. 그 큰 소리가 바로 당신의 후손을 힘들게 만드는 것이다.

그 당신의 욕심인 죄가 후손을 괴롭힌다는 것을 알라. 그것은 바로 당신의 세상에서 그치는 것이 아니라는 것이다. 그것은 바로 당신들의 후손에게 간다는 것을 말이다. 그 당신들의 후손을 생각해 보라는 것이다. 그 당신들이 후손을 생각한다면 당신들은 지금 깨끗하게 살고 싶어할 것이다. 그 후손을 생각함으로써 당신도 정말 깨달음에 갈 수가 있다는 것이다. 그 깨달음이 바로 후손을 생각하는 마음이기도 하다는 것이다.

왜, 인간들은 하늘의 세계를 무시하는지 답답할 때가 너무도 많도다. 하늘의 세계는 바로 당신들의 삶을 꿰뚫어보고 있노라고 이미 앞에서 이야기했노라. 그러나 그 당신들의 삶을 자신만

이 알고 있다고 생각한다면 그것은 착각인 것이다. 자신만이 알고 있다고 생각하는 죄도 하늘에서는 이미 알고 있느니라. 그 죄를 아무리 숨기고 싶어도 하늘은 정말 정확하게 알고 있다는 것을 알라.

인간들의 세계는 지금 당장 현실에서의 이익과 욕심만 채운다는 것이다. 그 현실의 이익과 욕심이 얼마나 나쁜 죄인지를 알라는 것이다. 그러나 인간들의 세계에서는 그 죄를 모르고 살고 있다는 것이다. 그 죄를 알라는 것이다. 그 죄가 무엇인가. 그것은 바로 당신들이 알고 있는 일상의 생활인 것이다. 그 일상의 생활에서 보라는 것이다.

그 일상의 생활에서 무엇이 보이는지 말이다. 그 일상의 생활을 보고 당신을 알라는 것이다. 그 당신을 안다는 것은 바로 당신을 깨달음에 도달하게 한다는 것이다. 그 깨달음이 얼마나 편안하고 안락한 삶을 주는지 모른다는 것이다. 그 깨달음은 정말 마음이 편안하다는 것을 말이다. 그 마음을 알라는 것이다. 그 마음을 알게 되면 당신도 다시는 나쁜 행동과 욕심만을 채우는 행동은 하지 않는다는 것이다.

그 욕심이 정말 후손에게 큰 죄를 준다는 것을 알라. 따라서 당신들은 지금 결코 그 욕심만을 채우지 말라는 것이다. 그 욕심 때문에 정말 우리 가족과 우리 후손들이 힘든 삶을 살게 된다는 것을 알라. 당장 눈앞의 이익이 좋게 보일지 몰라도, 나중에 그 욕심에 대한 답은 두 배로 온다는 것을 알라. 그런데 인간들은 그러한 것을 아예 모르고 있다는 것이다.

그러한 일이란 무엇인가. 바로 그 욕심인 것이다. 그 욕심이 얼마나 큰 죄요, 큰 죄악인지를 말이다. 인간들이 세상을 살면서 그 욕심을 버리라는 것이다. 그 욕심에 왜 목숨까지 받치는지 말이다. 그 욕심으로 인해 바로 자신과 후손들이 엄청나게 힘든 삶을 살아야 한다는 것을 알라. 그러나 그 인간들은 아직도 그 개인적인 욕심을 그저 생활의 안락함으로만 본다는 것이다.

생활의 안락한 삶은 절대로 그것이 아니라는 것을 알라. 그 안락한 삶은 인간들이 타인을 위해서 사는 삶을 일컫는 것이다. 그 안락한 삶을 살기란 현실이 고달플 때도 있는 것이다. 하지만 그 현실에서 지혜롭게 행동한다면 정말 미래가 아름다운 삶이 된다는 것을 알라.

그래서 우리는 이 존재를 통해 인간들의 삶이 얼마나 중요한 역할을 하는지, 인간들의 생활이 얼마나 중요한지를 알라는 것이다. 그것은 그 삶을 보고 당신은 정말 타인을 위한 삶을 살았는가를 보라는 것이다. 그 타인이란 무엇인가. 그것은 바로 자기만의 욕심을 버리는 것이다. 그 욕심을 버리면 당신과 당신의 가족 그리고 당신의 후손들이 정말 행복한 삶을 살 수 있다는 것이다.

그 행복한 삶은 바로 당신들의 옆과 앞에 있다는 것을 앞에서도 이야기했노라. 그것은 무엇인가. 바로 당신들의 행복을 보고, 당신들의 행동을 보고, 당신들의 자식을 보고, 당신들의 삶을 보라는 것이다. 그 삶이 무엇인가 말이다. 하지만 인간들은 그 삶을 모르고 있다는 것이다. 그 삶이란 무엇인가. 그것은 바로 당신만의 욕심을 버리고, 타인과 가족과 그리고 이웃과 함께 인간 세상을 위하여 희생하라는 것이다.

그 희생이 정말 아름다운 것이라는 것을 알라는 것이다. 그 희생이란 게 인간들은 꼭 전쟁터나 어느 위험한 곳에서 오는 것인지 알고 있다는 것이다. 하지만 그것은 아니다. 물론 그것도 있을 수 있을 것이다. 하지만 보통의 인간들은 그러한 것을 접할 시간이 별로 없다는 것이다. 그래서 우리 보통의 사람들은 그 현재의 현실을 보고, 그 순간의 타인을 생각하는 마음을 가져 보라는 것이다. 그 순간의 타인을 위한 마음이 바로 희생이요, 봉사인 것이다.

그래서 우리는 작은 희생을 바란다는 것을 알라. 큰 희생은 보통 사람에게 자주 있는 조건이 아니기 때문에 보통 사람들의 평범한 삶에서 그 희생을 찾으라는 것이다. 그 평범한 희생이 바로 사는 참 가치요, 봉사의 정신인 것이다. 그저 내 가족은 팽개치고 남에게 보여주는 그런 봉사는 절대로 원하지도, 바라지도 않는다는 것을 알라. 그것은 바로 당신들이 남에게 나는 이러한 것을 하는 사람이라는 것을 보여주기 위한 하나의 행동에 불과한 것이다.

그러한 행동을 우리는 절대로 원하지도, 바라지도 그리고 하늘에서 그 사람에게 축복을 주기도 싫다는 것이다. 그런 것은 보이지 않은 곳에서 정말 작은 것에서부터 하라는 것이다. 그래서 이 존재는 평소 아주 작은 것에서부터 남에 대한 배려와 용서, 희생을 한다는 것이다. 그 희생을 우리는 바란다는 것이다. 그 작은 희생이 얼마나 가치가 있는지 당신들은 모르고 있다는 것이다. 아주 작은 희생이 더 중요하다는 것이다. 그 작은 희생이 바로 평소 자신의 몸에 배어 있어야 한다는 것이다.

그 작은 희생을 우리는 안다는 것이다. 그 작은 희생을 안다는 것이 바로 당신들의 삶을 안다는 것이다. 우리가 이 존재의 삶을 하나의 예로써 적는 것은 이 존재가 평소 남에 대한 배려와 모든 사람들에게 최선을 다하고 있다는 것이다. 그것이 바로 작은 희생인 것이다. 그 희생이 얼마나 가치가 있는지 인간들은 아직 모르고 있다는 것이다. 그 가치를 알라는 것이다. 그 가치는 하늘에서 이미 알고 있다는 것이다.

그런데 인간들은 그저 큰 희생만이 대단한 것으로 알고 있다는 것이다. 물론 그 큰 희생도 정말 중요한 것이다. 하지만 평범한 사람들에게는 그 봉사와 희생의 환경이 주어지지 않는다는 것이다. 그것은 환경이 자주 오지 않는다는 말이다. 그래서 우리는 평소 일상 생활에서 그 희생정신을 가져보라는 것이다. 그 희생정신은 남에게 행복과 평화를 준다는 것을 알라. 그래서 우리는 이 존재를 하나의 예로써 적는 것이다. 다른 사람들에 의하면 이 존재는 평소 겸손한 생활을 하고 있다는 것을 쉽게 알 수 있다는 것이다. 그 겸손한 생활이 바로 희생이요, 남을 배려하는 마음인 것이다.

바로 그 겸손한 마음을 가지라는 것이다. 그 겸손은 당신들의 삶에 있어 행복한 길을 열어주는 행운의 길인 것이다. 그런데 인간들은 그저 자신의 이익과 자신의 모습에서만 국한해서 행동한다는 것이다. 자신의 모습이 타인에게 가장 좋게 보여야 좋은 것으로 말이다. 그러한 모습은 우리가 원하지도, 바라지도 않는다는 것을 알라.

그런데 인간들은 내 자신이 남보다 위에 서있어야 자신이 잘난 것이라고 여기고 있다는 것이다. 그것은 바로 자신을 남에게 보여주고 싶은 마음뿐인 것이다. 그 자신을 남에게 보여주고 싶은 마음은 바로 자신의 과시욕이요, 자신의 욕심인 것이다. 그 욕심이 바로 타인을 멍들게 만든다는 것이다. 그 타인을 멍들게 만드는 것이 바로 죄인 것이다. 그래서 우리는 그 타인을 멍들게 하지 말라는 것이다. 그 타인을 멍들게 만드는 것이 얼마나 큰 죄인지를 알라는 말이다.

그래서 우리는 이 존재를 통해 인간들이 살아가는 모습을 이렇게 글로 적는 것이다. 이 글을 적고 있는 이 존재는 낮 시간에 그 많은 환자들을 치유하고 기를 불어넣었다는 것이다. 그렇게 했음에도 불구하고 지금 이 늦은 시간에 컴퓨터 자판을 치고 있는 것은 우리가 하루라도 빨리 이 글을 인간들의 세상에 내보낼 수 있도록 하는 마음을 이해하기 때문인 것이다.

이 존재는 그러나 이 늦은 시간에 글을 적고 있으면서도 피곤함을 전혀 모르고 있다는 것이다. 그것은 이 존재가 바로 하늘의 기를 받고 있기 때문인 것이다. 그 기가 바로 인간들이 말하는 하늘에서 받는 기란 것을 알라. 그러한 기를 인간들은 도저히 만들지 못한다는 것을 알라.

그럼 우리는 이 존재의 이야기를 왜 계속해서 쓰고 있는가. 그것은 바로 이 존재가 당신들이 아는 아주 평범한 사람이기 때문임을 알라. 그 평범한 사람이 이제는 하늘의 기운을 받고 있다는 것이다. 왜, 평범한 사람이 하늘의 기를 받고 또는 왜 하늘의 글을 쓰고 있는가. 그것은 바로 당신들도 평소에 이 존재처럼 그 현실에서 타인을 위하는 마음으로 희생하며 살라는 이유 때문인 것이다.

그 마음이 바로 당신들을 깨달음의 세계로 안내한다는 것을 알라. 그 평범한 삶 속에서 그것을 찾으라는 것이다. 그 평범한 삶이 얼마나 중요한지 인간들은 아직 모르고 있다는 것이다. 그래서 우리는 하늘의 메시지를 이 존재를 통해 글로 쓰노라. 인간들이여, 그 평범한 삶에서 깨달음을 찾아가야 하느니라.

그런데 왜 인간들의 세계에서는 종교로 인하여 싸움을 하는지 정말 안타깝도다. 그 이야기를 지금 더 구체적으로 적고 있는 것이다. 그러한 이야기를 말이다. 이 존재는 종교를 그 아무것도 믿지 않는다는 것을 알라. 지금도, 예전에도 또는 앞으로도 그 아무런 종교도 믿지 않을 것이다.

그것은 이 존재가 또 다른 종교에 휩쓸리지 않기 위한 것이다. 어릴 적 이 존재는 완전히 무종교로 살아왔다는 것을 알라. 이 존재의 양쪽의 집안도 완전히 무종교로 살아왔다는 것을 알라. 이 존재를 아는 사람은 익히 잘 알 것이다. 이 존재는 앞으로도 그 어느 종교에도 가까이 가지 않는다는 것을 알라. 다만 이 존재는 자신의 일을 묵묵히 하고 그저 현실에서 최선을 다한다는 것이다. 이 존재의 본래 태생이 하늘의 세계에서 사는 존재이기 때문에 기존 종교와는 거리가 멀다는 것이다.

인간들의 세계에서는 종교로 인해 서로 헐뜯고, 서로 끊임없이 싸우고 있다는 것이다. 심지어 그 종교로 인해 수많은 사람들이 죽어가고 있다는 것이다.

그래서 우리는 이 존재를 통해 이 글을 씀으로써, 하늘의 메시지를 인간들에게 전달하고 싶은 것이다. 어릴 적부터 무(無)종교로 살아온 이 존재를 선택한 것은 하늘의 뜻에 의해서였고, 그 중에서도 하늘의 높은 등급의 신들이 회의를 한 끝에 선택했다는 것을 알라.

하늘에서는 도대체 무슨 회의를 한다는 것인가. 인간들과 같이 몸체가 없다뿐이지, 우리도 하늘에서 인간들과 같은 생활을 하고 있다는 것을 알라. 그렇지만 우리는 인간들보다도 더 정밀한 눈과 몸을 갖고 있다는 것이다. 다만 인간들의 눈에는 그것이 보이지 않을 뿐이니라.

우리가 이 존재에게 내려와 이러한 글을 적고 있는 것은 바로 하늘의 세계가 있다는 것을 증명하는 것이다. 이 글은 우리가 하늘에서 내려와 적고 있는 것으로, 이 존재의 글이 아니니라. 우리가 왜 이 존재에게 왔는지, 그동안 앞에서 많은 이야기를 했노라. 그것은 바로 이 존재의 평범한 삶을 보고, 그 평범한 삶이 바로 당신들의 삶이라는 것을 알라는 이유 때문인 것이다. 그 삶 속에서 당신은 무엇을 보고 느꼈는지를 보라는 것이다. 그리고 그 삶을 보고 당신도 곧 깨달음에 갈 수 있다는 것을 알라는 것이다.

그 깨달음이 중요한 이유는 바로 선(善)한 삶을 살라는 것이니라. 그 선한 삶은 타인을 위한 마음인 것이다. 그 타인을 위한 마음이 바로 선한 삶인 것이다.

2006년 8월 7일 새벽 2시 39분

# 제16장
# 착하고, 바르고, 깨끗한 삶이
# 바로 깨달음인 것이다

　그래, 오늘도 계속해서 앞에서 제기했던 것에 대한 글을 적을 것이다. 지금까지 우리는 이 존재가 전생인 하늘 세계의 인간이란 이야기도 했으며, 현생에서 살아온 인생이라는 이야기도 했노라.

　이 존재가 이 글을 씀으로써, 자신의 자리를 조금씩 일반인들에게 알리고 있다는 것이다. 하지만 이 존재는 자신의 자리를 그저 나의 길이요, 나의 생활이라고 생각하며 살아간다는 것이다. 그러나 인간들의 생각은 그저 그러한 길이 왜 나에게 오는가? 하고 하소연을 할 수도 있다는 것이다. 하지만 이 존재는 하늘에 대해 원망이나 흥분도 하지 않는다는 것이다. 그것은 이 존재가 자신의 자리를 잘 알고 있으면서도 현실의 길을 더 이해하고 있기 때문인 것이다.

그러나 일반 사람들은 이러한 경험을 할 때는 아주 야단법석을 떨며 종교에 의지한다는 것이다. 그것은 종교가 자신의 길을 막을 수 있다는 인간들의 조급한 심리인 것이다. 하지만 이 존재는 오히려 이러한 경험을 하고서도 종교라는 것이 마음에 와닿지 않고, 오히려 혼자서 이 길을 이겨내고 있었던 것이다. 그 어떤 종교라 할지라도 의지하고 싶은 마음이 없었다는 것이다. 그것은 이 존재가 마음의 의지가 매우 강하다는 점도 작용했다는 것이다. 그러한 마음의 의지가 매우 강하기 때문에, 이 존재는 그러한 체험을 하고서도 종교는커녕 오히려 자신의 길을 바르고 현명하게 개척해 나가고 있다는 것이다.

그간 이 존재는 아주 철학적인 공부를 많이 했노라. 그래도 우리는 앞으로 더 많은 영적(靈的)인 지식을 이 존재에게 끊임없이 줄 것이다. 다만 이 존재는 자신의 위치를 잘 알고 있을 뿐, 그 누구의 도움도 받고 싶은 마음이 없다는 것이다. 그 도움이란 게 무엇인가. 그것은 바로 이 존재의 삶에 대한 도움인 것이다. 이 존재는 자신의 삶에 대한 도움을 스스로 개척해 나가고 있다는 것이다. 그것은 바로 하늘의 기운이 들어온 이유도 있었지만, 본인 스스로 모든 것을 해결하고 싶은 마음이 있기 때문인 것이다.

그러나 이 존재에게 우리는 무한한 영적인 지식을 계속해서 줄 것이다. 그리하면 앞으로 이 존재의 가치에 대해서 인간들이 더 많이 알게 될 것이다. 그것은 그 무한한 영적인 지식을 바로 하늘의 기운에 의해서 우리가 직접 준다는 것을 인간들이 알게 된다는 말이다.

그 하늘의 기운이 바로 이 존재의 머릿속에 있다는 것이다. 그 하늘의 기운이 왜 이 존재의 머릿속에 있는가. 그것은 이 존재의 전생은 물론 화려했던 전생의 그 기억에서도 있다는 것을 알라. 다만 이 존재가 현재 자신의 전생에 대해 모르고 있다는 것이다. 그 자신의 전생에 대해서 알지 못하고 이렇게 평범한 여성으로 살고 있다는 것이다.

그럼 왜 자꾸 전생인가. 그것은 바로 이 존재의 화려한 전생의 이야기인데, 그 화려한 전생은 현재의 인간들이 사는 모습과도 같기 때문이라는 것이다. 이 존재가 현재의 인간들이 사는 모습과 너무도 흡사하게 살아왔다는 것이다. 그것은 바로 이 존재가 한국에 오기 전 서양에서의 생활에서도 빈번하게 나타났던 것이니라. 그 서양에서의 생활에서 이 존재는 정말 화려한 삶을 살았다는 것이다. 그 화려한 삶이 이제는 아주 평범한 가정의 주부로 환생했다는 것이다.

그럼 이러한 이야기를 왜 또 하는가. 그것은 바로 이 존재의 현재의 삶을 이야기하기 위한 것이다. 이 존재는 현재 전생의 화려한 삶과는 완전히 다른 삶을 살고 있다는 것이다. 그 화려함은 전혀 없으며, 아주 수수한 삶을 살고 있다는 것이다. 현재의 그 삶은 바로 당신들이 알고 있는 깨달음의 세계로 가기 위한 하나의 작업인 것이다. 그 깨달음의 작업으로 가기 위해서 이번 생에 우리가 이러한 삶을 선택했노라. 그 이야기가 왜 그리 중요한가 하면 현재의 삶이 아무리 힘이 들더라도 이 존재의 삶을 보고 당신들도 '나는 이 현실을 굳건히 받아주겠노라'고 생각하라는 것이다.

현실이 아무리 힘들다고 하더라도 그 현실을 도피하지는 말라는 것이다. 그 현실의 도피가 바로 당신을 깨달음에서 멀리 하게 만든다는 것을 알라. 그래서 우리는 이 존재를 하나의 예로써 적는 것이다. 그러나 현재 인간들은 그저 안락한 삶만을 추구하고, 편안한 삶만이 오직 나의 길인 것으로 알고 있다는 것이다. 이 존재가 왜 이렇게 험한 길을 마다하지 않고 그 길을 가겠다고 하는가. 그것은 이 존재가 전생의 그 화려한 삶을 모두 경험했음으로, 그러한 것에 아예 욕심을 두지 않기 때문인 것이다.

그러한 삶을 이 존재는 현재 좋아하지도, 부러워하지도 않는다는 것이다. 그것은 이 존재가 이미 전생에 모든 경험을 했기 때문인데, 그 모든 것은 화려함만을 추구하는 인간들의 욕심을 이미 체험해봤기 때문인 것이다. 그 전생에서 이 존재는 그 화려함을 깨달았다는 것이다. 그 화려함은 바로 인간들이 추구하는 것이지만, 그것은 인간들의 욕심이기도 한 것이다.

그럼 왜, 이 존재는 이러한 삶을 추구하고, 지금 이러한 삶을 살고 있는가. 그것은 바로 이 존재가 한국에 오기 전에도 이미 한국에서 오랫동안 살아왔기 때문인 것이다. 이렇듯 이 존재는 수많은 윤회를 거듭했다는 것이다. 그 수많은 윤회가 바로 이 존재를 깨달음의 세계로 인도했다는 것을 알라. 그 깨달음은 절대 저절로 올 수는 없다는 것을 알라.

그것은 또 전생의 업도 있다는 것이다. 그 전생의 업이 얼마나 바르고 타인을 많이 생각하며 행동했는가에 대해서, 하늘에서 우리가 평가한다는 것을 알라. 그저 자신의 부(富)의 축적만을 바라는 그러한 인간들의 삶은 우리가 원하지 않는다는 것이다. 그래서 우리는 이 존재를 선택했노라. 그리고 우리가 이 모든 것을 강조하는 이유는 이 존재의 삶이 당신들의 사는 모습과 일치하기 때문인 것이다.

당신들의 사는 그 모습이란 무엇인가. 그것은 바로 이 존재가 살고 있는 모습과 같다는 것이다. 이 존재의 사는 모습을 보고 당신들에게 정말 깨달음이 가까이 와있는가를 알라는 것이다. 그저 현실이 아무리 답답하다고 해도 그 현실을 피하지는 말라는 것이다. 그것은 그 현실을 가슴에 안아보라는 것이다. 그 현실을 가슴에 안아보고 과연 나의 삶이 바로 이 길인가를 생각해보라는 것이다.

그런데 인간들의 세계에서는 왜, 자신의 자리를 피하고 싶어하는지 정말 답답하고 안타까움이 많이 있도다. 그럼 우리는 왜, 이 존재의 가정과 이 존재의 생활과 이 존재의 현실을 이야기했는지 알라는 것이다. 이 존재도 지금의 현실이 매우 좋지 않지만, 그 현실을 이겨냈다는 것이다. 그 현실을 피하고 자신의 행복과 안락한 삶을 위해서 생활했더라면 이 존재에게 우리는 이러한 선물을 주지 않았다는 것을 알라.

그럼 우리는 왜 이 존재에게 와서 이러한 글을 계속해서 적고 있는가. 그것은 바로 이 존재의 삶이 너무도 아름답게 살고, 남을 배려하는 그 마음이 너무도 아름답기 때문이라는 것이다. 그 남을 생각하는 마음, 그것은 바로 코앞과 옆에 있는 것으로, 타인에 대한 그 배려가 아름답다는 것이다. 그저 남이 알아주는 그러한 배려는 우리가 절대 인정해 주지 않는다는 것을 앞에서도 이야기했노라. 그렇지만 많은 인간들의 본래 마음은 남이 알아주는 그러한 행동을 하고 싶어한다는 것이다.

이 존재는 남이 알아주든 그렇지 않든 그런 것에 전혀 신경 쓰지는 않는다는 것이다. 그냥 물 흐르듯이 살아간다는 것이다. 인간들의 본래 마음은 남이 알아주기를 바라는 것인데, 그것은 하늘에서 이미 알고 있다는 것을 알라. 우리는 진정으로 남을 생각하는, 그러한 마음을 기억한다는 것이다.

쉽게 말하면 그냥 순수하게 타인을 생각하라는 것이다. 인간들이 그 타인을 순수하게 생각하는 마음을 가지라는 것이다. 그 순수성은 하늘에서 더 빨리 알고 있다는 사실을 잊지 말라는 것이다.

그러나 어떤 이는 나는 순수하다, 나는 남을 배려했다는 등 자신의 입으로 자기를 자랑삼아 이야기를 한다는 것이다. 그것은 본인의 판단일 뿐이지 하늘의 판단이 아니라는 것을 알라. 하늘은 그 진실성에 더 큰 무게를 둔다는 사실을 말이다.

하늘의 판단은 정말 정확하다는 것을 이제 인간들이 더 잘 알고 있을 것이다. 그 하늘의 정확성은 그 어떤 인간도 쉽게 알지 못한다는 것을 알라. 그래서 우리는 이 존재를 선택했다는 것이다. 이 존재는 모든 것을 그저 하늘의 뜻으로 여긴다는 것이다.

이 글 속에서 이 존재의 이야기가 수없이 등장하는 것은 바로 당신들의 삶과 같기 때문인 것이다.

인간들의 세계에서는 내가 잘나야 좋고, 내가 똑똑해야 한다는 그런 생각을 많이 하고 있다는 것이다. 그것은 바로 인간들끼리 서로 경쟁하여 꼭 이겨야 한다는 강박관념에서부터 비롯된 것이다.

이처럼 묘한 인간들의 마음을 감안할 때 당신들도 이제는 인간이 같은 인간들의 마음으로 다스리기가 정말 힘든 세상이란 것을 알 것이다. 그래서 우리는 그러한 인간들의 세상을 다스리기 위해 이렇게 이 존재의 몸을 빌려 이 글을 적는 것이다. 이 글은 앞으로도 계속될 것이다. 이 글이 바로 당신들의 사는 모습이기 때문에 그칠 수가 없는 것이다. 그 당신들이 사는 모습을 적는 것이다.

이 일을 계속해서 하는 이유는 바로 당신들이 사는 모습 속에서 인간들의 세계를 잘 보고 진정한 삶이 무엇인가를 보라는 것이다. 그 진정한 삶이란 무엇인가. 그것은 바로 타인을 생각하는 마음을 보라는 것이다. 그 타인을 생각하는 마음이 바로 당신 자신을 행복하게 한다는 것이다. 그 타인이 때로는 당신일 수도 있다는 것이다. 그 타인을 보고 당신도 그 타인을 생각해 보라는 것이다. 그 타인이 얼마나 행복해하는가를 말이다.

그 타인을 생각하는 마음이 바로 당신의 삶을 생각하는 것이다. 타인이 정말 행복한 삶을 살고 있으면 당신도 앞으로 정말 행복한 삶을 살 것이다. 그 행복한 삶이란 무엇인가. 그것은 바로 당신들의 안락한 삶이라는 것이다. 그런데 인간들의 세상은 참으로 묘하고도 묘한 세상이란 것이다. 그 묘한 게 무엇인가. 그것은 바로 당신들의 바른 세상을 보라는 것이다. 그 당신들의 바른 세상이란 무엇인가. 그것은 바로 당신들이 착한 마음을 가지라는 것이다.

그 착한 마음이 있어야 행복한 삶을 산다는 것이다. 그 행복한 삶이란 무엇인가. 그것은 바로 타인을 생각하고, 타인을 배려해 보라는 것이다. 그 타인에 대한 배려가 지금은 조금 힘이 들 때도 있을 것이다. 그 타인에 대한 배려는 정말 자신의 자존심을 버리는 것이다. 그 자신의 자존심을 버리고 타인을 위한 마음을 갖는다는 것이 때론 고통스럽기도 할 것이다. 하지만 그것은 바로 도(道)로 가는 길이자, 행복으로 가는 길이라는 것을 알라는 말이다.

그런데 그 길을 간다는 게 참으로 험난한 길인 것이다. 남을 배려하기 위해 나 자신을 낮춘다는 것은 바로 타인을 올려 받쳐줘야 한다는 것이다. 그 타인을 올려주는 것이 바로 나를 낮춘다는 말이다. 그러나 그 타인을 먼저 생각하고 그 타인을 위로 올려줘야 하는 그 마음은 정말 보통의 마음으로는 하기 힘든 것이다.

하지만 한편으로 생각해 보면 그것은 그리 어려운 일도 아니니라. 그저 나를 앞세우지 말라는 것이다. 내가 제일이요, 내가 제일 똑똑하니 나만을 받쳐주기를 바라는 마음을 갖지 말라는 것이다. 자신만을 앞세웠던 지금까지의 삶이 순간은 즐겁고 행복했을지 모르지만, 오랜 세월이 흐른 후에 보면 그것은 아니라는 것이다.

그래서 우리는 인간들의 마음이 정말 묘하다는 것이다. 자신만 높이 올라가면 제일인양 하는 인간들의 세상이 말이다. 우리는 결코 그러한 삶을 원하지 않는다는 것을 알라.

그래, 오늘도 정말 바쁜 하루였지만, 이렇게 글을 쓰기 위하여 사무실에서 앉아 있는 모습이 정말 보기 좋구나. 나의 존재야, 사랑한다. 나의 존재야….

그럼 계속해서 글을 적을 것이다. 인간들의 세상은 정말 알다가도 모르는 일이 많다는 것이다. 그것은 바로 자신의 잘못을 우리가 지적하면 그들은 무조건 우리를 싫어한다는 것이다. 그 잘못을 지적하는 것을 제대로 알라는 것이다. 그 잘못으로 인해 당신의 앞날이 엉망이 될 수가 있다는 것을 알라. 왜, 자신의 잘못에 대한 지적을 싫어하는가. 그것은 자신이 자신에 대해서 모르고 지금껏 살고 있기 때문인 것이다. 그 자신을 알라는 것이다. 그 자신을 알지도 못하는데 어찌 남을 가르칠 수가 있는가 말이다.

그래서 우리는 자신을 알라는 것이다. 자신이 진정 무엇을 잘못했는가를 보라는 것이다. 그 잘못을 본다는 것이 바로 당신을 깨달음의 세계로 가게 한다는 것을 알라. 그 깨달음이 바로 이러한 것에 있다는 것을 알라. 왜 그 깨달음을 큰 것에서만 찾으려고 하는지, 그 까닭을 모르겠노라. 그 깨달음이란 것은 바로 작은데 있다는 것이다. 그 깨달음을 멀리서 찾고, 큰 것에서만 찾는 것은 남이 나를 알아주기를 바라는 마음인 것이다. 그것은 결코 깨달음이 아닌 것이다. 그것은 나를 위로 올려 달라는 인간들의 속마음인 것이다.

나 자신을 위로 올려서 무엇을 어떻게 하고 싶다는 것인가. 그것은 바로 깨달음에서 멀리 간다는 것임을 알라. 그러한 깨달음은 하늘에서 절대로 주지는 않는다는 것을 알라. 그것은 바로 당신을 죄로 가게 할 수도 있다는 것을 알라. 그 죄가 무엇인가. 그것은 바로 타인을 짓밟고 올라가고 싶다는 것이다. 그 타인을 짓밟고 올라가는 마음이 곧 죄인 것이다.

인간들에게는 그 타인을 짓밟고 싶은 마음이 있다는 것이다. 그 타인을 짓밟아야 내가 최고의 위치로 올라갈 수 있다는 것이다. 그것은 자신만을 위해 타인을 아주 나쁜 타락의 길로 빠뜨리는 것이다. 그 타인을 타락의 나쁜 길로 가게 하는 것이 바로 죄인데, 본인은 정작 그것이 죄인지도 모르고 있다는 것이다. 그래서 인간들의 세상은 참으로 묘하고도 어리석다는 것이다. 그 어리석은 마음이 정말 답답하고, 안쓰럽다는 것이다.

물론 사회생활을 하다보면 어쩔 수가 없다고도 하노라. 그렇다면 선의의 경쟁을 하는 게 좋다는 것이다. 그 선의의 경쟁은 오히려 우리가 바란다는 것을 알라. 그 선의의 경쟁은 바로 인간들의 세상을 올바르고, 풍요롭게 하는 것이기 때문인 것이다. 그 풍요롭고 올바른 세상은 우리가 진정으로 바라는 것이다. 인간들이 그 선의의 경쟁을 잘해 보라는 것이다. 그 선의의 경쟁을 잘 살려 보라는 것이 바로 우리가 인간들에게 바라는 마음인 것이다.

선의의 경쟁이 인간들에게 있어 진정한 삶인 것이다. 그 진정한 삶이 바로 우리가 하늘에서 바라는 삶이라는 것이다. 그럼 당신들의 삶을 뒤돌아보라는 것이다. 그 당신들의 삶이 무엇인가 하고 말이다. 그 당신들의 삶을 보고 당신은 정말 타인을 위한 마음인가, 타인을 짓밟고 올라오지는 않았는가를 보라는 것이다. 혹시 타인을 짓밟고 이미 올라와 버렸으면 그 타인에게 미안함을 표시하라는 것이다. 그것이 인간으로서의 진정한 삶인 것이다.

그 미안한 마음을 갖는 것이 바로 깨달음의 세계로 가게 만든다는 것을 알라. 그 깨달음은 가깝고 아주 작은 데서부터 있는 것이다. 지금까지 왜, 인간들의 깨달음에 대해 계속해서 강조하는가. 그것은 인간들이 바라는 마음이 바로 깨달음이자, 착하게 사는 방법이기 때문인 것이다. 그 착하게 살고, 바르고, 깨끗하게 사는 삶이 바로 깨달음인 것이다.

다른 인간들의 삶을 똑바로 보고, 당신의 사는 모습을 알라는 것이다. 그 삶 속으로 들어가 보라는 것이다. 그러나 인간들의 마음이란 것이 그리 만만한게 아니라는 것이다. 그저 자신의 욕심만을 부리고 있다는 것이다. 그 현실에서의 욕심이 다음에 또는 그 다음에 큰 불행의 씨앗으로 다가올 수도 있다는 것을 명심하라는 말이다.

그 불행의 씨앗을 만들지 말라는 것이다. 그 불행의 씨앗은 정말 인간들에게서 있어서 못된 독버섯 같은 존재가 된다는 것을 알라. 그 인간들의 못된 독버섯이란 무엇인가. 그것은 바로 당신의 마음을 상하게 만든다는 것이다. 그 욕심이 나중에 몇 배로 더 부풀려져 당신에게 다시 되돌아온다는 사실을 알라는 것이다. 그러한 사실들을 알리기 위하여 우리는 이러한 글을 적고 있는 것이다.

2006년 8월 8일 밤 8시 32분

# 제17장
## 배우자란 함께 사는 즐거움이자 생명을 잉태하는 성스러운 대상이다

오늘도 이 존재는 퇴근을 아니하고 우리의 글을 쓰기 위해 컴퓨터 자판을 치고 있구나. 하지만 이 존재는 자신의 작은 것에 절대 욕심을 내지 않는다는 것을 알라. 그 작은 욕심이 바로 타인의 감정을 자극하게 만든다는 것을 말이다. 인간들의 세상에서는 많은 사람들이 그 작은 욕심을 적지 않게 부리고 있다는 것이다. 그 작은 욕심이 때로는 살인으로까지도 갈 수가 있다는 것이다. 그 작은 욕심을 버리라는 것이다.

인간들의 세상이 지금은 무척 더운 여름이구나. 이 더운 여름에 이 존재는 작은 사무실에서 이러한 글을 쓰기 위해 오늘도 수고가 많구나. 그럼 계속해서 글을 적을 것이다. 그 글을 적기 위해 이 존재는 이 폭염 속에서도 선풍기 하나에 의지한 채 모기에 물리는 등 사생활에 지장이 많구나. 인간들에게는 자신의 사생활이란 게 있는데, 이 존재는 자신의 사생활을 영위하지 못하는구나.

인간들의 세계는 정말 알다가도 모를 일들이 너무도 많도다. 그 알다가도 모를 일이란 무엇인가. 사람들은 대부분 착각 속에서 본인이 다 잘났다고 생각하고 있지만, 정작 그리 잘 나지도 못한 경우가 많다는 것이다. 인간들의 세계에 사람들은 자신의 위치를 그저 높게 올려줘야 좋아한다는 것이다. 그래서 간혹 자신이 정말 제일 높은 곳에 있는 것이 마냥 좋은 것으로 알고 있다는 것이다. 물론 인간들이 높은 곳을 보며 꿈을 키우는 것은 좋은 일이다. 그렇지만 얼토당토않는 꿈속에서 헤매는 것은 정말 현실과 맞지 않는 일이라는 것을 알라.

이 존재는 자신의 낮은 위치를 잘 알고 있다는 것이다. 그 자신의 낮은 위치를 잘 알고 있어 자신을 남에게 크게 보여줄 게 그리 많지 않다고 생각하고 있다는 것이다. 그 자신을 낮춘다는 것은 바로 자신을 남에게 자랑삼아 내세우고자 하는 마음이 없다는 것이다.

그런데도 우리는 이 존재를 선택했노라. 그 하늘에서는 인간들을 외향적인 것만을 평가하지 않는다는 것이다. 우리 하늘의 세계에서는 그러한 외적인 것을 별로 중요하게 여기지 않고, 내적인 것을 함께 생각한다는 것이다. 그러한 조건을 갖고 있는 인간들의 존재를 찾기란 정말 쉽지가 않은 일이다. 그래서 우리는 이 존재의 외적인 것보다 내적인 것을 더 중요하게 여긴다는 것이다. 그 내적인 것을 인간들이 알기 어렵다는 것이다. 그 내적인 것은 하늘에서만 알고 있다는 것을 알라.

그 하늘에서 알고 있는 그 내적인 것은 바로 당신들이 알고 있는 마음인 것이다. 그 마음을 보고 우리는 평가를 한다는 것을 알라. 우리는 이 존재의 그 내적인 것을 보고 선택했노라. 그러나 인간들의 세계에서는 그 내적인 것에 대한 판단이 쉽지 않지만, 우리는 그 내적인 마음이 얼마나 중요한지를 알고 있다는 것이다.

하늘의 세계에서는 그 마음을 아주 중요시한다는 것을 알라. 그간 인간들의 세계에서는 그저 말 잘하고, 학벌 좋고, 집안 좋고, 위치가 좋은 자리에 있으면 그 사람을 아주 대단한 사람으로 여겼다는 것이다. 만약 거기다 그 내적인 것까지 겸비했다면 더없이 좋은 것이겠지만, 그 내·외적인 모든 것을 갖춘 존재를 찾기란 쉽지 않다는 것이다.

결국 우리는 외적인 것이 부족하더라도 내적으로 알차고, 성숙하다면 그 존재를 중요시한다는 것을 알라. 그래서 우리는 이 존재를 선택했노라. 이 존재는 외적인 것이 부족하게 보여도 내적으로는 정말 아름다운 마음을 갖고 있다는 것을 알라.

그동안 우리는 왜 자꾸 이 존재의 이야기를 하고 있는가. 그것은 이 존재의 삶이 바로 당신들의 삶과도 같기 때문이라는 것을 알라. 이 존재가 당신들과 같은 그저 평범한 삶을 살고 있다는 것이다. 그 당신들과 같은 아주 평범한 삶이었다 해도 이 존재의 그 아름다운 내적인 마음을 하늘 세계에서는 익히 보아왔다는 것이다. 그 아름다운 내적인 마음은 바로 타인을 위한 배려요, 그 타인을 생각하는 마음인 것이다. 그 타인은 바로 당신인 것이다.

그런데 인간들의 세상에서는 그저 자신만을 생각하며 사는 사람들이 무수히 많다는 것을 알라. 그 자신만의 삶을 살고 있는 그 많은 인간들의 세계가 우리는 정말 싫어졌다는 것을 알라. 그 자신의 삶 속에서 그저 나만 잘살고, 나만 제일인양 날뛰고 사는 사람들이 싫어졌다는 것이다. 그 자신만의 삶이 제일이라고 하면서 거들먹거리는 사람들 말이다. 하지만 우리는 그러한 삶을 바라지도, 원하지도 않는다는 것을 알라. 그래서 우리는 이 존재를 선택했노라. 이 존재를 선택한 이유를 이제는 인간들도 잘 알 것이다.

인간들의 세계에서는 그저 나의 삶이 제일이지, 왜 남의 삶까지 생각해야 하느냐며 궁금해 할 것이다. 그것은 인간들이 모르고 하는 소리니라. 그런 말은 인간들의 아주 이기적인 마음에서 하는 것이다. 그 이기적인 마음을 우리는 도저히 보고 있을 수가 없도다. 그런데도 인간들의 세계에서는 그저 나의 삶이 전부이지, 남의 삶은 그리 중요하게 여기지 않는다는 것이다. 한마디로 남은 남이라는 말이다. 그 남을 중요시하는 것에 대해서는 아예 모르고 있다는 것이다. 남의 행복한 삶이 바로 나의 행복한 삶인데도 말이다.

그래서 우리는 이 존재를 통해 이러한 글을 적고 있는 것이다.

이 존재의 글을 통해 인간들이 어떠한 모습으로 살아가야 할지 그것을 알라는 것이다. 그 인간들이 살아가는 모습에서 바로 당신들이 살아가는 모습을 보라는 것이다. 그 인간들이 살아가는 모습을 보고 당신도 깨우치라는 것이다. 그 자신을 깨우치는 것이란 무엇인가. 그것은 바로 자신을 안다는 것이다. 그 자신을 안다는 것은 곧 당신을 안다는 것이다. 그 당신을 안다는 것은 또 자신을 깨달음의 세계로 가게 한다는 것이다. 그 깨달음의 세계로 간다는 것이 바로 당신의 세상과 미래가 정말 아름답고, 후손들까지도 행복하다는 것을 안다는 것이다.

그럼 우리는 왜 이 존재에게 와서 이러한 글을 계속해서 적는가. 그것은 바로 당신들의 마음과 당신들의 사는 세상을 직접 경험을 해보라는 이유 때문인 것이다. 그 자신의 경험을 통하여 당신도 앞으로 어떠한 삶을 살 것인가를 알라는 것이다. 그 자신의 삶을 보고 나서 당신도 행복을 보라는 것이다. 그 행복을 보고 나면 당신도 자신의 아름다움에 대해서 알게 될 것이다. 그 아름다움을 알게 되면 바로 당신도 깨달음의 세계로 가고 있다는 것이다. 그 깨달음에 가는 것은 바로 보기드문 하나의 하늘의 문이 열리는 것이다.

그 하늘의 문이 열린다는 것은 바로 당신을 하늘의 세계에서 영원히 살게 만든다는 것이다. 그 하늘의 세계란 무엇인가. 그것은 인간들을 다스리는 능력을 주는 곳이다. 그 인간들을 다스릴 수 있는 능력, 즉 자격을 준다는 것이다. 우리의 하늘 세계에서 말이다. 그래서 우리는 그 하늘 세계를 알라는 것이다.

그 하늘의 세계는 죽은 영혼이라고 해서 아무에게나 능력을 주는 곳이 아니라는 것을 알라. 그 하늘의 세계는 인간들이 알지 못하는 무한한 세계가 있다는 것을 알라. 하늘이 그저 아무에게나 인간들을 다스리는 능력을 주는 것이 아니라는 것을 알라. 그 사람의 전생과 그 사람의 현재 삶을 보고 그 능력을 하늘에서 먼저 판단한다는 것을 알라. 그 하늘의 판단은 정말 정밀한 기계와도 같다는 것을 알라.

그러나 인간들의 세계는 기도가 많으면 그저 도(道)가 트인 것인양 이야기를 하고 있는데, 그것은 참으로 한심하고 어리석은 일이라는 것을 알라. 그 기도는 자신만을 위한 기도란 것을 알라. 그 자신만을 위한 기도는 하늘에서는 결코 알아주지 않는다는 것을 알라. 그 자신만을 위한 기도는 그저 자신만을 잘 살게 만들어 달라고 하는 기도라는 것을 알라. 그것은 우리가 바라지도, 원하지도 않는다는 것임을 알라.

그런데 인간들은 그저 자신만의 기도가 전부인양 이야기를 하고 있다는 것이다. 그 자신의 기도도 물론 중요하겠지만, 자신만을 위한 기도는 우리가 결코 원하지 않다는 것이다. 그러나 대부분의 인간들의 기도는 나만의 기도, 나의 가족만을 위한 기도 또는 나의 삶을 위한 기도라는 것이다. 그것은 바로 나와 나의 가족에게만 모든 것을 달라고 하늘에 고하고 있는 기도인 것이다. 왜, 자신과 자신의 가족에게만 그것을 달라고 하는가. 그것은 잘못된 기도인 것이다. 그 기도는 오히려 자신을 불행의 삶으로 가게 만들 수도 있다는 것이다.

그러한 기도는 우리가 원하지도 않는다는 것을 알라. 그저 나 자신과 나의 가족들에게만 하는 기도는 우리가 원하지도, 바라지도 않는다는 것을 알라. 그런데 인간들의 심리란 것이 참 묘해서 그저 자신과 자신의 가족만이 제일이어야 한다고 주장하노라. 그렇듯 잘못된 마음으로 하는 기도는 아주 '헛기도' 라는 것을 알라. 그러한 기도는 백년, 천년을 해봐도 아무것도 이루어지는 것이 없는 것이며, 그저 허송세월만을 보내는 것임을 알라.

그래서 우리는 이 존재의 가치에 대해서 안다는 것이다. 이 존재는 그 험하고 힘든 삶에서도 그 누구에게도 도움을 청하지 않고 그저 자신의 길만 묵묵히 가곤 했노라. 왜 이 존재는 그 힘든 고비에서도 왜 기도를 하지 않았을까. 그 힘든 고비 때마다 인간들은 습관대로 기도를 많이 하지만, 이 존재는 오히려 그러한 기도는 안 해도 된다는 것을 이미 알고 있다는 것이다. 그때 하는 기도는 순간의 기도란 것이다. 그것을 이 존재는 알고 있었다는 것이다. 그 순간의 기도는 잠시 동안은 좋을지 몰라도, 그것은 크고, 넓고, 영원하지는 않다는 것이다. 그래서 닥쳐서 하는 기도보다는 평소에도 마음을 바르고, 착하고, 깨끗하게 하는 마음을 갖고 있어야 한다는 것이다.

그 깨끗한 마음이 바로 기도인 것이다. 그 깨끗한 마음이 바로 기도인데, 왜 인간들은 나쁜 짓을 하고서도 기도만 하면 되는 것으로 착각을 하고 있는지 알 수 없는 일이다. 그것은 바로 인간들의 이기적인 마음일 뿐인 것이다. 그 인간들의 이기적인 마음은 타인의 마음을 상하게 만든다는 것이다. 그 타인의 마음을 상하게 만든 것이 바로 죄인데 말이다. 그 타인의 마음을 힘들게 하는 것도 바로 그 죄인데 말이다.

그 타인의 마음을 힘들게 하지 말라는 것이다. 그 타인의 마음을 힘들게 하는 것은 바로 당신을 불행의 삶으로 가게 만든다는 것이다. 그 불행의 삶이 얼마나 고통스러운 것인지 알라는 것이다. 그 불행의 삶을 겪어본 사람은 익히 알고 있을 것이다. 그 불행한 삶을 살아본 사람은 안다는 말이다. 그 불행이 이렇게 힘든 세상을 만들어놓았다고 이야기하는 것이다.

그래서 우리는 이러한 글을 적는 것이다. 이러한 글을 적는 것은 바로 이 존재와 같은 삶을 살라는 이유에서인 것이다. 이 존재는 정말 하늘을 보고 떳떳했노라고 이야기할 정도로 정말 스스로 깨끗한 삶을 살고 있다는 것을 알라. 다만 본인과 가족과 타인들이 알지 못하게 하고서 그저 묵묵한 자신의 현실을 살아왔다는 것이다. 그 자신의 현실을 똑바로 보고 살아가라는 것이다. 그리고 자신의 현실을 회피하지 말라는 것이다. 이 존재도 만약 자신의 현실을 회피하였다면 우리는 이러한 선물을 주지도 않았다는 것을 알라. 그러나 이 존재는 자신의 현실을 묵묵히 받아 주고, 묵묵히 그 현실을 알고, 그 길을 빨리 알아차렸다는 것이다.

그것은 바로 현실에서의 지혜인 것이다. 그 현실의 지혜가 얼마나 중요하지 인간들의 세계에서는 알지 못한다는 것이다. 그 현실에서의 지혜를 말이다. 그 지혜란 것은 결코 거창한 것이 아닌데 말이다. 그 현실의 지혜를 똑바로 쓰라는 것이다. 그 현실의 지혜를 똑바로 쓰고, 당신도 자신의 삶을 똑바로 알라는 것이다. 그 자신의 현실을 똑바로 알고, 자신의 현실을 본다는 것은 바로 자신을 안다는 것이다. 그 현실 속으로 들어가 보라는 것이다. 그 현실의 삶이 얼마나 중요한지 말이다.

그 현실의 삶을 보고 당신도 정말 아름다웠노라고 이야기를 해 보라는 것이다. 그 현실을 말이다. 그런데 그 현실을 인간들의 세계에서는 오히려 회피하거나 도피를 한다는 것이다. 마냥 그 현실을 외면하고 싶다는 것이다. 그 현실을 외면하면 얼마나 큰 죄악이 있을 수 있는지는 아예 모른다는 것이다. 그 현실의 외면은 정말 큰 죄악이란 것을 말이다. 그 현실의 큰 죄악을 알라는 것이다.

그 현실의 죄악을 안다는 것은 바로 당신의 현실을 안다는 것이다. 그 현실을 알고서도 함부로 자신의 행복만 바란다는 것은 안 되는 일인 것이다. 그 나만의 행복이 지금 당장은 달콤할지 몰라도 다음 세월 속에서는 더 큰 불행이 기다리고 있다는 것을 알라. 그 순간의 달콤함이 말이다. 그 달콤함은 바로 한 순간일 뿐이라고 앞에서도 이야기했노라. 그래서 이제 더욱더 구체적으로 글을 적을 것이다. 그 달콤함에 대해서 말이다.

인간들의 세계에서 그 달콤함을 맛보고 있는 사람들은 그 달콤함에서 벗어나지 못한다는 것을 알라. 그 달콤함을 알면 그 달콤함에 더욱 빠지고 마는 것이다. 하지만 이 존재는 그 달콤함에 대해 그것은 그저 인간들이 즐기는 쾌락이라고 생각하고 있다는 것이다. 그것은 다만 부부간의 이야기인 것이다. 그 부부간의 달

콤함을 알아야 하는 것을 왜, 다른 상대에게서 그 달콤함을 찾는
지 도무지 알 수 없는 일이다.

타인에게서 찾는 그 달콤함은 순간은 좋을 것이다. 하지만 그
뒤처리는 감당하지 못할 정도의 엄청난 재앙이 있다는 것을 알
라. 그 달콤함에서 말이다. 그 달콤함은 바로 큰 재앙으로 간다
는 것을 알라.

인간들의 세계에서 그 달콤함만을 찾는 것은 쾌락만을 쫓는 인
간들의 오판과 착각인 것이다. 그 착각으로 인해 자신의 인생도
망치고, 여러 사람에게 아픔을 준다는 것을 알라. 물론 그것은
인간들도 잘 알고 있는 이야기인 것이다.

하지만 인간들의 세계는 더욱더 이러한 달콤함에 빠지고 있다
는 것이다. 그 달콤함을 찾는 사람들은 그것이 얼마나 상대를 힘
들게 하는지는 안중에도 없다는 것이다. 그 달콤함을 나만 즐기
면 된다고 하는 것은 바로 인간들의 추악하고 이기적인 면을 보
여주는 것이다. 그 인간들의 이기적인 면 때문에 그 상대는 슬픈
고독 속으로 빠뜨리게 된다는 것이다.

그 고독을 이겨내야 하는 인간들의 마음은 정말 힘이 든다는
것을 알라. 그 고독을 당해본 사람만이 알 것이다. 그 고독이 얼
마나 힘이 드는지 말이다. 하지만 달콤함만을 쫓는 인간들은 상
대방의 고독은 아예 생각조차 않는다는 것이다. 그것은 또한 부
부만이 알 수가 있는 문제이기도 한 것이다.

그래서 우리는 이 존재의 이야기를 하면서도 그 가정의 부부문
제는 거론하지 못한다는 것을 알라. 그러나 어떤 사람들은 이 글

을 읽고 나서 눈치로 알았을 것이다. 그 눈치로 알았다는 것은 바로 지혜의 눈이 있다는 것이다. 그 지혜의 눈을 가지라는 것이다. 하지만 이 존재는 그 고독한 삶을 그저 아무런 말없이 잘 이겨냈다는 것이다. 그래서 우리는 하늘에서 이러한 글을 이 존재에게 주고 있는 것이다.

그런데 인간들의 삶이란 것이 참으로 이상하다는 것이다. 그 이상한 것이란 무엇인가. 그것은 바로 이 존재의 이야기지만 또는 당신들의 이야기도 된다는 것을 알라. 그 이야기는 무엇인가. 그 이야기란 바로 사람의 행실인 것이다. 그 사람의 행실이 정말 똑바로 가야 한다는 것이다. 그런데 인간들은 그 행실을 완전히 무시하고 있다는 것이다. 그러한 행실을 우리는 많이 보고 있다는 것을 알라.

그 행실이란 게 무엇인가. 그 행실은 아주 중요하다는 것이다. 바로 중요한 그 행실을 보라는 것이다. 당신은 정말 깨끗한 행실로 현재를 살고 있는가를 말이다. 그 깨끗한 행실을 우리는 하늘의 세계에서 관심 있게 보고 있다는 것을 알라. 그 행실에는 정말 무수히 많은 것이 있다는 것이다. 그 행실에서 말이다.

그럼 우리가 인간들의 행실을 어떠한 모습으로 보고 있는지를 보라는 것이다. 그 행실을 보고 당신도 그 행실을 생각해 보라는 것이다. 그 행실이 얼마나 큰 죄인지 말이다. 그 행실을 보고 당신도 자신을 보라는 것이다. 그 행실이 얼마나 하늘에서 보면 큰 죄인지를 말이다. 그러나 지금도 인간들의 세계에서는 정말 보기에도 민망할 정도로 나쁜 행실을 하는 인간들이 너무도 많이 있다는 것이다. 그것은 바로 인간들이 말하는 즐거움만을 찾는 그러한 행동이란 것을 알라.

그럼 그러한 행실이란 게 무엇인가. 그것은 바로 인간들이 말하는 즐거움이란 것이다. 그 즐거움이란 게 무엇인가. 쾌락의 세계로 가고 싶은 행동인 것이다. 그 쾌락의 세계를 왜 진정한 배우자에게 주지 않는지 인간들은 참으로 알다가도 모를 일이다. 그 상대는 정말 고독 속에 있는데도 말이다.

인간들의 세상에서는 자신의 것보다 남의 것이 더 좋게만 보인다는 것이다. 그것은 인간들의 자기만을 생각하는 이기적인 욕심 때문인 것이다. 그 자기만의 이기적인 욕심으로 인해 당신의 배우자가 힘들고, 고독하다는 것을 알라. 그런데 더 이해할 수 없는 것은 자신의 배우자가 쾌락만을 추구하고 있느니, 자신도 그렇게 하겠다는 배우자도 있다는 것이다. 그것은 더욱 큰 죄악이라 생각해라. 그것은 죄악이 또 다시 죄악을 만드는 악순환의 고리인 것이다. 안타깝게도 그것을 인간들은 자신의 보복이라고 생각하고 있다는 것이다. 그것은 인간의 세계가 갖고 있는 어처구니가 없는 일이니라.

그것은 결코 보복이 아닌 것이다. 그것은 또 다른 타인을 고독으로 몰아넣는 것임을 알라. 앞에서 역설한 그 타인의 고독을 말이다. 그런데도 인간들의 세계에서는 그것을 그저 자신의 행복과 쾌락을 찾는 일이라고만 알고 있다는 것이다. 절제된 인간의 쾌락은 남의 것보다는 자신의 것에서 찾기를 우리는 바란다는 것을 알라. 그 자신의 배우자에게 아름답고 절제된 쾌락과 더없는 행복을 마음껏 주라는 것이다. 그 인간들의 배우자는 우리가 하늘에서 허락을 해서 엮어진다는 것을 알라. 그 배우자란 인간들이 사는 또 하나의 즐거움이자, 새 생명을 잉태하고 탄생시키는 성스러운 대상인 것이다.

그런데도 그 하나의 행복과 성스러운 대상을 자신의 배우자가 아닌 다른 타인을 탐하고 있다는 것이다. 그것은 우리가 하늘에서 바라는 것이 절대로 아니라는 것을 인간들은 알라. 그것은 무조건 배우자라야 한다는 사실을 명심하기 바란다. 그 배우자와 어떠한 행동을 한다는 구체적인 것 등은 우리는 이야기하지 않는다는 것이다. 이는 쉽게 말해 그 배우자를 즐겁게 해주라는 것이다.

이것은 이 존재의 이야기도 된다는 것이다. 이 존재의 그 깊은 곳의 상처는 하늘에서는 알고 있다는 것을 알라. 그 고독한 삶을 말이다. 그럼에도 불구하고 이 존재는 그 가정을 정말 바르고 굳건하게 지키고 있다는 것을 알라. 그러한 가정을 알라는 것이다. 그러한 가정을 알고, 그 가정의 중요한 삶을 알라는 것이다.

그것은 그 가정을 지켜야 한다는 깊은 마음에서였을 것이다. 그 가정을 살리고 싶은 간절한 마음 말이다. 혹여 다른 여성들의 경우 그 현실에서 도피하고자 다른 곳으로 눈을 돌릴 수도 있었겠지만, 이 존재는 그 자신이 현실을 똑바로 인식하고 가정을 지켜냈다는 것이다. 거기에서는 그 어느 것에도 흔들림이 없었다는 것이다. 그 흔들림이 없는 그러한 행동에 우리는 하늘에서 정말 감탄했노라.

그 감탄을 말로는 모두 표현하지 못한다는 것을 알라. 그 아름답고 성실한 그 행실을 말이다. 그 아름다운 행실이 하늘의 세계를 울렸다는 것을 알라. 그 아름다운 행실과 그 아름다운 마음과 그 아름다운 내적인 생각이 말이다. 우리는 이 존재의 그 모든 것을 하늘의 세계에서 지켜보고 있다는 것을 알라. 이 존재의 모든 행동을 보고 우리는 정말 눈물이 날 때도 많았다는 것이다. 그 힘든 역경을 이겨내고 가정을 지킨다는 것은 보통 여성으로서 정말 하기 힘든 일인 것이다.

그 힘든 모든 과정을 이 존재는 그저 혼자의 힘으로 이겨냈다는 것이다. 지금 결혼생활을 한지가 20년이 다 됐지만, 무려 16년간을 그러한 세월로 지냈다는 것을 알라. 그 16년이란 세월을 혼자만의 힘으로 이겨냈다는 것은 아주 대단한 것임을 알라. 아마 그것은 존경받는 종교인도 하지 못했을 것이다.

그러면서도 이 존재는 그 어느 종교의 힘도 빌리지 않고 혼자의 힘으로 굳건히 이겨냈다는 것이다. 그 이겨내는 힘은 아마도 종교에서 하는 기도보다도 더 큰 힘을 발휘했다는 것이다. 앞으로도 이 존재는 계속해서 그렇게 살겠노라고 하늘에 다짐을 하고 있노라. 그 누구의 생각도 없이 본인 스스로 말이다.

이를 보고 우리는 하늘에서 아주 크게 놀랐다는 것이다. 그 엄청난 힘이 어디에서 오는가 하고 말이다. 그것은 바로 이 존재의 머릿속에 있다는 사실을 알게 된 것이다. 그 이 존재의 머릿속에 그 엄청난 힘이 가득 차있다는 것을 말이다. 이 사실은 이 존재 자신은 물론 다른 그 어느 누구도 모르고 있다는 것이다. 그러한 힘을 말이다. 그런데도 정작 본인은 나는 이러한 것을 본인 스스로의 힘으로 이겨낼 수 있다는 것이다.

그것은 바로 이 존재의 머릿속에 이 존재를 조절을 하는 것이 있기 때문인 것이다. 이 존재를 조절하고, 이 존재를 생각하게 만드는, 바로 그것 말이다. 이러한 것은 이 존재의 머리에서 나오는 생각도 되지만, 이 존재의 생활도 된다는 것이다. 이 존재가 왜 이런 특별한 삶을 살고 있는지 말이다. 하지만 이 존재의 삶이 결코 특별한 삶이 아니라는 것을 알라. 다만 우리가 이 존재의 머리에 머물고 있을 뿐이니라. 그래서 우리는 이 존재의 생각에 대해서 모두 안다는 것이다.

우리는 이 존재의 생각을 알고, 이 존재의 마음을 알고, 이 존재의 모든 현실을 알고 있다는 것을 알라. 다만 이 존재 본인과 가족 등은 이 존재가 그저 평범한 가정주부란 것밖에 모른다는 것이다. 하지만 우리는 앞에서 이미 이 존재는 아주 특별한 존재라는 것을 수없이 이야기했다는 것을 알라. 이 존재의 머리는 하늘에서 볼 때 분명 보통 사람들의 머리와는 많이 다르다는 것을 알라.

그 보통 사람들의 머리와 다르다는 것은 아마도 이 존재가 죽음으로써 알게 된다고 앞에서 이미 밝혔노라. 하지만 인간들은 이에 대해 설마하며 의아해 한다는 것이다. 그러나 그것은 분명한 사실이란 것을 알라. 앞의 예언들을 보면 알 것이다. 그 예언들이 정말 적중할 것임을 알라.

그 예언이 맞으면 정말 이 존재는 보통 사람으로 볼 수가 없다는 것을 알라. 아마도 인간들 스스로가 점차 알게 될 것이다. 정말 이 책에 발표한 해당 연도에 그러한 일이, 그러한 나라에서, 그러한 재앙으로 나타난다는 사실을 말이다.

그때가 되어서야 인간들이 이 존재의 가치를 알고, 이 존재의 머리의 능력을 알고, 이 존재의 모든 것이 궁금해진다는 것을 알라. 그런 것이 인간들의 본래 심리인 것이다. 그것은 또 인간들의 본래 마음인 것이다. 인간들은 자신의 바로 앞날을 궁금해 한다는 것이다. 그 앞날의 궁금함은 바로 본인의 장래를 알고 싶다는 말이다. 그러나 우리는 인간들의 장래에 대해 이야기하는 것을 싫어한다는 것을 알라. 그것은 인간들이 자신의 장래를 미리 알게 되면 자신의 삶에 있어서 노력을 하지 않는다는 이유 때문인 것이다.

그래서 우리는 이 존재와 상담을 할 때, 이 존재의 상담 속에서 타인의 미래는 절대로 미리 알려주지 않는다는 것을 알라. 다만 그러한 길이 있노라고만 이야기한다는 것을 알라. 왜냐하면 그것은 인간의 노력에 의해서 얻을 수 있는 일이기 때문인 것이다. 그래서 우리는 인간들에게 그러한 노력을 독려한다는 것이다. 그 노력을 하는 것이 자신의 미래를 보장한다는 것이다. 그렇게 하기 위해 인간들에게 장래를 생각하는 철저한 미래 설계를 하라는 것이다.

이 존재를 통해 우리가 그 가치를 세상에 알리기 위한 일을 하는 것이지, 타인의 장래나 알아맞히는 것은 할 일이 아니라는 것을 알라. 그 타인의 장래를 미리 말하고 싶지 않다는 것이다. 인간들의 심리는 이 존재에게 그 미래에 대해 말해 줄 것을 요구한다는 것이다. 그것은 인간들의 극히 개인적인 사정인 것이다. 그 인간들의 개인적인 사정을 일일이 알면서도 쉽게 말할 수가 없다는 것을 알라. 그것을 알려주면 잘 가고 있는 사람의 삶을 낙오자나, 패배자로도 만들 수 있기 때문인 것이다. 그래서 우리는 개인의 미래는 절대 미리 말하지 않는다는 것을 알라. 인간들의 미래는 스스로의 계획과 행동에 의해서 결정된다는 것을 알라는 것이다.

그렇다면 이 존재의 미래는 무엇인가. 그것은 인간들이 말하는 예언가라는 것을 알라. 그 예언을 주목적으로 한다는 것이다. 그 예언에 대해서 말이다. 그 예언을 함으로써, 이 존재의 가치가 증명된다는 것이다.

그것은 이 존재의 예언이 아주 적중하기 때문인 것이다. 그래서 예언가라고 생각을 하면 좋을 것이다. 그 예언가들 중 아직까지 이렇게 구체적인 글을 적은 예언가가 없었다는 것을 알라. 아마 그 누구도 할 수 없는 일인 것이다. 그래서 우리는 이 존재에게 이러한 선물을 준다는 것이다.

우리는 이 존재를 앞으로 예언가로 만들 것이다. 그 예언가로 만드는 작업은 정말 힘이 든다는 것을 알라. 그 예언을 하기 위한 작업이 얼마나 힘이 드는 일인지를 알라는 것이다. 다만 이 존재가 그동안 자신의 위치를 모르고 지금까지 살아왔다는 것이다. 그 자신의 위치를 모르고 살아온 것은 인간이기 때문이니라. 그 인간으로서의 삶을 원활하게 살게 하기 위하여 우리는 이 존

재에게 접근할 때 정말 조심스럽게 하고 있다는 것을 알라

이 존재에게 있어 접근이란 것은 다른 게 아니라, 그 머릿속에 있는 그 예언을 끄집어내는 힘든 작업을 말하는 것이다. 그 힘든 작업을 하기 위해 우리는 하늘의 모든 고급의 신들에게 도움을 받았다는 것을 알라. 하늘의 세계에는 정말 높은 수준의 신들이 많이 있다는 것을 알라. 그것은 인간들이 말하는 그러한 신들이 아닌 하늘 세계에서 말하는 정말 높은 신들을 말하는 것이다. 아마 인간들의 세계에 비교를 한다면 그것은 국가원수급의 신들이란 것을 알라. 그 고급의 신들이 이 존재의 머리에서 놀고 있다는 것을 알라. 그 지체 높은 많은 수의 신들이 이 존재의 가치를 알고, 이 존재를 돕고 있다는 것을 말이다.

그런데 인간들은 이러한 이야기에 대해 무슨 달나라 이야기를 하느냐며 의아해 할 것이다. 그리고 그러한 이야기가 어디에 있느냐고 반문할 것이다. 하지만 이 존재의 예언이 맞게 되면 그동안 우리가 했던 모든 이야기는 다 맞는 것임을 알라. 그때가 되면 이 존재의 모든 가치를 인정한다는 것을 알라.

그런데 인간들의 세계는 참으로 희한한 세상이라는 것이다. 그 희한한 세상이란 바로 타인이 잘 되었을 때, 그 사람을 시기하거나 질투한다는 것이다. 그것은 바로 자신에게 불행을 자초하는 일이라는 것을 알라.

하늘은 정말 정확히 보는 눈이 있다는 것을 알라. 인간들에게는 숨기고 싶은 것이 많겠지만, 하늘은 그 모든 것을 보고 있다는 것을 말이다. 그 모든 것을 보고 우리가 하늘에서 이 존재를

선택했노라. 이 존재의 모든 것을 봤을 때, 그는 우리가 바라는 그러한 사람이었다는 것이다.

그럼 왜 우리는 이 존재의 가치에 대해 계속해서 이야기하는가. 그것은 바로 이 존재의 삶이 곧 당신들의 삶이기도 하기 때문인 것이다. 그런데 일부 인간들은 그것은 그 사람의 삶이지 왜 나의 삶과 비교를 하느냐며 반문할 것이다. 그것은 이 존재의 삶이 바로 당신들과 같은 삶을 살고 있기 때문인 것이다.

그 당신들과 같은 삶을 산다는 것은 바로 당신들도 이러한 예언가가 될 수 있다는 것이다. 다만 우리가 이 존재를 하늘에서 이미 정했다는 것을 알라. 이 존재의 머리는 아주 특별한 머리라는 것을 알라. 그것에 대해 지금부터 더 구체적으로 이야기할 것이다.

그것은 바로 이 존재의 전생도 해당된다는 것을 알라. 이 존재의 전생이란 무엇인가. 그것은 바로 이 존재가 전생에 남을 생각하는 마음으로 살았다는 것을 알라. 그 남을 생각하는 마음을 이번 생에서도 다시 가져왔다는 것이다. 이번 생에 이 존재는 모든 것을 인간들을 위해 주고 갈 것이다. 그것은 이 존재의 본래 고향인 하늘의 세계로 가기 위한 작업이라고 앞에서 이야기했노라. 하지만 인간들은 그러한 이야기가 말이 되지 않는다고 의문을 갖는다는 것이다. 그 의문을 갖는 것은 당연한 것이다.

그것은 바로 당신들의 삶을 보고 알라는 것이다. 그 당신들의 삶을 보고 당신이 지금껏 어떠한 삶을 살고 있는가를 보라는 것이다. 그 당신의 삶을 보고 당신도 이 사람과 같이 살았는가를 보라는 것이다. 이 사람은 진정 남을 생각하는 마음으로 살았다는 것을 알라.

혹자들은 평범한데 뭐가 그렇게 다르냐며 의문을 갖는데, 그것은 인간들의 세계에서나 평범하게 보인다는 것을 알라. 그리고 그것은 작은 것에서부터 찾아야 한다는 것을 알라. 그 작은 것에서부터 남을 생각하라는 것이다. 그 작은 것이란 무엇인가. 바로 당신의 가족이요, 당신의 이웃인 것이다. 그것은 바로 당신들의 작은 마음에서부터 나온다는 것을 알라. 그렇다면 그 당신들의 작은 마음이란 무엇인가. 그것은 바로 당신들의 마음을 보고, 타인을 본다는 것이다. 그 당신들의 마음을 보고서 타인을 먼저 배려하라는 것이다.

그 마음을 본다는 것은 정말 어렵다는 것을 알라. 그 마음이란 무엇인가. 그 마음이 바로 당신들의 마음인 것이다. 그 당신들의 마음을 알라는 것이다. 그 마음을 안다는 것이 정말 어렵고 힘든 일인 것이다.

인간들의 본래 습성은 참으로 무섭다는 것을 알라. 인간들은 본래 습성이 원래 그런지, 남을 배려하는 마음이 부족하다는 것이다. 그래서 우리는 하늘에서 이에 대한 연구를 거듭했다는 것을 알라. 인간들의 그 부족한 마음에 대해서 말이다. 그 인간들의 세계란 정말 묘하면서도 복잡하지만, 한편으론 단순하고 간단하기도 하다는 것이다. 그래서 우리는 이 존재를 통해 인간들에게 남을 배려하며, 서로 사랑하며 살게 하기 위해 이 글을 적고 있는 것이다. 이 글을 읽는 인간들은 앞으로 꼭 남을 배려하면서 살아야 하느니라.

인간들의 세계는 정말 아름답다는 것을 알라. 그 아름다운 사계절이 있고 또는 그 아름다운 나무와 그 깨끗한 물과 그 자연적인 비와 그 자연의 상쾌한 공기가 있는 인간들의 세계가 말이다. 그런데 그 아름다운 자연을 인간들은 고맙게 생각하지 않다는 것이다. 우리는 인간들에게 그 아름다운 자연을 만끽해 보라는 것이다. 그 아름다운 모든 자연을 말이다.

그 아름다운 자연이란 무엇인가. 그것은 바로 아름다운 이 자연의 생태계를 사랑하라는 것이다. 그런데 왜 인간들은 그 아름다운 자연을 훼손하고 있는지 알다가도 모르겠노라. 그 자연을 왜 자연적으로 가만히 두지 않는지 말이다. 인간들이 그동안 자연을 너무도 많이 훼손해 온 것을 우리는 하늘에서 모두 보았느니라. 그것을 보는 우리의 마음은 정말 안타깝고 답답했노라.

그 자연을 그대로 두라는 것이다. 왜 그 자연을 마구 훼손하여 마구잡이식으로 개발을 했느냐는 것이다. 그 자연을 마구잡이식으로 개발을 하면서 훼손하고, 그 자연적인 생태계를 파괴하는 것들이 나중에 인간들에게 얼마나 큰 재앙으로 다가올지를 알고나 하는 일이냐 말이다. 그 끝이 없는 인간들의 잘못된 욕심을 하루빨리 거두어들여라. 그리고 지금이라도 그 자연을 그대로 두어라.

이제 그 자연을 알라는 것이다. 그 자연을 알고, 그 자연을 사랑하라는 것이다. 그 자연을 사랑하고, 그 자연 속에서 살아가라는 것이다. 그 자연이 당신들에게 얼마나 안락한 삶을 주는지를 알라는 것이다. 그 안락한 삶이 바로 당신들의 미래인 것이다. 그 안락한 삶을 영원히 보호하라는 것이다.

그 안락한 삶이란 게 무엇인가. 그것은 바로 당신들의 미래이자 당신들의 후손이라는 것을 알라. 그래서 우리는 이 존재를 통해 이러한 글을 적는 것이다. 그 자연을 자연의 모습 그대로 두고 보라는 것이다. 그러면서 자연의 힘을 받으라는 것이다. 그 위대한 자연의 힘이란 것을 인간들이 잘 모르고 있다는 것이다. 그 자연을 그대로 두자면 물론 조금은 불편함을 느낄 것이다. 하지만 그 자연의 힘은 아주 보이지 않는 곳에서도 느낄 수 있을 정도로 중요한 것이니, 꼭 지켜나가라는 것이다. 그 중요한 자연의 힘을 말이다.

그 자연의 힘을 느끼고, 그 자연으로 들어가서 살라는 것이다. 그 자연이 얼마나 당신을 안락한 삶이 되도록 만드는지를 알라는 것이다. 그 자연의 삶 속으로 말이다. 그 자연의 삶 속으로 들어가 보라는 것이다. 그 자연을 알고, 그 자연을 생각해 보라는 것이다. 그 자연이 얼마나 당신들의 정신을 아름답게 만드는지 말이다. 그 자연을 보고, 그 자연의 아름다움에 취해 보라는 것이다. 그 자연의 아름다운 것에 취하고 취해, 아예 시인이 되어 보라는 것이다. 그 시인의 마음으로 자연에서 살라는 것이다. 그 시인의 마음이 바로 자연인 것이다.

그 시인 속으로 들어가 보면 정말 당신은 자연을 사랑하고, 자연을 품어보고 싶다는 마음이 있을 것이다. 그 자연을 안아보고, 그 자연을 만져보고, 그 자연을 생각해 보라는 것이다. 그래서 그 자연의 힘을 알라는 것이다. 그 자연의 힘을 알고, 그 자연 속으로 들어가 보라는 것이다. 그 자연으로 들어가 본 사람들에게는 그것이 정말 시인 같은 마음이 생기게 한다는 것이다. 그 시인 같은 마음이 바로 당신들을 깨끗한 마음으로 가게 만든다는 것이다. 그 깨끗한 자연 속에서 행복하게 살아보라는 것이다.

2006년 8월 9일 밤 11시 30분

# 제18장
# 인간들에게도 하늘의 세계가 있다

　그럼 오늘도 계속해서 글을 적을 것이다. 우리는 수많은 이야기를 했지만, 사람들의 사는 모습이 정말 희한하다는 것을 앞에서 이미 이야기했노라. 그것은 인간들은 그저 자신의 이익만을 챙긴다는 것을 말이다. 그 자신의 이익이 물론 중요하지만, 자신의 감정도 중요하다는 것이다. 그 자신의 감정은 정말 인간들이 알기에 희한한 세계가 있다는 것이다. 그 희한한 세계가 바로 당신들의 주장만이 아주 옳고, 타인의 주장은 무시하는 것이다. 그 타인의 주장을 알고 그 타인의 마음을 알라는 것이다.

　그런데 인간들의 세상은 그저 자신의 주장이 옳다고 우기는 것이 일반화된 세상인 것이다. 우리는 그 인간들의 세상에 정말 한심한 인간들이 너무도 많다는 것을 알고 있노라. 그 한심한 인간들은 그저 자기의 주장만이 맞고, 옳다는 것이다. 그 자기의 주장만이 왜 옳은지 말이다. 자기의 주장을 내세워야만 다른 인간들이 알아준다는 것이다. 그런 인간들의 세상은 정말 알다가도 모를 세계인 것이다. 그 인간들의 세상을 알라는 것이다. 그 인간들의 세상을 알고, 그 인간들의 마음도 알라는 것이다.

그 인간들의 마음을 알기란 정말 힘이 든다는 것이다. 더불어 그 인간들의 마음을 다스리기도 정말 힘이 든다는 것이다. 그래서 우리는 이 존재를 선택했고, 이 존재의 마음을 안다는 것이다. 이 존재의 마음은 타인을 먼저 생각하고, 타인의 마음을 본다는 것이다. 그 타인의 마음을 본다는 것은 바로 깨달음의 세계로 간다는 것이다. 그 깨달음의 세계란 무엇인가. 그것은 바로 당신들의 마음을 본다는 것임을 알라.

그 마음을 본다는 것은 바로 이 존재와 같은 마음을 읽을 수가 있다는 것이다. 이 존재는 겉으로는 아무 말을 하지 못하는 것 같아도, 그 사람의 마음을 이미 안다는 것을 알라. 다만 이 존재는 그런 것을 밖으로는 내색하지 않는다는 것을 알라. 그 밖으로 내색을 하지 않는 것은 다만 타인을 생각하는 마음에서 그런다는 것을 알라. 그런데 어떤 사람들은 이 존재가 그저 아무것도 몰라서 그러고 있는 것으로 알고 있다는 것이다. 그것은 아무것도 모르고 있는 척하고 있는 것임을 알라.

그것은 다만 타인을 생각하는 마음에서 그렇게 한다는 것을 알라. 그런데 인간들의 세계는 그저 자신의 말이 정당하고, 자신의 이야기가 전부인양 이야기를 하고 있다는 것이다. 그 이야기란 무엇인가. 그 이야기는 무엇으로 만든다는 것인가. 바로 자신의 주장이 강해서 타인을 누른다는 것이다. 그것은 정말 어리석고 무식한 마음에서 나온 것이다. 그것은 그 어리석고 무식한 마음을 타인에게 보여주고 있다는 것이다. 그 타인에게 보여준다는 것은 바로 자신의 무식함을 보여주는 것이나 다름없다. 그 자신의 무식함으로 인해 왜, 타인에게 그렇게 강하게 요구하는지 말이다. 그래서 인간들의 마음은 정말 알다가도 모르는 일이라는 것이다.

그런데 인간들의 마음 가운데 타인의 감정을 상하게 만드는 것이 있다는 것이다. 그 인간들의 마음을 상하게 하는 것이 바로 우리들의 마음인 것이다. 그것이 우리들의 마음을 상하게 만든다는 것이다. 우리는 인간들에게 평화롭고, 바르고, 착하고, 깨끗한 삶을 살라고 하는 것이다. 그 바르고 깨끗한 삶이 바로 우리가 바라는 삶인 것이다. 인간들이 그 삶으로 살기를 우리는 바란다는 것을 알라. 그 삶으로 산다는 것이 아주 행복한 삶이란 것을 알라.

우리는 왜 이 존재의 이야기를 계속해서 하고 있는가. 그것은 바로 이 존재의 삶이 인간들의 삶도 되기 때문이라고 앞에서 이미 이야기했노라. 그래서 그런지 사람들은 이 사람이 원래부터 아주 특별한 사람인 것으로 착각하고 있다는 것이다. 우리가 하늘에서 내려와서 이 존재를 봤을 때, 그때부터 점차적으로 이 존재가 아주 특별하고 영리한 사람으로 보이기 시작했다는 것이다. 당시만 해도 이 존재는 당신들과 같이 아주 평범함 삶을 살고 있었다는 것이다. 그 아주 평범한 삶이 바로 당신들과 같았다는 것이다.

그런데 인간들의 세계에서는 우리가 이 존재에게 오는 것을 잘못 온 것으로 생각하는 존재도 있다는 것이다. 그것은 인간들이 잘못 알고 있는 나쁜 신들의 세계와 동일하게 생각하고 있었기 때문인 것이다. 인간들이 알고 있는 그것은 아주 나쁜 신들이라는 것을 알라. 우리는 그러한 나쁜 신들과는 완전히 다르다는 것을 알라.

인간들의 세계에서는 신은 무조건 나쁘고, 그들은 그저 인간들을 못살게 만드는 것으로 알고 있다는 것이다. 그렇게 알고 있는 것은 나쁜 빙의에 의한 그 환자들에 대한 이야기일 것이다. 그래서 우리는 이 존재의 삶을 생각하고, 이 존재의 미래를 생각하는 마음에서 진정으로 인간들의 세계를 돕고 싶어한다는 것을 알라.

그 인간들에 대한 도움이란 무엇인가. 그것은 바로 이 존재가 하는 예언으로, 인간들을 돕고 있는 우리 하늘 세계의 일 가운데 하나인 것이다. 그 하늘의 세계를 똑바로 보고 인간들은 하늘의 세계가 무섭다는 것을 알라. 그 하늘의 세계란 무엇인가. 그 하늘의 세계는 인간들이 알지 못하는 정말 무시무시한 하늘의 법칙이 있다는 것을 알라.

그러나 인간들은 우리가 이 존재를 선택하여 이러한 글을 적어도, 이러한 글은 신들이 히는 이야기이기 때문에 인간들은 신들의 세계에 대해서는 알 필요가 없다고 생각하고 있다는 것이다. 그 신들의 세계에 대해서 제대로 알게 되면 당신들은 정말 무엇이 진실이고, 무엇이 바른 길인지 알 수 있다는 것을 알라. 그 바른 길이 바로 깨달음의 길로 가는 길이라는 것을 말이다.

하지만 인간들은 그저 하늘은 아무것도 없고, 인간들은 죽으면 그만이라는 인식을 하고 있다는 것이다.

그래서 우리는 이 존재를 통해 하늘의 세계에 대해서 알리는 작업을 하고 있다는 것을 알라. 그 하늘의 작업이란 무엇인가. 그것은 하늘에 있는 우리들의 세계에 대해서 인간들에게 알리는 것이다. 그 인간들에게도 하늘이 있도다. 그 하늘을 무서워하라는 것이다. 그 하늘의 세계에 대해서 알라는 것이다. 그 하늘의 세계를 알고, 그 하늘의 법칙을 알고, 그 하늘의 무서움을 알라는 것이다. 그 하늘의 무서움을 알게 되면 당신들은 정말 착하고, 바르고, 깨끗한 삶을 살게 될 것이다.

그 하늘의 세계란 무엇인가. 그것은 바로 이 존재와 같은 삶을 살아보는 것이다. 이 존재는 항상 타인을 생각하는 마음을 갖고 있다는 것을 알라. 그저 타인을 깔아뭉개는 그러한 마음은 절대로 없다는 것이다. 그런데 인간들은 타인을 깔아뭉개며 자신이 그 타인을 이겨야만 한다는 것이다. 그 타인을 깔아뭉개는 마음은 정말 타인에게 상처를 주는 일이자, 자신이 죄를 짓는 일이라는 것을 알라. 왜, 그 타인을 깔아뭉개고 그 타인을 이겨야만 한다고 생각하고 있는지 말이다. 그러지 말라는 것이다.

우리는 그 타인을 생각하는 마음을 갖고 있는 사람을 좋아한다는 것을 알라. 그 타인을 생각하는 마음을 말이다. 그 타인을 안다는 것은 바로 내가 깨달음에 간다는 것임을 알라. 그런데도 인간들의 세계에서는 그저 나만이 제일이어야 한다는, 그러한 생각을 하고 있다는 것이다. 그것을 알고 있는 우리는 그것이 정말한심한 것이라고 생각한다는 것을 알라.

그렇다면 우리는 왜 이 존재에게 내려와서 이 존재의 이야기를하고 있는가. 그것은 이 존재가 당신들과 똑같은 사람이라는 것이다. 그리고 그가 인간들 가운데 하나의 예란 것을 말이다. 우리가 이 존재에게 오는 것은 아주 대단한 일인 것이다. 그것은바로 이 존재가 정말 깨끗하고, 바른 삶을 살고 있기 때문인 것이다. 그렇기 때문에 우리는 이 존재를 선택했노라. 게다가 우리는 인간들의 세상에 이 존재의 가치를 알리기 위해서 온 목적도있도다. 이 존재는 정말 하늘에서 볼 때 보기 힘든 존재란 것을알라. 그 하늘의 세계를 똑바로 알고 있으라는 것이다. 그 하늘의 세계란 무엇인가. 그것은 바로 인간들의 마음을 정말 정확하게 알고 있다는 것이다. 그 인간들의 마음을 너무도 정확하게 꿰뚫어보는 하늘의 세계는 분명 있다는 것을 알라는 것이다.

그 하늘의 세계를 안다는 것은 바로 당신을 깨달음에 갈 수 있게 한다는 것을 앞에서도 이야기했노라. 그런데 인간들 가운데일부는 왜 그러한 이야기를 자꾸 하는가? 하고 의문을 가질 것이다. 그것은 인간들이 무엇을 읽고 나면 그때 뿐이라는 것이다. 그때 뿐이란 것이 무엇인가. 그것은 인간들이 기억을 바로 잊어버린다는 것이다. 그러한 인간들의 기억을 우리는 되살려 주고 싶다는 것이다. 그 인간들의 기억을 말이다.

그러나 이 존재의 머리에 있는 동안 우리는 이 존재의 모든 기억을 알고 있다는 것을 알라. 이 존재의 지난 과거에 대해서도 말이다. 그러나 이 존재의 지난 과거가 너무도 안쓰러워 우리는 하늘에서 많이 울었다는 것을 알라. 그것을 이 존재도 알고 있을 것이다. 이 존재가 울고 있을 때 우리도 같이 울고 있다는 것을 말이다. 이 존재의 그 힘들었던 삶 때문에 말이다.

이 존재는 자신의 그 힘든 삶에 대해서 그 누구에게도 하소연하며 이야기를 하지 않았다는 것이다. 그런 마음이 우리를 더욱 놀라게 했다는 것을 알라. 그 어려운 환경에서도 이 존재는 그 누구에게도 도움을 요청하지 않았다는 것이다. 그것은 자신의 깊은 마음과 깊은 의지로 스스로 이겨낼 수 있다고 이 존재가 믿고 있었기 때문인 것이다. 그래서 이 존재는 그 누구에게도 도움을 청하지 않았고, 그 누구에게도 자신의 속마음을 털어놓지 않았다는 것이다.

그런 것은 누구나 쉽게 할 수 있는 일이 아니라는 것이다. 하지만 우리는 하늘에서 이 존재의 그 깊은 속마음을 알고 하염없이 울었다는 것을 알라. 더불어 하늘 세계의 고급 신들도 함께 울었다는 것을 알라.

우리는 그런 것에 대해 잘 알고 있다는 것을 이 존재에게 알리고 싶은 것이다. 그래서 우리는 이 존재에게 이러한 글을 쓰도록 만들었던 것이다. 그 심한 고독과 그 환경에 대해서 말이다. 우리는 이 책을 선물로 주고 싶은 것이다. 그 하늘의 선물을 말이다. 이 존재는 그 하늘의 선물을 받을 수 있는 조건을 이미 수행하고 있다는 것이다. 그 아름다운 수행을 보고 있노라면 오히려 우리가 미안한 마음이라는 것이다.

그 미안한 마음을 우리는 이 글을 통해 이 존재에게 전하고 싶도다. 그런데도 이 존재는 오히려 우리에게 황송한 선물을 받았다며 부끄러워하고 있다는 것이다. 우리가 이러한 글을 주는 목적 가운데 이 존재의 가치를 알리는 작업도 포함된다는 것을 알라.

인간들의 세상에는 나만의 비밀이 존재한다는 것이다. 그래서 이 존재가 그 모든 것에 대해 알고 있다고 생각하는 사람들이 있다는 것이다. 그것은 지극히 숨기고 싶은 비밀인데도 말이다. 하지만 이 존재는 타인의 비밀을 절대 누설하지 않는다는 것을 알라.

인간들의 세계에서 자신의 비밀이 모두 들통 나면 누설한 그 사람을 오히려 험담하고, 미워하고, 모함한다는 것을 우리는 알고 있다는 것이다. 그러한 마음은 오히려 자신을 더 불행한 삶으로 가게 한다는 것이다. 그 불행한 삶이란 게 무엇인가. 그것은 바로 당신들의 후손도 함께 불행하다는 것을 말하는 것이다.

인간들은 자신의 바로 앞만 보고 살고 있다는 것이다. 인간들에게 있어 바로 앞의 일이 중요하겠지만, 자신의 후손들을 생각하는 마음도 있어야 한다는 것이다. 그 후손이란 무엇인가. 그것은 바로 우리들의 마음이요, 하늘의 세계가 바라는 마음이란 것을 알라. 그 하늘의 세계란 무엇인가. 바로 당신들의 세계로 가는 것이라는 말이다. 그 당신들의 세계란 무엇인가. 바로 당신들의 마음을 알라는 것이다. 그 당신들의 마음을 알고, 당신들의 세계를 알라는 것이다.

그런데도 인간들의 세상은 인간들의 마음에 대해서 모른다는 것을 알라. 그 인간들의 세계를 모른다는 것은 바로 자신을 모른다는 것이다. 그 자신을 모른다는 것은 바로 당신을 불행으로 갈 수 있게도 한다는 것을 알라. 그 불행으로 가는 것을 우리는 원하지도 않는다는 것이다.

인간들의 마음이란 게 그저 자신만을 생각하는 마음이라는 것이다. 그 자신이란 무엇인가. 그 자신은 바로 당신들의 마음을 알고 당신들의 자신을 알라는 것이다. 그 자신을 안다는 것은 바로 깨달음에 간다고 앞에서도 이야기했노라. 그 앞에서 이야기한 이유를 이제는 알겠는가.

우리는 인간들의 세상에서 그들을 행복하게 만들고, 그 행복을 가져가라며 많은 기(氣)를 불어 넣어주고 있도다. 그런데도 인간들이 그 많은 기를 아주 외면하거나 멀리 하고 있다는 것이다. 그 많은 기를 왜, 인간들이 멀리하고 있는지 정말 안타깝다는 것이다. 그 많은 기는 정말 인간들이 알 수 없을 정도의 많은 양이라는 것을 알라. 다만 인간들이 느끼지 못하고 있을 뿐이라는 것이다. 그 많은 기는 이 존재의 손바닥에도 있도다. 이 존재의 손바닥에는 정말 수많은 기가 흐르고 있다는 것을 알라. 다만 그것이 인간들의 눈에는 보이지 않는다는 것이다. 그것은 이 존재가 인간들의 몸을 만지면서 통한다는 것이다.

인간들의 세상에서는 같은 인간들의 마음도 모르고 있다는 것을 알라. 그 인간들의 마음이란 게 무엇인가. 그 인간들의 마음이 당신들의 마음을 본다는 것이다. 그 인간들의 마음을 본다는 것이 참으로 힘이 드는 일이지만, 그 인간들의 마음을 안다는 것도 매우 힘이 드는 일이라는 것이다. 그럼 그러한 이야기를 왜 수없이 하고 있는가. 그것은 바로 이 존재의 삶이기 때문이라는 것이다. 이 존재가 바로 당신들의 마음을 알고 있다는 것을 말이다. 그러면서 이 존재의 가치를 알게 된다는 것이다.

인간들은 서로간의 마음을 모르고 있다는 것을 알라. 그래서 우리는 이 존재에게 그 모든 것을 주고 싶은 것이다. 그것은 이 존재가 너무도 예쁘고 사랑스러운 존재이기 때문인 것이다. 우리는 이 존재를 너무도 사랑한다는 것이다. 그 사랑을 무엇으로 보답해야 할지 우리는 정말 미안할 때도 있었다는 것이다. 그 미안한 마음이란 무엇인가. 그것은 바로 우리가 이 존재를 아낀다는 사실이라는 것이다.

인간들은 신들이 오게 되면 그 신들이 인간을 못살게 만드는 것으로 착각을 하고 있다는 것이다. 그것은 바로 저급의 아주 나쁜 신들이 하는 행동이라는 것을 알라. 우리는 그러한 신들과는 전혀 다르다는 것이다. 모든 신들이 사람을 못살게 만드는 것은 아니라는 것이다.

사람을 못살게 만드는 신들의 세계는 따로 있다는 것을 알라. 그 신들의 세계란 무엇인가. 그것은 바로 하늘의 세계도 된다는 것이다. 그 하늘의 신들 가운데는 정말 인간들이 모르는 신들도 너무 많이 있다는 것이다. 우리는 다만 이 존재를 돕고 싶고, 인간들의 세상을 돕고 싶어서 왔다는 것을 알라.

인간들의 세상이란 무엇인가. 인간들의 세상은 바로 자신을 남에게 뽐내며 자신이 그저 타인보다 최고가 되어야 된다는 욕망이 가득한 곳인 것이다. 그것은 바로 자신을 타인에게 자랑하고 싶고, 타인을 자신의 밑으로 넣고 싶고, 타인을 자신의 아랫사람으로 삼고 싶다는 마음인 것이다. 그것은 바로 타인을 무시하고 타인을 그저 자신의 종으로 삼고 싶은 마음의 발로인 것이다. 그러한 마음을 갖고 있는 인간들이 너무도 많이 있다는 것이다. 그러나 우리는 그런 사람들의 마음을 이미 알고 있다는 것을 알라. 그 사람의 마음을 아는 것이 바로 우리의 세계인 것이다. 우리의 세계에 대해 인간들에게 알리고 싶은 것이다. 그래서 우리는 이 존재에게 왔다는 것을 알라.

우리는 앞으로 더욱 이 존재를 사랑하고 이 존재를 도울 것이다. 그리고 이 존재에게 찾아온 모든 환자들도 도울 것이다. 그 아픈 환자들을 이 존재와 함께 도울 것이다. 이 존재의 몸처럼 생각하며 보호할 것이다. 그것은 그 환자의 가족들도 물론이라는 것을 알라. 그 환자 가족들의 고통에 대해서 우리는 잘 안다는 것이다. 그 환자와 그의 가족들의 고통이 얼마나 힘이 드는 일인지를 말이다.

이에 대해 인간들은 그저 그런 일은 나의 일은 절대 아니고, 남의 일이라고 생각하고 있을 수가 있다는 것이다. 그것은 정말 큰 착각이요, 잘못된 생각이라는 것을 알라. 그 잘못된 생각으로 인

해 자신의 후손들이 더 큰 불행의 길로 갈 수 있다는 것을 말이
다. 그 불행의 길이란 게 무엇인가. 그것은 바로 이 존재의 삶을
보고 이 존재와 같은 마음을 갖고 있으라는 것이다.

이 존재의 마음은 하늘에서 인정하는 그런 마음인 것이다. 그
래서 그 마음을 인정하는 하늘의 세계에 대해서 알라는 것이다.
그 하늘의 세계란 무엇인가. 그것은 바로 당신을 깨끗한 삶에서
살게 한다는 것이다. 그것은 바로 앞에서도 이야기했노라. 그것
은 바로 당신을 깨달음에 이르게 한다는 것을 알라. 그리고 그
것은 바로 이 존재의 삶과도 같다는 것을 알라. 그래서 우리는
지금 이 존재의 삶을 생각하고 있다는 것을 알라는 것이다.

이 존재는 지금 우리가 가는 길을 바로 가고 있다는 것이다. 이
존재가 가는 길에는 우리가 아무 탈없이 깨끗하게 들어왔다는
것을 알라. 그것은 그저 다른 등급의 신들과는 다르다는 것이다.
그 누구의 도움도 없이 우리는 이 존재의 몸으로 자연스럽게 들
어왔다는 것이다. 다만 우리가 왔다는 것을 이 존재에게 알리고
왔다는 것이다.

인간들의 세계에서 신이 오면 다른 사람의 도움을 받고 오는
것으로 알고 있는 것이 상식인 것이다. 그런데 우리는 그러한 상
식을 완전히 깨고 이 존재에게 정말 자연스럽게 왔다는 것이다.
이 존재가 혼자서 공부를 하고 있을 때 말이다. 이 존재에게 우
리가 그 사실을 미리 알렸다는 것을 알라.

우리가 오는 것을 알렸지만, 이 존재는 그저 담담하게 받아들
였다는 것이다. 이러한 말이 왜 나의 입에서 나오는가…? 하고

의문을 가졌지만, 그것은 바로 자신의 입에서 나온 말이기 때문에 아무런 의심도 하지 않고 우리를 받아줬다는 것을 알라. 다만 우리는 이 존재의 머리를 통해 들어왔다는 사실을 이 존재에게 알렸다는 것이다. 이 존재는 정말 자연스럽게 자신의 입을 통해 우리가 들어온 사실을 알았다는 것이다. 그것은 이 존재가 바로 우리가 바라는 정말 깨끗한 그 영체이기 때문인 것이다. 그 깨끗한 영체는 그 누구의 도움도 필요가 없다는 것을 알라.

하지만 인간들의 세계에서 이러한 신들이 오는 것은 그저 다른 사람들의 도움을 받는 것으로 알고 있다는 것이다. 그것은 인간들의 일반 상식인 것이다. 이 존재는 일반인들의 상식과는 다르다는 것을 알라. 그것은 우리가 이 존재에게 스스로 머물고 있다는 사실인 것이다. 이 존재의 머릿속에서 말이다.

이 존재의 머릿속에는 정말 무한한 예언들이 많이 있다는 것을 알라. 다만 인간들의 세계에서는 그동안 이 존재를 모르고 살아왔다는 것이다. 하지만 우리는 이제 이 존재를 세상의 밖으로 끄집어내어 온 세상 사람들에게 보여줄 것이다. 이 존재의 사는 모습까지도 말이다. 이 존재의 그 순수한 모습까지도 말이다. 이 존재의 그 순수한 모습을 보고 당신들도 이 존재의 그 아름다운 마음을 알라는 것이다. 이 존재의 그 마음을 말이다. 인간들은 그저 자신을 내세워야 좋은 것인지 줄로 알고 있다는 것이다. 하지만 보이지 않는 곳에서 진정으로 남을 생각하는, 그 마음이 더 중요하다는 것을 알라.

그 남을 생각하는 마음이란 무엇인가. 그것은 바로 타인을 배려하라는 것이다. 그 타인을 배려하는 마음이 바로 남을 생각하는 마음인 것이다. 그 타인을 생각하는 마음을 보라는 것이다. 그 마음이 바로 우리가 원하는 마음인 것이다. 그럼 우리가 왜 이러한 말을 수없이 강조하는지 이제는 알겠는가. 그것은 바로 타인을 생각하는 마음을 가져보라는 것이다.

그 타인이 바로 당신들의 세상이요, 당신들의 후손이라는 것을 알라는 것이다. 그 타인들의 마음을 알라는 것이다. 그 타인들의 마음을 안다는 것은 바로 당신을 깨달음의 세계로 인도한다는 이다. 그러나 인간들의 세계에서는 그동안 그 깨달음이 왜 중요한가를 몰랐다는 것이다. 이제라도 그 깨달음은 후손들을 생각하는 마음에서 하는 이야기란 것을 알라는 것이다.

그 후손들을 생각하는 마음을 가져보라는 것이다. 그런데 인간들의 마음이 참으로 묘해서 그런지 그저 자신만이 제일이라는 것이다. 그 깨달음에 있어서도 내가 기도를 엄청나게 많이 했으니, 내가 제일이라는 생각이 팽배하다는 것이다. 그래서 그 기도로 인해 자신이 깨달음에 가있다는 것을 남에게 자랑한다는 것이다. 하지만 우리는 그 기도가 진정 남을 생각하는 마음인지, 나의 가족과 더불어 우리 이웃을 생각하는 마음인지를 본다는 것이다. 그리고 더 중요한 것이 그 마음이 정말 깨끗하고 순수한 마음인가도 자세하게 본다는 것을 알라.

그런데 인간들의 세상에서는 왜 그 기도가 전부인양 이야기를 하고 있는지 모를 일이다. 그 기도는 정말 깨끗한 마음과 깨끗한 정신과 그 깨끗한 영체여야 한다는 것을 알라. 그리고 그 깨끗하고 순수한 마음이 얼마나 중요한 삶을 영위하게 하는지도 인간들이 알라는 것이다.

그 순수한 마음을 가져보라는 것이다. 그 순수성을 말이다. 그것은 바로 인간들이 말하는 더럽히지 않은 정말 갓 태어난 아기의 마음 같은 것을 말하는 것이다. 그 아기의 마음이 얼마나 순수한지 인간들은 알 것이다. 그 알 수 없는 맑은 웃음을 말이다. 그 해맑고 밝게 웃는 그 아기의 웃음을 말이다. 그 아기의 마음으로 들어가 보라는 것이다.

그래서 우리는 이 존재를 선택하였노라. 이 존재에게는 그 특유의 해맑은 웃음이 있다는 것을 이 존재를 아는 사람들은 익히 잘 알 것이다. 이 존재에게는 특유의 그 해맑은 웃음이 있다는 것을 말이다. 특유의 그 해맑은 웃음에 바로 이 존재의 그 아름다운 마음이 있다는 것이다. 그 웃음에 이 존재의 모든 것이 들어있다는 것을 말이다. 그 말없는 웃음을 말이다.

그 말없는 웃음에 이 존재의 그 사랑스런 마음이 있다는 것을 알라. 다만 본인은 그동안 그것을 모르고 살아왔다는 것을 알라. 정작 그 본인은 자신의 미소를 모르고 있다는 것이다. 다만 타인들에게는 이 존재의 미소가 보기 좋게 보인다는 것이다. 그러나 인간들의 세계에서는 이 존재의 그 진정한 미소를 모르고 있다는 것이다. 인간들이 그 진정한 미소를 보면 알게 될 것이다. 그것은 이 존재의 미소에서, 이 존재의 입가에서 이 존재의 모든 것이 보인다는 것을 말이다.

이 존재의 그 환한 미소를 보고 있노라면 우리는 이 존재를 진정으로 사랑하는 마음이 생긴다는 것이다. 이 존재의 그 모든 것에 대해서 말이다. 그리고 이 존재의 그 모든 것을 사랑하게 된 이유도 우리가 안다는 것이다. 우리가 왜 이 존재에게 왔는지 말이다.

2006년 8월 10일 새벽 2시 49분

# 제19장

## 버릇처럼 말하는 '남의 탓', 그것은 당신이 전생에서 지은 죄다

오늘도 이 존재는 정말 힘든 하루의 바쁜 시간을 보냈다. 어제 잠도 제대로 자지 못하고 오늘 일찍 일어나 출근을 하였다. 인간들의 일상이지만, 이 존재는 정말 잠자는 시간도 부족하다는 것을 알라. 이 존재의 건강을 위해 우리는 그 잠자는 시간 동안 이 존재에게 무한한 힘의 기(氣)를 넣어준다는 것을 알라. 이 존재가 잠자는 시간에도 우리는 항상 이 존재를 생각한다는 것이다. 그것은 이 존재의 잠자는 시간도 소중함을 아는 우리의 배려인 것이다.

그런데 인간들 가운데 이 존재가 신을 받았기 때문에 우리가 이 존재를 못살게 만드는 것으로 알고 있는 사람들도 있다는 것이다. 그것은 인간들이 착각을 하고 있는 것이며, 일반의 다른 신들과 동일하게 생각하는데서 오는 오해라는 것을 알라. 그것은 일반의 다른 신들이 하는 수준인 것이다. 우리는 이 존재의 가정과 이 존재의 남편과 이 존재의 모든 이웃들을 사랑으로 돕고 있다는 것을 알라. 그렇기 때문에 인간다운 삶을 살게 위하여 우리는 이 존재에게 일반 사람들과 똑같은 삶을 영위하게 하고 있는 것이다.

그 일반인과 같은 삶을 살고 있는 이 존재가 인간들을 위하여 희생을 하고 있을 때, 우리는 이 존재의 머리에 있다는 것을 알라. 그래서 우리는 이 존재가 상담을 원활하게 하기 위하여 돕고 있는 것이다. 하지만 타인이 우리를 원하지 않을 때는 우리가 이 존재의 머리에 있지 않다는 것을 알라. 그때 이 존재는 그저 평범한 인간들과 같은 상태로 서로 대화도 하고, 생각도 하고, 웃고, 울고 한다는 것을 말이다.

인간들의 세계에서 이 존재가 신에게 이용을 당하고 있는 것으로 잘못 알고 있는 경우도 있다는 것이다. 그러나 그것은 다른 저급 신들의 이야기인 것이다. 우리는 그러한 신들과는 근본부터가 다르다는 것을 알라.

인간들의 세상은 무엇이든지 자기의 기준에 맞춰 이야기하는 잘못된 버릇이 있는 곳이기 때문에 우리는 간혹 참으로 답답하고, 안타까울 때가 많이 있도다. 이 존재는 우리가 자신을 돕고, 가정을 돕고, 더 나아가 인간들의 세상을 돕고 있다는 사실을 이미 알고 있다는 것이다. 그래서 이 존재 본인은 항상 우리에게 감사하고, 황송하게 생각하고 있다는 것이다. 그것은 우리가 이 존재를 돕고 있다는 것을 본인 스스로가 잘 알고 있기 때문인 것이다.

인간들의 세상은 참으로 묘해서 그런지 모든 일에 있어 자신의 생각에 맞춰서 이해하는 잘못된 경향이 있다는 것을 알라. 그것은 바로 인간들만이 자신의 생각에 사로잡혀 살고 있음을 단적으로 입증하는 셈인 것이다. 그 자신의 생각에 파묻혀 산다는 것은 쉽게 말해 인간들이 모든 일을 이야기할 때 자신의 입장만을 야기한다는 말이다.

우리는 이 존재의 성격을 알고, 마음을 알고, 생각을 알고, 행동을 알고, 그 모든 것을 알고 있기 때문에 이 존재의 그 모든 것을 사랑한다는 것을 알라.

다른 일반 인간들은 그저 저 여인이 그냥 평범한 여자라는 것으로 알고 있다는 것이다. 하지만 우리는 이 존재를 아주 평범한 여자로는 보지 않는다는 것을 알라. 그것은 앞에서도 이야기했노라. 이 존재의 본성은 하늘나라의 사람이라는 것을 알라. 그 하늘의 사람이라는 것을 말이다. 그 하늘의 사람을 바로 우리가 인간들의 세계로 보냈다는 것을 알라는 것이다.

인간들의 세상은 그저 말 잘하고, 학벌 좋고, 집안 좋고, 환경, 좋으면 그런 사람들을 아주 대단한 존재로 인정하는 세상인 것이다. 그러나 우리는 그러한 것을 중요하게 여기지는 않는다는 것을 알라. 우리는 그저 그 사람의 마음과 그 사람의 행실과 그 사람의 살아온 과거를 본다는 것을 알라. 그런데 인간들은 그저 자신의 현실이 남에게 돋보여야 한다는 것이다. 그 돋보인 자신의 경력을 남에게 보여야만 하고, 그렇게 하여 자신이 제일 좋은 자리에 있는 사람으로 알고 그들은 다른 사람들을 무시하며 으스대면서 산다는 것이다.

그러나 그러한 것이 인간들의 삶에 있어서 아주 필요한 일이겠지만, 우리는 그러한 것들을 바라지도, 원하지도 않는다는 것을 알라. 다만 우리는 그 사람의 마음을 본다는 것이다. 무엇보다도 그 사람의 마음이 정말 깨끗하고 바른 삶을 살고 있는지를 말이다. 무엇보다도 그 사람의 마음이 가장 중요하다는 것이다. 그 사람의 마음을 알고 행실을 알라는 것이다. 그 사람의 마음을 아는 것은 그 사람의 마음으로 들어가 보는 것이다. 그 사람의 마음을 보면 당신의 세상이 정말 아름답다고 자신 있게 이야기할 수 있을 것이다.

그러나 인간들의 세상은 무슨 욕심이 그렇게 많은지 너무 많은 것을 원하고 있다는 것이다. 그 알다가도 모를 욕심 많은 인간들의 세상을 우리는 참으로 불쌍히 여긴다는 것을 알라. 그래서 우리는 그러한 인간들의 자기 본위의 세상을 바르게 세우고 싶어서 온 것이다.

그렇다면 우리가 왜 이 존재의 이야기에 대해서 글을 쓰고 있는지를 알 것이다. 그래서 우리는 인간들에게 이 존재와 같은 삶을 살라고 가르치고 있는 것이다. 이 존재와 같은 삶을 알고 나서 이 존재의 삶을 생각해 보라는 것이다. 이 존재는 정말 남이 보기에 평범하게 보일지는 모르나, 우리가 보기에는 정밀 보기 드문 존재라는 것을 알라. 다만 인간들이 그것을 모르고 있다는 것이다.

인간들은 다른 사람들의 속마음에 대해서는 잘 알지 못하고 있다는 것이다. 그들은 다만 눈에 보이는 것만을 알 수 있다는 것이다. 그러나 우리는 그 사람들의 마음을 모두 보고 있다는 것을 알라. 그리고 그 사람의 마음을 보고 나서 그 사람의 모든 것을 평가한다는 것을 알라.

그러나 인간들은 이 글을 읽으면서도 나중에 또 쉽게 잊어버린다는 것이다. 인간들에게는 기억을 잊어버리는 망각이 있기 때문에, 우리는 그들에게 그 기억을 되살려 주고 싶은 것이다. 그 기억을 되살려 자신의 사는 모습에 대해 다시 한번 더 생각해 보라는 것이다.

우리는 이 존재의 사는 모습에 대해 그동안 보여주었노라. 우리가 이 존재의 사는 모습을 이야기하며, 예를 들었음에도 불구하고 혹자는 이 글을 만들어낸 이야기 정도로 치부해버리는 사람도 있다는 것이다. 그것은 이 글을 읽는 사람들의 진지하지 못한 의심하는 마음이 발동을 한 것이다. 그것은 남을 믿지 못하는 인간들만이 갖고 있는 최대의 단점이기도 한 것이다. 이 글은 이 존재가 혼자서 만들어낸 것이 아니니라. 하늘의 세계에서 우리가 이 존재의 몸을 빌려서 이렇게 글을 쓴 것임을 알라는 것이다. 이 존재의 몸은 빌렸으나, 이 존재의 생각과 그 마음과 이 글은 다르다는 것을 알라.

이 존재는 오히려 자신의 이야기를 적는 것에 대해 미안해하고 쑥스러워하고 있다는 것을 알라. 그래서 우리는 이 존재의 몸을 빌렸다는 점을 재삼 강조하고 있는 것이다. 인간들의 세상에서는 모든 새로운 일에 대해 그저 자신의 기준에 맞추어 생각을 하거나 이해해 버리지만, 우리는 있는 사실을 그대로 이야기한다는 것을 알라. 이 존재가 지금 우리의 말을 그대로 받아 컴퓨터에 기록하고 있다는 것을 꼭 기억하라. 그것은 우리가 이 존재의 입을 통해 이야기하면 이 존재는 자동으로 컴퓨터에 기록을 하고 있다는 것이다. 그래서 우리는 거듭 강조해서 이야기하는 것이다. 인간들이 그것을 의심하지 말라는 것이다. 그리고 이 상황은 인간들이 생각하는 일반의 상식과는 완전히 다르다는 것을 알라. 이 존재가 이 글을 만들어낸 것이 결코 아니라는 것을 말이다.

우리는 이 존재의 현실을 사랑한다는 것을 알라. 그것은 그만큼 그 현실이 아주 중요하기 때문이니라. 그렇다면 왜 우리가 이 존재의 이야기를 할 수밖에 없는지를 알라는 것이다. 이 존재가 당신들과 같은 삶을 살고 있고, 다른 사람들의 기준이 되기 때문이라는 것을 말이다.

인간들의 세상에서 이러한 기운이 오게 되면 인간들은 그것을 아주 특별한 사람에게만 오는 것으로 알고 있다는 것이다. 그것은 일반 사람들이 잘못 알고 있는 상식인 것이다. 우리는 그 상식을 깨고 싶은 것이다. 그 일반의 고착화된 그 상식을 새롭게 깨는 작업을 우리는 하고 싶은 것이다. 이러한 일에 대해 그동안 인간들은 모든 깃을 자신의 생각에서만 맞추어 왔다는 깃이다. 우리는 그것을 바로 잡고 싶은 것이다. 그래서 우리는 이렇게 이 존재를 통해 글로써 하늘의 세계에 대해 밝힌다는 것을 알라. 인간들은 앞으로 당신들의 생각에만 맞추어서 살지를 말라는 것이다.

그리고 인간들은 정말 어리석을 때가 너무도 많다는 것을 알라. 인간들의 세상에서는 이 존재의 사는 모습과 타인의 사는 모습을 서로 비교해 보곤 한다는 것이다. 그 비교를 하는 것은 아주 무한대의 비교라는 것을 알라. 그 무한대의 비교를 하는 것은 인간들의 능력으로는 절대 상상도 할 수 없는 것임을 알라. 그것은 다만 하늘에서 우리가 하는 것이니라.

그런데 우리는 왜 이 존재를 이렇게 아끼고, 사랑하고, 보살펴 주고 싶은지 인간들은 그것을 잘 모른다는 것이다. 그것은 앞에서도 이야기했노라. 그것은 이 존재가 너무도 착하고, 바르고, 깨끗한 삶을 살고 있기 때문인 것이다. 우리가 하는 일은 정말 이 존재를 통해 하늘의 세계를 인간들에게 전하고 싶은 것이다. 하지만 그 일을 다른 인간들 가운데 그 누구에게도 따로 전하고 싶지는 않다는 것이다. 이 존재와 연결된 사람에게만 전하고 싶다는 것을 알라.

그것은 이 존재의 전생인 그 존재에게만 가능하다는 것을 알라. 그 존재에게 우리는 이 글을 쓰고 싶었지만, 그 존재와의 연결이 잘 되지 않았다는 것이다. 그것은 그 존재도 아주 바쁜 하루하루의 삶을 살고 있기 때문인 것이다. 하지만 이 존재와 그 존재 본인은 느낌으로 이미 그 사실을 알고 있었다는 것이다.

그럼에도 불구하고 그 존재의 이야기를 이 존재가 쉽게 하지 못한다는 것을 알라. 그리고 그 존재도 정말 착하고, 바르고, 깨끗한 삶을 살고 있다는 것이다. 그런데 우리가 이 존재와 그 존재를 서로 연결되지 못하게 만들어놓았다는 것을 알라. 다만 서로의 현실적인 상황으로 인해 너무도 바쁜 하루하루를 보내고 있다는 것이다.

그 존재도 이 존재의 현실에 대해 안타까운 마음을 갖고 있다는 것이다. 그 존재도 이 존재의 현실과 살아온 것에 대해 대강은 알고 있다는 것이다. 그 존재도 이 존재의 마음을 익히 잘 알고는 있다는 뜻이다. 이 존재의 현실이 무엇인지를 말이다. 다만 타인에게 이야기를 하지 못하고 있다는 것뿐이니라. 다만 이러한 사정을 모두 알고 있는 우리는 그 존재에게도 정말 열심히 살아달라고 이야기하고 있다는 것이다.

하지만 그 존재의 조상과도 우리는 이미 만났다는 것을 알라. 그 존재의 조상을 말이다. 그리고 그 존재의 조상을 우리는 매우 사랑한다는 것을 말이다. 그 존재의 조상도 이 존재와 같은 삶을 사는, 한(恨) 많은 인생을 살고 갔노라. 다만 인간으로 살면서 서로가 만나지 못했다는 것이다. 그래서 안타까운 마음에 우리는 그 조상에게 이 존재를 알려 이 존재의 현실을 보여주었다는 것이다. 이 존재의 현실 역시 자신의 삶과 같은 삶이라는 것을 말이다. 다만 그 조상은 일찍부터 남편이 없었고, 이 존재는 남편이 있으나, 없는 존재와 같은 것이라는 점을 알고 정말 슬퍼했다는 것이다.

우리는 이 존재를 너무도 아낀다는 점을 그 조상에게 알렸느니라. 더불어 그 조상도 이 존재를 사랑하고 이 존재를 돕고 있다고 하였느니라. 다만 이런 상황을 이 존재와 앞에서 언급한 그 존재도 모르고 있다는 것이다.

우리는 이 존재와 그 존재가 서로 만나지 못하게 만들어놓았다는 것을 알라. 다만 이 존재 본인과 그 존재 본인이 이러한 점을 서로가 알고는 있어도, 현실이 아니 된다는 것을 말이다. 그들이 그 현실을 알고 있다는 것이다. 그래서 마음으로만 만나고 있다는 것이다. 그래서 그 존재의 마음을 이 존재가 알고 있다는 것이다. 영적인 마음을 읽을 수가 있기 때문에 이 존재는 이미 그 존재의 마음을 알고 있다는 것이다.

그 존재도 이 존재의 마음을 알고 있다는 것이다. 다만 겉으로는 서로 모른척하고 있다는 것이다. 하지만 우리는 두 존재가 서로 사랑을 한다는 것을 알라. 다만 우리가 서로를 만나지 못하게 했지만 말이다.

두 존재여, 그렇게 한 것에 대해 우리도 너무 미안하게 생각하노라. 어쩔 수 없이 이렇게 책으로라도 이야기를 하게 되었구나. 우리는 두 존재를 너무도 사랑하노라. 그렇더라도 두 존재여, 우리를 원망하지는 말라.

그럼에도 두 존재는 정말 아름답게 살고 있다는 것이다. 그 아름다운 삶에 대해 우리는 축복을 주고 싶구나. 두 존재여, 우리가 정말 두 존재를 사랑한다는 것을 알라. 우리의 사랑하는 두 존재여.

지금까지 그 존재가 누구인가? 하고 인간들은 의문을 가질 것이다. 그 존재는 전생에 이 존재의 사랑하는 아내였고, 그 존재가 이 존재를 무척이나 사랑하였던 것이다. 그런데 이 두 존재를 시기하는 무리가 있었던 것이다. 그 무리를 지금 밝힐 수는 없도다. 다만 이 존재와 그 무리가 서로 현실에서 만나고 있다는 것이다. 그 무리는 타인의 가족으로 가 있다는 것이다. 그 타인의 가족이 바로 이 존재의 가족과 그 존재의 가족으로 가 있다는 것이다. 그러나 그것을 더 이상 밝힐 수가 없도다. 그러나 우리는 서로의 가정을 위해서만 문제되지 않는 것만 이야기한다는 것을 알라. 그것은 우리가 서로의 가정을 소중하게 여기기 때문인 것이다.

그럼 왜, 우리가 이제 와서 이러한 이야기를 하는가? 하고 의문을 가질 것이다. 그것은 이 이야기가 바로 이 존재의 삶도 되지만, 그 존재의 삶도 되기 때문인 것이다. 그 존재도 사실은 하늘 세계의 사람이라는 것이다. 다만 이 존재가 더 빨리 하늘 세계로 가서 기다리고 있을 것이라는 말이다. 그 하늘의 세계에서 이 두 존재는 누이동생 관계로 서로가 서로를 매우 사랑해준다는 것이다.

전생에 그 사랑하는 둘의 마음이 너무도 지극하고 가련하여, 이를 볼 때마다 우리는 눈물도 정말 많이 흘렸다는 것을 알라. 그 눈물이 큰 강을 이룰 정도로 서로 사랑했다는 것이다. 그리고 그 사랑이 너무도 가련하여, 둘의 사이를 그 어느 누구도 말리지 못했던 애절한 사랑이라는 것이나.

전생에 그 인간으로 살아오면서 두 존재는 서로가 정말 사랑하는 사이였던 것이다. 그러나 그 사랑하는 사람을 서로가 잊지 못해 죽어갔다는 것이다. 그 죽음은 자연사가 아니라 타인의 음모로 인해 죽어갔다는 것이다. 그 타인의 음모로 죽어간 서로의 마음은 정말 말로 표현하지 못할 정도로 서로를 그리워했다는 것이다. 그 서로 그리워하는 마음을 하늘에서 볼 때 정말 눈물이 날 정도로 힘들어했다는 것이다. 그 사랑하는 사람을 잊어야 하는 마음 때문에 말이다.

그 사랑하는 사람을 잊는 방법에 대해 서로가 알고 있었으나, 그것은 너무도 힘이 들었다는 것이다. 그 전생에서 말이다. 그 전생의 이야기를 적게 되면 정말 눈물이 날 정도로 힘이 든다는 것이다. 그것은 바로 사랑의 소설책과도 같다는 것이다. 그 사랑의 소설책을 언젠가는 쓸 것이다. 하늘의 힘으로 이 존재와 그 존재가 했던 사랑의 이야기를 적을 것이다. 그 애절하고 마음 아픈 사랑의 소설을 말이다.

그 사랑의 소설을 그 존재에게 주고 싶었지만, 지금은 그러한 환경이 되지 못한다는 것을 알라. 우리는 다만 이 존재를 통해서 한다는 것이다. 그러나 그 존재도 그러한 글을 적고 싶어할 것이다. 그러나 지금 우리는 그것을 이 존재에게 주기로 마음먹었다는 것을 알라.

그 존재도 그러한 글을 적고 싶겠지만, 그러한 환경이 되지 못하기 때문에 우리는 이 존재를 통해 사랑의 소설을 적을 것이다. 그 사랑의 소설은 정말 인간들이 들어야 하는 사랑스러운 이야기인 것이다.

그 사랑하는 전생의 소설을 책으로 쓴다니, 그 책이 무슨 책인지 이 존재도 무척 궁금해하는구나. 그것은 현실의 이야기가 아닌 이 존재의 전생 이야기인 것이다. 현실에는 그 현실과 다른 현실이 있다는 것을 알라. 다만 이 존재와 그 존재의 현실이 남남이라서 서로가 만나지 못한다는 것이다. 다만 두 존재는 느낌으로는 안다는 것이다.

인간들은 그래도 현실이 중요한데, 왜 전생에 대해서 쓰고 있는가? 하고 의문을 제기한다는 것이다. 그 현실이 매우 중요한 삶이라는 것을 우리도 앞에서 이미 이야기했노라. 다만 우리는 이 존재의 전생을 제대로 알리고 싶은 것이다. 이 존재는 전생에서 정말 아름다운 사랑을 많이 했다는 것을 알라. 그래서 때로는 현생에서 시인 같은 마음도 있다는 것이다. 그 시인 같은 마음이 바로 전생에 대한 흔적인 것이다. 그 전생의 흔적을 보라는 것이다.

그 전생의 흔적을 보면 그 전생의 생각이 바로 현실에 와있다는 것을 알 수 있다는 것이다. 그래서 우리는 전생의 이야기를 한다는 것이다. 다행히도 지금은 전생에 대해 관심을 갖는 존재들이 많이 늘고 있다는 것이다.

그리고 그 전생을 안다는 것은 바로 이 존재의 현실을 아는 것이다. 그 전생의 이야기는 바로 현실과 연결되는데, 그것은 사람들에게 모두 전생이 있기 때문이다. 바로 그 전생의 삶에 대해서 알라는 것이다.

그런데 왜 인간들은 그 전생의 삶에 대해서 알지도 못하면서 그저 남의 탓이나 상대방의 탓으로 미루고 있는가. 그 상대방의 탓으로 돌리지 말라는 것이다. 그 상대방의 탓으로 돌리는 것이 바로 당신 자신의 것인데 말이다. 그 자신의 삶을 왜 남의 탓으로 돌리느냐고 말이다. 그래서 우리는 당신들의 삶을 알라는 것이다. 그 당신들의 삶을 알고, 그 당신들의 삶을 보고, 그 당신들의 생각을 보고, 그 당신들의 올바른 삶을 자세히 보라는 것이다. 그 바른 삶이야말로 당신들의 다음 생에 좋은 인연을 준다는 것을 알라. 다만 그것을 인간들이 모르고 있다는 것이다. 그런데 인간들의 세상에서는 그것을 내 탓이 아닌 바로 당신들의 상대방의 탓으로 본다는 것이다.

그 당신들의 상대방이 바로 당신들이 전생에 지은 죄라는 것이다. 그 당신들의 지은 죄를 보라는 것이다. 그 죄를 왜 현실에서 외면하고 있는가를 생각해 보라는 것이다. 그 현실을 보면서 당신들도 자신의 현실에 대해 생각해 보라는 것이다. 그런데 인간들은 그저 그것은 나의 탓이 아니라고만 하니, 너무도 안타깝다는 것이다. 그것을 바로 자신의 탓으로 생각해 보라는 것이다. 그 본인 자신의 탓으로 말이다.

그 사랑하는 사람과의 사랑은 정말 타인에게 피해를 주거나 아픔을 주지 말아야 한다는 것을 알라. 그 타인에게 피해를 주는 사랑은 결코 아름답고 진실한 사랑이 아니라는 것을 인간들이 알기 바란다.

그토록 타인의 마음을 힘들게 하고, 타인의 생활에 불편을 주는 사랑은 절대 있어서는 안 된다는 것이다. 그런데도 인간들은 자신의 이익만을 위해 사랑을 한다는 것이다. 그 자신의 이익만을 위한 사랑은 우리가 원하지도, 바라지도 않는다는 것을 인간들은 명확히 알라.

우리는 그동안 많은 글을 적었노라. 그 많은 글 중에서 이 존재의 전생 이야기가 많은 비중을 차지한다는 것이다. 하지만 이 존재의 사랑하는 사람의 전생 이야기는 아직 모두 적지 않았음을 알라는 것이다. 이 존재는 다만 우리가 하는 이야기를 받아 적고 있는다는 것을 알라.

전생의 이야기 속에서 사랑하는 그 존재는 지금 아주 평범한 사람으로서의 길을 가고 있다는 것이다. 그것은 그가 현재에 살고 있다는 말이다. 그 전생의 사랑하는 사람이 지금의 이 현실에서 말이다. 그래서 우리는 그 사람도 이 존재처럼 이러한 길을 가고 있다고 말하는 것이다.

우리는 이제 더 중요한 이야기를 다음의 책 속에 담아낼 것이다. 이 나라 국민들을 위하고, 이 나라의 바른 정치를 위해 정치인들에 관한 이야기를 이 존재의 몸을 통해 심도 있게 풀어나갈 것이다. 이 나라 현재의 정치 현실에 대해서 말이다. 이 나라 정치의 현재 모습을 볼 때, 우리는 도저히 이대로 보고만 있을 수가 없다는 것이다. 오늘날 펼쳐지고 있는 이 나라의 이러한 정치 형태는 나라와 국민들을 위한 정치가 절대 아니므로, 우리는 정치를 하는 그들에게 하늘 세계의 준엄한 경종을 울리고 싶은 것이다.

인간들이여, 그럼 다음 제3권의 책 속에서 이 나라 차기 대권에 대한 예언 이야기도 함께 풀어나갈 것이니 관심을 갖고 읽어보거라.

2006년 8월 11일 새벽 2시 10분